在稼從夫

1

于隱 著

目錄

自序 …… 005
第一章 …… 009
第二章 …… 037
第三章 …… 067
第四章 …… 097
第五章 …… 127
第六章 …… 155
第七章 …… 181
第八章 …… 209
第九章 …… 237
第十章 …… 265
第十一章 …… 291

自序

于隱

不知有沒有人和我一樣，小時候生活在農村，長大後則一直身處繁華喧囂的都市。每當累了、疲憊了，就會想念起自己那個寧靜而美麗的故鄉。

童年的記憶，有些已經模糊，但那些青山碧水、綠油油的莊稼、低頭吃草的牛羊，以及田埂上歡跑的孩童，一幅幅靜謐溫馨的畫面，卻永遠都是那麼清晰。

還有兒時調皮的夥伴，羞答答的新婦，愛湊熱鬧的鄰居，粗獷的村民們，他們時常不經意地出現在我的腦海裡，似遙遠，卻又親切。

於是，我把這樣的人物、這樣的故事，寫進了《在稼從夫》裡。我小時候最愛看別人家娶新娘子，因為可以搶到喜糖吃，還可以和一群夥伴們圍著新娘子瞧。那個時候，在我的眼裡，只要是新娘子，她們都很美很美。

所以，《在稼從夫》中的女主角穿越到古代農村時，一開始就是她嫁人的場面，熱熱鬧鬧、喜氣洋洋。還有她面對新郎時，那種難以言喻的嬌羞與忐忑不安。

古代新婚夫婦相見的第一面，是挑開紅蓋頭的那一刻。此時，他是她的如意郎君，她是他的溫婉嬌娘，彼此吸引、互相滿意，他們的幸福生活有了美好的開端。

或許是一見鍾情，或許是良緣佳配早注定，小茹與澤生的感情升溫很快，一個月內便芙蓉並蒂，琴瑟和鳴，真是叫人只羨鴛鴦不羨仙。

他們夫唱婦隨，小日子過得十分甜蜜。靠自己的手藝做些小買賣，掙點小錢能改善一下生活，他們就覺得很開心。農村人生活要求很簡單，就是吃好一些，穿好一些，一家人平平安安、和和美美，這就足矣。

不過，小茹還要給他們的生活錦上添花，她將現代生活的許多東西潛移默化地融入生活裡，使他們的小日子過得格外溫馨，且古今融合，洋溢著別樣的味道。

要說過農家小日子，特別是一大家子相處時，或多或少會有些矛盾。我記得，小時候經常見到婆媳吵架以至於大動干戈之事。我就在想，作為現代女性的小茹，她穿越到古代，是絕對不會如此撒潑的。

所以，她以現代女性的思維來與公婆、兄嫂相處，巧妙地避免了許多婆媳及妯娌之間的矛盾。家和萬事興，這個道理她懂的。

《在稼從夫》與別的種田文不太一樣的地方是，有一天，澤生知曉了小茹的穿越身分，從此，小茹不需再小心翼翼地隱瞞，澤生也十分樂意接受著現代知識的薰陶。現代女與古代男的結合，有些新奇，有些浪漫，為他們的生活增添了不少樂趣。

當然，他們並不是事事如意，其中也遇到不少重大挫折。困境一一接踵而來時，他們恐慌過，也曾迷茫過。他們的感情也不是從頭膩到尾，因為在乎對方，有些小誤會或是鬧一鬧吃醋，怕是任何一對小夫妻都避免不了的。

我知道，這本書寫得多少有些完美主義。比如，他們如膠似漆的感情；小茹設計的新式房屋；他們辦過育幼院，還開了新式學堂；小茹引領時尚新風向，將穿越生活演繹得十分精彩。

或許，這就是我心中那個理想的夢吧。

待他們白頭偕老時，這一生似乎已圓滿。只是，他們的情緣會因生命的結束而了結，從此長埋地下嗎？

澤生心中一直有個願望，那就是，好想去小茹以前的世界裡看一看……

第一章

「起轎！」

鑼鼓喧天，鞭炮齊鳴，一頂大紅喜轎被四人抬起。

蘇瑾坐在轎子裡，一臉的無辜與無奈。

這也不能怪她矯情。要知道，她昨天才穿越過來，接著就有幾位老婆子圍著她轉個不停，給她挽臉、修眉，試穿喜服和喜鞋，好一頓折騰。

今天大清早，她還沒睡醒，就被人從床上拉了起來。然後一家人輪番上陣，跟她講新嫁娘的規矩與禮儀，嘰嘰喳喳，沒完沒了。

到了中午，那幾位老娘們又開始給她描黑眉、抹紅唇、撲胭脂、梳髮髻、戴新娘冠。

蘇瑾剛才看到鏡子裡的自己，差點被嚇死！

這張臉根本不是她蘇瑾的臉，這是多麼詭異又彆扭的事，而且臉頰上那兩大團紅胭脂，可是比八〇年代農村新媳婦抹得還要誇張！

迎親隊伍一到，就有人拿個紅蓋頭往她頭上一蒙，又有兩個女人過來挽著她的左右胳膊，把她扶上大花轎。

蘇瑾記得，昨天早上她走出自家門，準備相親去。相親也是極其無奈的事，她都二十八歲了，連個男朋友都沒有，天天被爸媽連環催，連這種大雷雨天也不肯放過。

她當時手裡舉著一把鐵桿雨傘，走著走著，雨越下越大，雷電交加。她瞬間看到一束強光朝自己這邊閃來，後來她就什麼都不知道了。

現在回想起來，她才明白自己是在去相親的路上慘遭雷劈呀！

穿越就穿越吧，可別人都是穿越到皇宮裡當皇后或寵妃，差一點的也是王公侯府的尊貴小姐，再不濟的也有個可攜式空間，或是身懷特異功能。她偏偏穿越到這個古代農村，連外掛、金手指都沒有哇！

想到自己再也見不到爸媽，她傷心的淚水嘩啦啦地往下流。她在擔心，將來誰給爸媽養老？

轎子裡是淚水漣漣，轎子外卻是熱熱鬧鬧。迎親隊伍一路上吹吹打打，十分喜慶。嫁過去的夫家離娘家應該不是太遠，沒走多久，轎子就放下了。接著又聽到一陣噼哩啪啦的鞭炮聲，震耳欲聾。

蘇瑾稀裡糊塗地被人扶到哪兒，就是哪兒。讓她拜，她就拜；讓她跪，她就跪。最後手裡的紅綢帶被另一頭的人一牽，就把她牽到了洞房裡。

讓她尷尬的是，把她牽進洞房的那人在她的身邊坐了好一會兒，就是不吭聲。兩人就那麼侷促不安地坐著，她甚至能聽到對方頻率不甚穩定的呼吸聲。

之後，她又聽到越來越遠的腳步聲，那人走出去了。

那人一出去，就有人在院子裡大聲喧譁。「澤生，娶了娘子心裡偷樂著吧？還不趕緊來謝謝你的大媒人，好好給媒人敬幾杯酒！」

蘇瑾默唸道，澤生？這個名字聽起來還不錯，就不知道人怎麼樣。

最讓她緊張的是，這個晚上該怎麼過呀！到了這個時候，兩人還未曾謀面，等會兒一掀紅蓋頭，就同床共枕？我滴個神，她表示接受無能啊！

她越想越心煩意亂。算了算了，還是不想了。等會兒他進來了，再應對吧。

院子裡倒是熱鬧非凡，可是撇下蘇瑾一人這麼一直呆坐著，她實在很難受。

反正這屋裡也沒別人，於是她逕自掀開了紅蓋頭，環顧著這間新房。房裡很空，一個新打製的木衣櫃，一套新桌椅，樣式都是最簡單的，上面都貼著大紅囍字。

最醒目的應該是這張大紅梁床，床頭上還雕刻著一朵牡丹花，做工很精細。這張床估計是這門親事中花費最多的吧。

蘇瑾記得小時候去鄉下外婆家，就見過類似這種梁床，後來不知道怎麼回事，家家戶戶都換上四周沒有遮擋的床墊了。

難道是因為這種梁床三面都有板擋著，不方便滾床，才退出了歷史的舞臺？

呃……自己想到哪裡去了，歪了歪了！

她看到桌上有幾只紅木盆裡裝滿了繡花鞋，順手拿起一雙細細觀看。

這時，她突然聽到一陣腳步聲向這邊走來。

他來了？她趕緊跑到床邊坐下，拿起紅蓋頭蒙在自己的頭上。她正襟危坐，好似一直就沒動過。

她心裡很慌亂，他長什麼樣？什麼脾氣性格？會喜歡自己嗎？

正當她還在胡思亂想著，紅蓋頭突然被挑開。

抬頭一看，一位穿著大紅喜服且胸前戴著大紅花的年輕小夥子站在她眼前，相貌清俊、斯文優雅，簡直就是花樣美男子嘛！

她嫁的不是泥腿子（注）嗎？他怎麼生得這麼白淨細膩？

新郎官不好意思直視她，只是時不時地抬頭看了她一眼，又低著頭。

當然，就這麼偶爾抬頭瞧一眼，他也能瞧出新娘子長得十分秀氣端正，鵝蛋臉、柳眉杏眼、巧鼻豐唇，就是臉上的胭脂太紅了。

蘇瑾見他臉龐染上紅暈，一副靦覥羞澀的模樣，還囁嚅著嘴，想說什麼，又不敢說似的。

「你叫澤生？」蘇瑾大大方方地問。

「嗯，姓方，名澤生，剛過十八足歲的生辰。」他還是那麼靦覥，不過，好歹是看著她眼睛說話的。

「我叫蘇……我叫小茹。」她情急之中突然想起來，娘家人都喚她小茹——是這副身軀原主的名字。

既然她占用了這個身子，以後就把自己當成小茹吧。若是連自己的姓名都搞錯，還不得把眼前的花樣美男給嚇跑啊。

可能因為她主動開口說了話，讓澤生緊張的情緒放鬆了些，他來到小茹身邊坐下，說：「我知道，媒人早告訴過我，妳今年十五歲，叫何小茹，一聽這名字就知道妳必定是性子溫順的女子。」

溫……順？小茹額頭上不禁冒出三條黑線。好吧，那就裝溫順一點吧！剛到婆家，總得顯得賢淑些才行。

古代女子注重三從四德、溫順賢慧，她若是一來就顯得活潑跳脫，肯定不招人待見。

「妳餓了吧？」澤生用柔和的眼光看著她，關切地問道。

本來小茹還不覺得，經他這麼一問，她感覺自己都快前胸貼後背了，折騰這麼大半天，不餓才怪。

她直點頭。「還真有點餓。」

澤生微微一笑，起了身，然後出去了。

半晌，小茹的神情還停留在他那一抹極優雅的微笑中。他真的是莊稼漢嗎？真的是泥腿子嗎？等會兒一定要好好問問他。

沒過多久，他就進來了。同時，一位老婦人及兩位小姑娘也跟著進來了。

注：泥腿子，意指農民。

她們給她端來了一碗米飯、一小碟藕片炒肉絲和青菜炒肉絲。看來這裡的伙食比娘家的要好，還有肉吃。對了，今天可是大喜的日子，家裡若是一點肉都沒有，也說不過去。

雖然小茹餓得很，但有這麼多人站在這裡，她哪裡敢吃，就怕落下吃貨的名聲了。

她看著眼前的這位老婦人，猜測應該是婆婆，便趕緊站了起來，細聲細語地叫了聲：「娘。」然後低眉垂首。

「嗯。」老婦人應了一聲，沒有笑容，但也沒有不高興，而是仔細打量著小茹，覺得她相貌還不錯。再看她恭謹謙和的模樣，想來性子也是極柔和的。

打量完之後，老婦人臉上才有了一些笑容，對這個兒媳婦的初次印象，她算是滿意的。

這時，兩位小姑娘嘻笑著一起叫著小茹。「二嫂！」

小茹愣了愣，原來自己頭上還有位大嫂啊！這兩位肯定是小姑子吧，她頓時讓自己臉上開一朵花兒來回應她們。

她明白小姑娘想看新嫂嫂的好奇心理，她小時候也最愛去娶了新媳婦的鄰居家裡玩，就是為了看幾眼新嫁娘。

「小源、小清，我們出去吧，讓妳二嫂吃飯。」婆婆拉著兩位小姑子出去了。

澤生見她們都出去了，就說：「妳快吃吧，再不吃就涼了。」

小茹聽話地坐在桌前開始吃飯。嗯，味道還不錯，也不知是不是自己太餓的原因。

澤生見她吃得很香，心裡很高興。

小茹吃一半時，突然側過身來，見他那麼認真地看她吃飯，她有點不好意思，問：「你……吃了嗎？」

「我剛才給客人們敬酒時就吃過了，妳快吃吧。」他那專注的神情，好像特別喜歡看她吃飯的樣子。

小茹就顧不得那麼多了，趕緊吃。當然，她會注意自己吃相的。

吃完飯後，澤生把碗送出去了。

這時，小茹聽到外面有個女人抱怨的聲音。「今日洗了好幾桶的碗，我的腰都累僵了，怎麼又有碗？」

小茹心裡堵了一下，這是誰呀？

算了，還是不管了。因為澤生又端著熱水進來了。

他讓小茹先洗，他再洗。

洗完後，小茹坐在床邊發怔。她在想，接下去，他們倆要幹麼？上床嗎？不行，不行，雖然他是她心儀的那種男人，可是兩人還是很陌生的。

他倒了洗腳水進來，小茹就找到了話題。「你怎麼不太像種地的？」

澤生坐在她的身邊，眼神裡有些淡淡的失落。「以前我不是種地的，從現在起我就是了。」

他見小茹納悶地看著他，又接著說：「這幾年，一家人省吃儉用，就為了給我交束脩，供我在學堂裡讀了五年的書。本來今年要進行鄉試了，沒想到皇上一旨令下，取消我們縣的鄉試，而且十年內不得再考，好像是因為出了舞弊與受賄的事。爹、娘知道沒有指望了，就……就讓我回家務農。」

看來，每個朝代都差不多，舞弊與受賄遍地橫行，連帶殃及無辜。

小茹上下打量了一下他的身板，懷疑地問：「那你會種地嗎？」

澤生臉上又起了紅暈，窘迫地說：「跟著爹和大哥學一學，應該就會了吧。我想，種地不至於比寫詩作賦還難吧？」

小茹噗哧一聲，笑了。

澤生見小茹笑得開心，也跟著舒眉一笑。

小茹立即別過臉去，不敢看他。因為……他笑得實在太好看了！

她自認為不是花癡，可是看到這樣一位古代美男子竟然成了自己的老公，心裡不禁樂開了花。

他們相視笑了一笑，然後就尷尬了，不知道該做什麼了。

應該……寬衣上床了吧？

小茹雖然對這個老公很滿意，哦不，應該叫相公了。但畢竟他們之間還是很陌生，若做房事，她真的接受不了。

澤生見小茹頭上還戴著新娘冠，覺得挺沈，就說：「小茹，我幫妳把這個取下來吧？」

他的那一聲小茹，聽得她心裡喜孜孜的，不由得羞澀地點頭。「好。」

澤生靠近她，為她取下新娘冠，再幫她理了理頭髮，動作很輕柔，目光很專注。

小茹被他這種舉止弄得心裡直酥麻，特別是他身上那種男人的清新氣息，很好聞。

兩人又靜坐了一會兒，空氣都快凝滯了。

最後，還是小茹打破了尷尬。「我們睡覺吧。」

他們各脫各的喜服，穿著裡衣上床了。小茹爬到床的最裡邊，澤生則睡外邊。

兩人之間隔了約一尺距離。

此時他們心裡都泛起朦朦朧朧的好感，小茹覺得這種互相吸引的感覺很美妙。她極其希望能與他有個美好又甜蜜的戀愛。若今晚直接行夫妻之事，她覺得那簡直是大殺風景。

「做愛」這項活動，應該得先有了愛，才能達到水乳交融的感覺，否則怎麼叫做愛，而不叫做別的呢？

雖然她穿越前二十八歲了還是處女，可是經過各種電影畫面的薰陶，她也懂得差不多了，反正就是各種姿勢、各種舒爽唄。

他已經是自己的相公，左右跑不了。等過些日子，兩人情感升溫再行房事，才能進入最佳狀態。

反正他也是處男，沒經歷過那事，慾望應該也不強烈。為了夢想中的最佳狀態，不能急於求成。

她心裡作好決定後，見一對大紅喜燭還沒吹滅，便爬起來，跨過澤生的身子，下了床。

澤生見她起來了，問：「妳……要做什麼？」

小茹訕訕一笑，說：「熄燭，睡覺。」

澤生臉色滯了一下，小聲說：「新婚洞房是不能熄燭的。」

「啊？哦。」小茹尷尬地笑了笑。「我差點忘了。」

小茹只好又爬上床。爬上來時，她不小心被他的腿絆了一下，身子頓時倒在他的身上，嚇得她趕緊爬起來，然後羞愧地鑽進被子裡，大氣都不敢喘一口。

這麼僵著身子睡，真的很難受。她時不時會翻動一下，而睡在旁邊的澤生也是翻來覆去的。

突然和一個剛見面的人躺在一起，他們哪裡睡得著？他們兩個就這麼一直在床上輾轉，估計虛耗了一個多時辰。

小茹有些疲乏了，她翻過身子，小聲地說：「澤生，已經……很晚了，我們趕緊睡吧。」

此話一出，澤生好像鬆了一口氣似的，僵著的身子也放鬆了下來，說：「嗯，妳也趕緊睡。」

他一個靦覥書生，突然面對一個陌生女子，哪怕自己對她有好感，也根本做不出那種親暱的事來。

剛才他一直在猶豫要不要過去親吻她，因為他怕自己什麼行為也沒有，小茹會多想，會以為他不喜歡她。他不希望她心裡有這種負擔。現在聽小茹這麼一說，也就安心了。看來，她並沒有往不好的方面想，便踏踏實實地睡覺了。

次日一早醒來，小茹見天色大白，心裡有點慌。完了！完了！新媳婦來婆家的第一個早上就貪睡，會不會遭白眼？

她與澤生慌忙起床，快速洗漱，趕緊出房後，見飯桌上擺著兩碗粥、兩塊小蔥餅、幾碟小菜。看來，一家人都吃完早飯了，這桌上是留給他們倆的。

小茹與澤生兩人坐下來吃早飯時，一位穿著藍色斜襟褂子的少婦拎著一籃子地瓜藤進來。她看見小茹，只是隨意瞟了一眼。

澤生見是大嫂，立即跟小茹說：「小茹，這是大嫂。」

小茹騰地一下站了起來，笑咪咪地叫了一聲。「大嫂。」

這位大嫂今年也只不過十七歲，嫁進方家兩年，大家都叫她瑞娘。

「嗯。」瑞娘毫無表情地應了一聲，然後從廚房裡拿出菜刀及砧板，坐在家門口剁著地瓜藤。地瓜藤煮熟了餵豬，對於豬來說，這些可是好吃食。

瑞娘剁得狠啊！咚、咚、咚——

瑞娘剁的響聲一陣又一陣，弄得小茹的心跳也跟著咚、咚、咚——

小茹知道，大嫂心裡肯定是有氣，因為她沒有早些起床做早飯，這早飯應該是大嫂做的。小茹見自己吃現成的，有點心虛。

澤生好像也瞧出大嫂不太高興，見小茹臉色有些緊張，就說：「沒事，快吃吧。」

小茹只好裝傻，悶著頭吃。

與此同時，婆婆張氏拎著一籃子洗好的衣服，快步走回自家。

剛才在河邊洗衣時，她聽見幾位婦人在議論小兒媳，說何小茹前日在何家村洗衣時，不小心掉進河裡，被人救起來後，腦子好像壞了，魔魔怔怔的，嘴裡還吐著怪詞呢！

張氏聽到此事可是嚇壞了，何家對這件事可是隻字未提呀，難道是怕他們家知道了要退親？可昨晚見了小茹很正常啊，難道是自己看錯了？

她腳下生風，一路疾步到家。

張氏一到家後，見小茹正在廚房洗碗，神態很自然，手裡的動作也很順當，不像是腦子壞掉的樣子。

小茹見張氏進來了，甜甜地叫了一聲。「娘。」

張氏還是有些不放心，聽小茹喊她娘，愣愣地答應了。

小茹為了彌補今早晚起的過錯，整理好洗淨的碗，趕緊走到張氏身邊，說：「娘，我來晾衣服吧。」

「嗯，好。」張氏的一雙眼睛仍然停留在小茹的神情及舉止上。

小茹接過張氏手裡的籃子，走到院子裡看了看，見有一根竹竿橫在兩棵樹之間，就知道是晾衣服的地方。

她走了過去，放下籃子，先找出抹布擦淨竹竿，接著把衣裳甩一甩，弄直順了，再晾在竹竿上。

張氏這時才放下心來，她的小兒媳婦腦子哪裡壞掉了，這不是好好的嘛！

坐在門口剁地瓜藤的瑞娘，見小茹搶著晾衣服，那一聲「娘」還叫得那麼甜，她心裡頓時不舒服了。

而且，她還發現婆婆張氏笑咪咪地看著小茹，好像十分滿意的模樣。

瑞娘心裡一堵，舉起菜刀。咚、咚、咚——這次她剁得更狠了！

她心裡忖道：我大清早起來，做一大家子的飯菜，又去地裡割來地瓜藤。剁好了，等會兒還要煮好餵豬，難道婆婆眼睛看不見嗎？就只知道看那個小兒媳！

張氏被瑞娘這般重重地剁地瓜藤的響聲驚住了，回頭一瞧，見瑞娘手裡使著狠勁，臉上泛著惱色，就知道她心裡不平衡了。

張氏也懶得作聲，她從屋裡尋出兩把鐮刀，自己一把，再遞給澤生一把，說：「澤生，我們也去田裡割稻穀吧！你爹和你大哥、小妹老早就去了。」

「好。」澤生接過鐮刀，跟在張氏身後走著。

瑞娘見了，說：「娘，等我煮好了地瓜藤，再餵了豬，我就去。」

「嗯。」張氏遠遠地應了一聲。

小茹在想，她是不是也要去啊？便趕緊喊住澤生。「澤生，你等我一會兒，我晾好衣服後跟你一起去。」

澤生止住腳步，回頭看著她，猶豫了一下，說：「妳在家先歇幾日吧。」

張氏也回了頭。「等明日妳回了娘家再說，依我們這裡的規矩，新媳婦回門前是不須下田地的。」

「哦，那……那好。」既然是規矩，那她就不去湊熱鬧了。

澤生用柔和的目光瞧了小茹好幾眼，才依依不捨地轉身走了。

瑞娘朝小茹瞥了一眼，心裡忖道：這個規矩她怎麼會不知道？她娘家離這兒左右才三里地，規矩都是一樣的呀！她肯定是在裝勤快，一張嘴哄死人！

小茹不小心接觸到瑞娘投來的那種眼神，心裡咯噔一下，趕緊偏過頭去，繼續晾衣服。

曬完衣服後，小茹又趕緊找活兒幹。打掃屋子、擦桌子、抹椅子，做得那叫一個帶勁！

以前，她見鄰居家娶了新媳婦，那個新媳婦總是搶著幹活，她當時心裡還覺得好笑，新媳婦幹麼那麼急於表現。這下好了，輪到自己，可一點兒也不比人家遜色。

忙完這些，她又把自己和澤生的喜服及襪子拿到井邊來洗。

這種水井她在電視裡見過，大概知道怎麼用。她把桶子繫在繩子上，投入井裡，然後吃力地搖著手柄，滿滿的一桶水就上來了。

她坐在小椅子上，把衣服放在搓板上，搓啊搓，揉啊揉。以前在家極少洗衣服，偶爾洗一次也是先打肥皂，搓一搓，再扔洗衣機裡攪。現在用這種皂角，她真是洗不慣，搓弄了好半天。

這時，小姑子方小源從房裡出來了，她今年十四，已經定下親事了。這裡的人家都不會讓快要出閣的姑娘下田地的，而是讓她們在家裡養一養。若幹多了粗活，人長得粗糙，皮膚也曬黑了，去了婆家會遭嫌棄的。

因此，連十二歲的妹妹小清都下田地幹活了，小源卻沒有去，而是留在家裡學做女紅，順帶燒火做飯。

小源來到井邊，盯看小茹好一陣子，說：「二嫂，妳以前是不是沒洗過衣服？」

小茹發窘。「我……」

「還有，洗衣哪有在家打井水洗的，都是去河邊洗。這樣一桶桶往上打水，多累啊。而且在這個季節容易鬧旱災，井經常乾涸，哪怕能打上一點水，也是要留著做飯和燒水喝的。」

小源的語氣是誠懇裡含著納悶，並沒有責怪她的意思。

小茹恍然大悟。對啊！自己怎麼沒想到去河邊洗，可是手裡的衣服也洗得差不多了。她不好意思地撫了撫額，說：「妳瞧我，竟然忘記可以去河邊洗了。今日就這樣吧！我明日去河邊洗。」

小源聽了微微含笑，然後拎著菜籃子去菜園裡摘菜。

此時，瑞娘煮好了地瓜藤，餵了豬，正拿著一把鐮刀，準備到田裡去幹活。她從小茹身邊走過時，見小茹搓衣服的笨拙動作，不禁心裡一陣嘀咕：嘖嘖嘖……還說二弟娶了個心靈手巧的姑娘，還說是會幹農活的好手，簡直是糊弄人，連件衣服都不會洗！

小茹見瑞娘走了，偷偷地吐了吐舌，心忖道：大嫂肯定是在嘲笑我不會洗衣服吧？自己可得加把勁！

晾好衣服，小茹見小源提了一籃子菜回家了，她就和小源一起挑菜葉。

她見籃子裡有芹菜、空心菜、青椒，還有四季豆，便靈機一動，說：「小源，等會兒我來炒菜，妳在灶下燒火，行嗎？」

小源抬頭瞧了瞧小茹。「行啊，二嫂很會炒菜？」

「呃……還行吧。」她雖然平常不愛做家務，但是偶爾喜歡炒幾個小菜，有時候還會翻翻食譜，做幾道大菜，做出來的味道還算不錯。

臨近午時，她們倆就來廚房了。

小茹看到廚房裡還有一些新鮮的肉，想來應該是昨日辦喜事剩下的。她心裡有主意了，今日中午就炒四個菜吧，蒜蓉空心菜、芹菜炒肉絲、青椒炒肉絲、乾煸四季豆！

小源坐在灶下燒火，偶爾站起來，看著小茹麻利地切肉、炒菜。

小茹手裡一直在忙活著。她想著要往肉裡拌些太白粉，沒有的話就用麵粉代替吧！

「二嫂，妳怎麼把麵粉往肉裡拌啊？」小源納悶地問。

小茹胸有成竹地說：「這樣拌一拌，炒出來的肉就會很嫩，好咬。」

「哦。」小源半信半疑。

等她們把飯菜做好了，一家人都手拿著鐮刀回來了。直到這時，小茹才見到公爹和大哥。

「爹，大哥。」她捏著衣角，小聲地叫著。

方老爹瞧了瞧小茹，應了一聲「嗯」。

大哥洛生在旁跟著禮貌性地回應了一聲，小茹看了一眼洛生的神情與相貌，斷定他應是憨厚老實的莊稼漢。

這時，小茹才注意到，他們一個個臉色都不太好看，難道出什麼事了？

接著，她看見緊跟著進院子的澤生滿頭大汗，臉曬得通紅，一副垂頭喪氣的模樣。再一看，他的左手用袖子包著，上面染著一大片血色。

「哎呀，澤生，這是怎麼了？」小茹上前緊張地問，抬起他的手看。

「我割稻時不小心把手割傷了。其實一開始割得挺好，沒承想只剩最後一趟了，卻……」澤生不好意思地說。

婆婆張氏憂愁道：「孩子他爹，要不……我去找郎中來，給澤生敷點藥？」

「哪有那麼嬌貴。他都多大了，連娘子都娶了，作為一個農家人，受那點傷算不了什麼。」方老爹說完就進了屋，從水缸裡舀了一瓢涼水喝著。

張氏也沒去找郎中，只是無奈地嘆了口氣。

小茹忖道：傷口不敷藥容易發炎的。於是想了想，趕緊進廚房燒點開水，水燒沸後，她把水舀進大碗裡，又把碗放在涼水裡。

水溫很快就降了下來，她細心地幫澤生沖洗傷口。傷處位在小指，割口很深，指頭上的一塊肉都快掉下來了。小茹見了還真是心疼。

沖洗好傷口，小茹再進房找來乾淨的布給他包紮好。

澤生見小茹這麼細心地幫他處理傷口，心裡暖暖的。他笑咪咪地看著小茹，好像完全不覺得傷口疼。

張氏與方老爹見小茹心疼兒子，他們心裡很滿意，也對這兒媳婦頓生好感。

這會兒，小源從廚房裡走出來。「飯菜都做好了，可以開飯了！」

小茹和小源一起擺好碗筷，端出四盤菜，給公婆盛好飯。

小茹心裡挺緊張的，也不知他們是否吃得習慣她炒的菜，不會覺得味道很怪吧？

果然，他們見到這四盤菜，有點吃驚，因為這四盤菜的外相與家裡平常炒的都不太一樣。空心菜裡的蒜蓉太多，芹菜是斜刀切法，而且切得很細，青椒切成菱形，四季豆像是油炸過一樣。

「蒜蓉空心菜、芹菜炒肉絲、青椒炒肉絲、乾煸四季豆。」小茹像飯店裡的服務員向客人報菜名一樣，一道道地報出來。

澤生雖然不知道菜的味道如何，但見這樣式，他就覺得自己的娘子很能幹，說：「爹、娘、大哥、大嫂，快嚐嚐吧。」

方老爹與張氏先動了筷子，接著洛生和瑞娘也舉箸，他們吃著都沒發表什麼意見。最後還是小源和小清點頭，說：「二嫂，妳炒的菜真香！」

小茹聽了很開心，笑著說：「好吃，妳們就多吃點。」

這時方老爹終於開口了。「嗯，真的不錯，肉炒得挺嫩，我們家終於可以換換口味了。」

澤生聽了很開心，向小茹投來一記讚許的眼光，她默默地收下了他的讚美。

唯一不開心的只有瑞娘，因為方老爹的那句「我們家終於可以換換口味了」，在她聽來，那是公爹對她的不滿意。

瑞娘挾了一點菜，悶頭吃著。她不得不承認，味道真的有些特別，挺好吃的。

她抬頭準備再挾些菜，剛才那點菜實在沒吃過癮。在挾菜的同時，她瞄了一眼小茹，竟瞄見小茹手腕上的銀鐲子，可比她戴的實沈多了！

「弟媳，妳那銀鐲子真夠實沈的！」瑞娘忍不住帶著酸味說了出來。

小茹低頭看了看自己的銀鐲子，記得這是昨日上花轎前，娘家人給她戴上的。她並不知道這只銀鐲子是方家給何家的彩禮中必不可少的東西，一直以為是娘家給的。

小茹見瑞娘主動找她說話，還有點受寵若驚，她不明就裡便實話實說：「嗯，戴著是挺實沈的，樣式也好看。」

婆婆張氏乾咳了幾聲，瑞娘便低下頭吃飯，沒再出聲。

吃完午飯，大家各自回房歇息一會兒，下午還要接著割稻穀。

這時洛生與瑞娘的房裡很不平靜。婆婆張氏本來是在自己房裡歇息，想起自己的鞋子有些受潮，就拿出門外曬一曬。沒想到，聽到了他們的這麼一番話。

「洛生，爹娘也太偏心了，一家人累死累活掙點錢，全花在二弟身上，指望他考個功名，結果呢？空忙一場！緊接著，爹娘又給二弟娶親，娶就娶吧，為何給何家的彩禮比前年給我娘家的多？這些年拚死拚活的是你，享福的卻是二弟，這是憑什麼？你看弟媳那只銀鐲子，比我的這個不知要實沈多少！」

「瑞娘，妳怎這麼小心眼。爹娘是隨著當下時興什麼樣，就買什麼樣。我們成親的時候，時興的是妳戴的這款樣式，而今年時興的是弟媳戴的那款樣式。今年娶親的幾家都是買這新樣式的，難道妳還要爹娘去買過時的，讓人家笑話？」

「你都瞧見了，二弟那樣子像是會幹農活的？第一日下田就把手割了，還不如小清利索呢！而這位剛進門的弟媳，連件衣服都洗不明白，跟著他們一起過，真是糟心！這樣下去，我們什麼時候才能過上好日子？」

「那妳想怎樣？」

「分家！」瑞娘氣嘟嘟地說。

「妳休胡說，一大家子過得好好的，分什麼家？若是這樣，爹娘會怎麼想？」

「那我可不管！我們累死累活的，不就是奔著好日子嘛，憑什麼總讓他們扯後腿？」

張氏慍著臉，回到自己的房，對方老爹說：「老頭，大兒媳在吵著要分家呢，嫌澤生拖累了他們過好日子。」

「分就分吧。」方老爹若有所思地說，他已經想到了這個問題。

張氏聽了頗為吃驚。「澤生還不會種田種地，這時分家，叫他們兩口子怎麼過？分了家後，我們又不好明著幫他們，家裡可沒窮到那分上，何必讓他們受苦呢？」

「我們村裡有哪家的兒子們成親後不分家？這樣一大家子混著過，矛盾肯定多。等稻穀收完，就分吧。到了冬季，也只需砍柴過冬，澤生不至於連這個也不會吧？明年開春，我好好教教他，他腦子靈光，學得可快呢！」方老爹對澤生很有信心。

張氏沈悶著，還是很擔憂澤生，畢竟他以前沒幹過重活。

歇息不到一個時辰，大家從各自的房裡出來，都老老實實地拿起鐮刀去田裡割稻穀。

澤生也跟在他們後面，張氏想起什麼，說：「澤生，你手割傷了，就別跟去了。明日你要和你娘子一起回門，你們倆就去石鎮買些禮吧。」

張氏說著就回房，從裡頭拿出七十文錢。「你們去鎮上買六斤糖、六斤掛麵、六斤豬肉，回來後，再把夏季從田裡收來的那幾袋花生裡擇出二十斤好的來，明日回門一起帶給何家吧。」

小茹聽了有些暈乎，回門還要帶這些禮？

澤生在這方面還是懂一些的，說：「娘，要不要再買兩壺酒？」

張氏一拍大腿。「我差點忘了，酒必須得買，沒有酒，人家可是要笑話的！」

張氏又去了她的房裡，再拿出三十文錢，說：「我想起來了，除了要買兩壺酒，還得給茹娘的兩位叔叔家隨些禮。不過，他們兩家意思一下就行，給他們兩家各買糖、麵、豬肉都一斤吧。」

張氏手裡捏著這三十文錢，似乎很不捨得給，捏了好半天才放到澤生手裡。哪怕她不捨得，也沒辦法，該買還得買，她可不能讓親家挑出理來。

待張氏走了後，澤生高興地朝小茹招了招手，說：「走，我們去鎮上吧！」

小茹也跟著歡喜，她很想去鎮上逛一逛，瞧一瞧熱鬧呢！

兩人才出院門，就遭鄰居們圍觀，還有許多小孩子跟在他們前後跑著，一路叫著「新嫂嫂」。

小茹本來是個大大方方的姑娘，可見這陣勢，她禁不住紅了臉，頭略微低著。

兩位婦人停在路旁，上下打量著小茹，然後交頭接耳起來。

「妳瞧，澤生的新娘子長得還挺俊的。」

「那是，澤生長得一表人才，當然得找個般配的。」

小茹聽到她們議論自己長得好看，心裡可高興了。看來自己穿越過來也不算太倒楣，好歹有一張俊俏的臉，有一副還算窈窕的身材，比她本來的蘇瑾長得要強一些，不算吃虧。若穿越到一位醜女身上，和澤生一起走出家門，還不知要遭怎樣的議論。

小茹心情大好，瞧了瞧離她至少有二米遠的澤生，他也是頂著一張靦覥的臉。他第一次帶新娘子出門，總歸有些害羞的。

一位扛著鋤頭的中年男子笑著說：「澤生，你挺有福氣啊，娶個這麼好看的娘子。」

澤生微微笑了笑，問：「成叔這是要去地裡鋤草嗎？你家稻穀割完了？」

「今兒個上午剛割完的，先晾一晾，明日開始打穀子！」成叔扯著大嗓門說，還不停地回頭瞧著小茹。

出了村口，又碰到一位年輕小夥子，他一臉壞笑，打趣道：「澤生，你今早肯定起晚了吧！」

澤生頓時臉脹紅，雖然今早起晚了點，可他什麼也沒幹啊！

待他們走出了村子，來到稍寬一點的土路上，小茹追上澤生的腳步，說：「村裡人真愛說笑！」

澤生看了看她，溫和地說：「妳別在意，平時遇到哪家娶親，他們都是這樣的。」

「我才不在意呢，他們說的可都是好聽的話！」小茹邁著歡快的步子。

澤生與她相視一笑，兩人臉上都帶著甜蜜的笑容往石鎮去。

方家村離石鎮還不算遠，不消半個時辰就到了。

到了石鎮，小茹才發現，所謂的「鎮」真是挺破落的，也就一條街，街兩旁是一家挨著一家的鋪子，和村裡的房子一樣，都是土磚房。

她估算了一下，這個石鎮總共也就三十多家鋪子吧。雖然鎮子又小又破，但想要買的東西都能買得到。

澤生在心裡默算了一下，對小茹說：「一共要買八斤肉、八斤糖、八斤掛麵和兩壺酒。我們先買輕便的吧！否則手提著累。」

「嗯。」小茹點頭。她的相公腦子還算靈光。

他們買好了這些東西，澤生見有一家賣飾品的鋪子，就停下腳步，看著手裡還剩十二文錢，對小茹說：「妳在這裡等我一會兒。」他把東西放在地上，然後進了鋪子。

小茹還沒來得及問他要買什麼，他就進去了。她站在外面乖乖等著。

澤生在裡面挑了好一會兒才出來，手裡拿著一朵淡粉色的絹花。

「你怎麼買這個呀，家裡不是有兩朵嗎？」小茹雖然嘴裡這麼說，心裡還是很高興的。

「家裡那兩朵都是大紅色的，早上我見妳戴在頭上又取了下來，就知道妳肯定是不喜歡。這個是淡粉色的，樣式也比那個精巧些，妳喜歡嗎？」

小茹抿著小嘴笑著。「嗯，喜歡。」

澤生見她喜歡，就走上前一步靠近她，說：「來，我給妳戴上。」

澤生給她戴好絹花後，小茹忍不住用手摸了摸，然後兩人歡歡喜喜地回家了。

回到家後，澤生把家裡的幾袋花生倒在院子空地上，與小茹一起揀花生。空的、癟的都不要，只挑出飽滿的、個兒大的，差不多擇出了二十斤，他們一起將地上的花生再裝回袋子裡去。

忙完這些，天色也不早了。

小源又摘了菜回家。澤生見了小源，說：「小源，妳回房吧，晚飯由我和妳二嫂做。」

「好。」小源嘴裡答應著，眼睛盯著小茹的頭上瞧，笑問：「二嫂，這是我二哥給妳買的吧？沒想到二哥還挺有心的。」

小茹還沒回答，澤生就紅著臉朝小源說：「妳快回妳的房吧。」

小源附在小茹的耳邊說：「我二哥害羞了。」說完她就笑嘻嘻地跑回房裡去了。

之後，小茹和澤生坐在院子裡一起挑菜，雖然他們認識才一天，她卻感覺兩人好像已經很熟悉了一般。原來，人與人之間到底是熟悉還是陌生，根本不是時間問題。

擇完菜再洗淨，他們就進廚房開始忙著做晚飯。澤生坐在灶下燒火，小茹則在灶上炒菜。

澤生仰頭瞧著他的新娘子那熟練的炒菜手勢，那張紅撲撲的小臉，真是越瞧越順眼，越瞧越好看。

小茹假裝不知道他在瞧著自己，只是一直低著頭忙活，其實她心裡甜蜜蜜的。上輩子她沒正經地談過一場溫馨浪漫的戀愛，看來要到古代來實現了。

待天色昏暗，在外幹活的一家人都回來了。

張氏一回來，就瞧見小茹頭上的絹花，當下並沒有說什麼。趁小茹不在時，她拉過澤生問：「澤生，家裡不是給她備了兩朵絹花，你怎麼還買？」

澤生窘著臉說：「娘，那兩朵都是大紅色，花朵又大又土，不好看。這個新買的才八文錢，妳瞧小茹戴著多好看啊！」

「八文錢也不便宜，你要知道，家裡並不寬裕，可得省著點花。這次買就買了吧，她才過來一日，給她買朵頭花戴也行，下次花錢注意點就是了。」張氏囑咐著。

突然，她又想起一事。「剩多少錢回來？」

澤生掏出四文錢遞給她。「還剩四文錢。」

張氏正準備接過來，想了想，說：「你自己身上一文錢都沒有也不好，這四文錢你就留著自己花吧，別讓你大嫂知道就行。」

澤生心想這樣好像不太好吧！但張氏一說完就趕緊出去了，他只得把錢裝回自己的荷包裡，尋思著給小茹買點吃的也不錯。

吃完晚飯，澤生與小茹洗漱後，就上了床，早早熄了燭。

時辰還早，小茹一時睡不著。她聽到澤生翻身的聲音，就知道他也沒睡著。

小茹想跟他聊聊天，就問：「澤生，你以前有沒有喜歡過別的姑娘？」

澤生一聽，嚇得直坐起來。「小茹，我沒有，真的沒有啊。我以前一門心思在學業上，哪裡會生這種歪心。平時見到的姑娘都是我們村裡的，是方家本姓人，不但不能喜歡，也根本不會喜歡的。即使偶爾去石鎮上或趕集，路上碰到幾個姑娘，碰了面也是轉眼就忘了的，可從來沒生那個心呀！反正到了年紀家裡會給娶親，又何必去費那個心思呢！」

小茹見他那麼緊張，忍不住一陣發笑。「你緊張什麼呀，我就這麼一問，只是想瞭解一下你的情況嘛！又不是懷疑你喜歡過別的姑娘，看把你嚇的。」

澤生聽小茹這麼說，才放心地躺了下來，然後一直不吭聲。

黑暗中，小茹看不清他的臉，只能聽到他的呼吸聲，而且呼吸聲越來越急促。她不由得納悶，他這是怎麼了，為何突然不理她了？

「小茹。」良久之後，澤生突然叫了她一聲。

「嗯？」小茹被驚了一下。

「我……我……只會……喜歡妳一個人的。」澤生鼓起好大的勇氣，才表白了這麼一句。對於他來說，說出「喜歡」這兩個字，簡直肉麻得不得了。

小茹聽了竟然心裡一個激靈，原來他呼吸那麼侷促，醞釀這麼久，就為了向她說這麼一句話，說他只會喜歡她一人？

他已經喜歡上她了？

小茹伸出手來，拉住他熱呼呼的掌心，說：「我也是。」

澤生沒想到小茹會主動拉他的手，一時心裡歡喜得不得了，便握緊了她。兩人就這麼拉著手，慢慢地睡著了。

第二章

次日，吃完早飯，澤生找出扁擔，將二十斤花生放進左邊的一只籮筐裡；糖、掛麵、酒、豬肉則放進另一只籮筐裡，張氏還找出兩幅紅囍字，籮筐裡各放一幅。

澤生將一擔籮筐挑起，小茹跟在他身後，一起向娘家走去。

方家村離何家村有三里地。一開始澤生挑著還覺得輕便，想來只有四十多斤的東西，加上一擔八斤重的籮筐，一共才五十來斤，他也沒放在心上。

可是挑著挑著，他的肩膀越來越疼了，也不好意思說，怕小茹笑話他，就這麼堅持著。小茹問他累不累，他總是笑著搖頭，一直走了二里地。

小茹見他的額頭上出了汗，步伐越來越軟，就覺得不對勁，說：「澤生，你放下擔子，歇一歇吧，可別累著！」

澤生仍要堅持，還是小茹硬給他接了下來。

「累了吧？」小茹掏出手帕，給他擦汗。

儘管他肩膀疼得火辣辣的，他嘴裡卻還否認。「不累，這點東西我還是挑得起的！」

兩人歇息了一會兒，小茹說她來試一試，看是否能挑得動。

澤生趕緊攔住她。「妳是女子，哪裡能挑動擔子？」

「我試一試嘛！」小茹躍躍欲試，擺開身架。剛才她就見一位女子挑著一擔稻穀從他們眼前走過，像是很輕鬆的樣子。

她先蹲下身子，架起扁擔放在肩頭，想直起身，卻怎麼也直不起來。肩膀上那副沈重的擔子，壓得她根本動彈不了。

她使了半天力氣，連吃奶的勁都拿出來了，籮底才離開地面。她咬緊牙關剛走了兩步，「咚」的一聲，一擔籮就落地了，她的身子也跟著蹲下來，然後拚命地揉她的肩膀。

不得不承認，她這個從小到大有些嬌生慣養的獨生子女，還真幹不了這挑擔的活兒。

澤生在旁見她那副模樣，笑得不行，說：「我就說妳不行的吧。妳放心，以後我絕對不會讓妳挑擔子的！」

「可是……我見這裡的女子都挑擔子的。若你從來不讓我挑，會不會被別人說呀？」小茹可不想被別人說她偷懶。

澤生將她扶了起來，溫柔地說：「別的女子是別的女子，妳是妳。若有人嚼舌根，我就說，是我不讓妳挑的，我……捨不得讓妳挑。」他說出最後一句話時，覺得有點肉麻，不好意思讓小茹看見他羞紅的臉，趕緊挑起擔子向前走。

小茹心裡頓時湧上一股甜蜜的滋味，追了上去，從他身後的一只籮筐裡拿出捆綁好的八斤糖拎在手裡，為澤生減輕點重量，然後跟在他身後走著。

澤生身子朝前，沒瞧見小茹從籮筐裡拎出了糖。他還覺得奇怪呢，怎麼感覺擔子好像比剛才輕了許多，或許是休息了一會兒，緩過勁來了吧，腳下的步伐也走得輕快了一些。

小茹之所以跟在澤生身後走著，是因為她根本不知道怎麼去何家。前日嫁過來時，她是坐在喜轎裡的。若她現在走在前頭，卻連自己娘家都找不到，多嚇人啊！

澤生見只剩下一里路了，就一口氣將擔子挑到了何家村。

到了小茹的娘家，何老爹、王氏、弟弟林生和妹妹小芸，全都站在院子外迎接，鞭炮放得噼哩啪啦響，周圍還站著一群男女老少在圍觀著澤生。

澤生親和地叫了一聲「爹、娘」，然後將擔子挑進了何家的堂屋才放下。

「累了吧？」王氏看著他們小倆口笑咪咪地說。

「不累不累。」澤生憨厚地笑著。

王氏與何老爹仔細瞧了一番澤生，再瞧瞧小茹，見女兒不但沒有像那日從河裡救起來那麼傻愣愣的，看起來還挺機靈，想來她已經恢復過來了，沒什麼大礙，便放心了。

王氏趕緊喊小芸。「小芸，快將剛才燒好的水泡上茶葉，再倒上來給妳姊和姊夫喝。」

小芸聽後也不盯著姊姊和姊夫看了，趕緊倒茶去。

何家比方家要窮很多，且不說家裡的幾樣家具都是破破爛爛的，一家人穿得也很寒酸，個個身上都打了好幾個補丁。

小茹在何家只待過一整日，也不太明白家裡為什麼這麼窮。她和澤生一起喝著粗劣茶葉泡的茶水，與王氏、何老爹一起寒暄著。

無論王氏與何老爹問澤生什麼，澤生都老老實實地回答。比如，你家多少畝田？多少畝地？多少菜地？稻穀長得可好？

他們早就從媒人那裡得知澤生以前是書生，沒怎麼幹過農活，便又有些擔憂地問：「種田種地可都是力氣活，不知你能不能做得來？」

澤生抬袖抹了抹汗，有些緊張地說：「能，我不怕吃苦的。」

何老爹與王氏聽了澤生這句話，都滿意地笑了，看來這位女婿是個踏實過日子的人。

寒暄之後，小茹就與澤生一起到兩位叔叔家，把隨的禮給他們送過去了。

午時，王氏從籮筐裡拿出肉，切下一塊，做了一頓對何家來說算得上十分豐盛的午飯。

一家人上桌時，澤生還拿出酒來，陪何老爹喝了幾盅。澤生根本不會喝酒，但為了禮貌，他還是硬撐著敬了何老爹兩盅。

何老爹看樣子酒量不錯，也愛喝，再看著眼前這位滿意的女婿，心裡高興，不免多喝了幾杯。喝多了，話也多了，就絮絮叨叨講一些家裡的瑣事起來。

他嘆了口氣說起，何家以前可沒這麼窮，畢竟自己可是種田種地的好手。在生小芸的那年，村裡突然來了一位劉員外，圈了村裡好些田去，劉員外還拿出縣令發的公文給村民們看，村民們知道鬧不過官府，也不敢說什麼了。

圈的這些田，其中有五畝是何老爹家的。別人家只圈一畝或二畝，算起來何家被圈的地最多。

劉員外則按照一畝田補六百文錢，一共補了何老爹三兩銀子。

失了田後，家裡的農活的確是少了，人也輕鬆了些，但只剩三畝田、二畝地，收的糧只能勉強夠一家子吃喝，根本沒有額外收入。

但家裡還得買家用、衣服，一年到頭村裡還有一堆紅白喜事，光送的禮錢就不少，三兩銀子也就撐一年多。接下來，年年都是窮得叮噹響。

何老爹一邊嘮叨一邊抿著小嘴，話一直不停。

王氏拿下何老爹手裡的酒盅，對澤生說：「澤生，下次你可不要給你爹買酒，他一喝多了話就多，還耽誤幹活！」

澤生倒愛聽何老爹說說何家的事，便道：「娘，爹高興，妳就再讓他喝兩杯吧。」

「還是我女婿心疼我！」何老爹開心地道，又從王氏手裡奪過酒盅。

王氏也就隨他去，不管了。

待一家子都吃好了，何老爹還在嘮叨個沒完。其他人都下桌了，只有澤生一人留在桌上，繼續聽著何老爹倒滿腹的苦水。

王氏將小茹拉進臥房，閒聊起母女之間的家常話，此時小弟林生與妹子小芸也跟著進來湊熱鬧。

閒聊了幾句，王氏突然想起一事，說：「方家沒給林生、小芸隨紅串嗎？」

小茹一愣。紅串？指的是不是紅包？

她尋思了一下，好像沒有聽婆婆說過，也沒聽澤生說，應該是忘記了吧。

她想了起來，以前她外婆家的那個村裡，似乎是有這麼個習俗，新媳婦回娘家好像得給弟弟、妹妹紅包的。

王氏見小茹一愣一愣的，就知道方家肯定沒給林生、小芸隨紅串，說：「瞧妳，怎麼一點也不知道扒娘家，連這事都忘了。再說，即便妳忘了，澤生和他娘怎麼也能忘了？」

小茹尷尬地笑了笑。「我去問一問，說不定他沒忘呢！」

小茹出房門，將澤生拉到一邊，問：「你有沒有帶那個……那個紅串，給我弟弟、妹妹的紅串。」

澤生突然想了起來，按習俗是得給林生、小芸隨紅串的，他發窘道：「我……我忘了，娘也忘了跟我說呀。」

澤生想起身上有四文錢，趕緊從籮筐裡捆綁糖的紅繩上拽下兩根，每根紅繩上串兩個銅板，遞到小茹的手裡，有點擔心地說：「我身上只有這四文錢，是不是太少了呀？」

「沒事，先應付一下吧！」小茹拿著一共四文錢的兩個小紅串，給了林生和小芸。

王氏見有紅串，笑咪咪地對林生和小芸說：「這是你姊夫給你們的紅串。」

待王氏看清兩串加起來才四文錢，臉色頓時不太好看了，按一般規矩，至少一人也得串個十文錢的，便道：「方家不至於和我們家一樣窮吧，怎這麼小氣？」

十三歲的林生似乎也嫌少，不太滿意地掂著手裡的兩文錢。十歲的小芸倒沒覺得什麼，她把兩文錢當寶似地揣在身上。

小茹解釋道：「娘，不是他們家小氣，是他們給忘了。澤生身上只剩四文錢了，下次回來，一定補上。」

王氏聽小茹說下次要補上，就覺得不妥當，說：「補就算了，這件事妳不要在妳公婆面前提，以免讓方家覺得我們何家窮計較，以後妳記著別讓娘家吃虧就行了。」

小茹覺得娘考慮得還挺周到，便笑著點頭。「我記下了，妳放心吧。」

待小茹一出房，王氏就把林生與小芸手裡的四文錢要了過來，他們倆不肯，想留著自個兒買零嘴吃。

王氏小聲地說：「小孩子要錢做什麼？」他們兩個只好乖乖地上繳了。

到了下午，兩位嬸嬸過來了，她們一人手裡拿著一包糖，放進已經騰空的籮，說是回的禮。這裡的風俗就是這樣，他們會從隨來的禮中挑一樣當回禮，剩下的就是自家的。

兩位嬸嬸走後，王氏把家裡的雞蛋都放進了籮裡，覺得十四顆雞蛋有點少，這個數字也不太好聽，又從雞窩裡掏出了兩顆雞蛋放進去，湊成十六顆。

既然小茹的兩位嬸嬸一共回了兩斤糖，那就不用再回糖了，她放了兩斤麵在籮筐裡。王氏再看了看籮裡，覺得回的禮還是太少，便從送來的肉裡割下一塊放進籮裡，才覺得像那麼回事。

準備好了回禮，王氏又將小茹叫進臥房裡，囑咐了她好一些話，教她在婆家要嘴甜勤快、懂禮恭謹，說來說去都是要做一個好兒媳，不要叫人落下話柄。

小茹深感這位做母親的苦心，懂得她是怕女兒沒做好，遭婆家嫌棄，以後的日子就不好過了。

小茹一個勁兒地點頭，叫她放心。

眼看著天色不早了，小茹和澤生要回婆家了。

澤生挑著輕便的擔子，與小茹一路往回走著，說說話，聊聊家裡的事，在天黑之前趕到家。

進了家門，澤生放下了擔子。婆婆張氏就趕緊來看籮裡回了多少禮，見有十六顆雞蛋、二斤糖、二斤麵，還有約二斤多豬肉。

這可比前年大兒媳娘家回的禮要多得多呀！

張氏知道何家窮得叮噹響，沒想到還捨得回二斤多肉，就笑著對小茹說：「妳娘家真是客氣，回了這麼多雞蛋就夠了，還回豬肉做什麼？」

小茹謙虛地笑了笑，回道：「這是應該的。」

張氏笑咪咪地把回的這些禮摟進廚房了。

瑞娘見了，心裡一陣沈悶。當年她娘家就回一斤糖、一斤麵、六顆雞蛋，丟死人了。就因為這個，這兩年多來，婆婆明裡暗裡笑話過好幾次，讓她很不舒服。可誰怪自己的娘小氣呢，巴不得一樣都不回，而且還總攛掇她從婆家拿東西補貼娘家。

瑞娘越想越心煩，綳著一張臉和小源一起往桌上端菜、擺碗筷。

一家人圍在桌前吃飯時，張氏有意無意地看了瑞娘幾眼，意思大概是，妳娘家就是不如小兒媳的娘家大方。

瑞娘心裡憋屈得都沒胃口吃飯了。平時她都要吃兩碗的，今晚她只吃一碗便回自己房了。

吃完飯後，澤生進了方老爹和張氏的房，說：「爹、娘，今日去小茹家，忘了給小茹的弟弟、妹妹帶紅串錢，我就拿四文錢應付了。」

方老爹聽了這麼回事，不高興了，對張氏說：「瞧妳，瞎忙活什麼，連這種事也能忘？兒子頭一回上岳丈家，妳就讓他不得臉？」

張氏發窘，略紅了臉。「孩子他爹，還不是家裡近日忙嘛，辦喜事、割稻穀，我一時忙糊塗了。」

她這一解釋，方老爹也沒再追究。

張氏見丈夫沒吭聲，趕緊找出二十文錢遞給澤生，說：「你得了空，送到她家裡去，好圓個話。」

澤生沒有接錢。「娘，不用。小茹爹娘都很好相處，不會計較這些的。中午他們還做了一頓豐盛的飯菜招待我們，小茹她爹還跟我聊了好些話呢！」

方老爹聽了道：「那是人家懂禮數，我們沒做好，人家不但不怪罪，還回那麼多禮。這次就算了，越有意補上就越顯得婆媽計較。但以後遇到這種事就得注意了，別讓人家挑得出理來！」

張氏聽丈夫這語氣像是又在怪她，就對澤生說：「你等會兒回房，替我向茹娘賠個禮吧。」

「娘，看妳說的，哪有那麼嚴重。本來人家沒怎麼在意，妳這一說，好像多大事似的。不說了，我回房了。」

澤生說完就回了自己的房，此時，小茹正在洗腳。

他見小茹抬起了腳，就趕緊給她遞上擦腳巾子。然後他又端起洗腳盆，出門把水倒了。

小茹心喜道，有這樣的老公真好，還給自己倒洗腳水。看來，老天爺在她去相親的路上把她截住，然後打發她到這裡來，就是不想讓她去見那個相親渣男，而是要賜給她這麼一個古代相公吧？

小茹默默地對老天爺賠罪，對不起，老天爺，上次我冤枉祢了，嘻嘻。

澤生拿著木盆進來後，說：「小茹，娘剛才跟我說，讓我替她向妳家賠個禮，不該忘了紅串錢。」

小茹努起小嘴巴。「瞧你，怎麼這事也告訴爹娘？他們忘了就忘了唄，你還非要提。」

「當然要告訴爹娘了，這是我們方家禮數沒做周全，總不能做錯了事，心裡還糊塗著不明白吧。」

小茹爬上床，笑著說：「我最愛揣著明白裝糊塗了，不愛記這些小事。」她脫了衣裳，鑽進被窩裡。

澤生洗完後也上了床，僵著身子躺了一會兒，便往小茹這邊挪了挪，側過臉來看她，問：「今日來回走了那麼多路，累不累？」

「不累。」小茹舒服地在被子裡伸展了一下胳膊和腿。在這裡雖然沒有汽車，動不動就要靠雙腿走路，但好在這個年代還沒有發明高跟鞋，否則還真是累得慌。

澤生發現，小茹自從來到他家，每日都是開開心心的，不像大嫂，沒事就愛擺著個冷臉。看來小茹很滿意他，對方家的生活也很滿足，不挑剔。這樣多好，和和氣氣、開開心心地過著小日子。

想到這裡，他心裡蕩漾，很想上前親小茹一口，可是又不敢。

小茹見澤生看自己的眼光有些異樣，暗想，他肯定動什麼心思了，想吃她豆腐了！可是看他那樣既想又不敢，她不得不為他著急。

唉，這要是放到現代，男人估計早就撲過來了吧。

「小茹……」澤生小聲地叫她，聲音綿綿的。

「嗯？」小茹見他還是不敢。好吧，還是她主動來吧！

她也往澤生這邊挪了挪，兩人側著身子，臉對著臉，四目相對，臉上都起了紅暈。小茹湊上去親了一下他的額頭，澤生頓時激動得呆愣了。

很快，他回過神來，也湊過來親了一下小茹的額頭。

小茹再親一下他的唇。

澤生的呼吸開始急促，湊過來用自己兩片溫熱的唇貼在小茹的臉上，再滑向她的唇，軟糯軟糯的。

他的氣息，是與小茹相投的那種；他唇上的味道，是小茹愛吮吸的味道。她忍不住勾住他的脖子，兩人的唇相吸得更近，纏黏得更緊。

兩人吻了一陣，又含情脈脈地相視一陣，再緊緊相擁著纏唇戀吻。澤生平生第一次感受到吻的美妙感覺，這種感覺甜甜蜜蜜又蠢蠢欲動，讓他想要吻得更多。

他不懂吻的技巧，更不懂得舌吻，只知道憑自己的感覺索吻。他越吻越密實，越吻越不想放開，待兩人窒息得難受時，他才鬆開了。

「小茹，我真的好喜歡妳。」他俯在她耳邊輕輕地說，然後又吻了吻她的耳鬢。

「我也喜歡你。」小茹有點嬌羞。

她心裡還在暗想，哪次得讓他知道還有舌吻這麼回事。哎呀，看來是自己想調教他了，自己好壞、好不純潔呀！

她正尋思著這些時，澤生的唇又覆壓了過來，將她的唇狠狠地碾過一次又一次。

這一晚，也不知他們倆吻了幾回，只知道，到了很晚很晚，兩人才相擁著睡去。

一早起床時，兩人都羞紅著臉，不好意思看對方了。

吃過早飯，方老爹扛著一個四方形的木製打穀斗到院子裡，這個打穀斗至少一百多斤吧。稻穀都割完了，現在要開始打穀子了。

因為打穀子會甩得滿身是泥，一家人都穿上最破最髒的衣服出門。

小茹也跟著出來。「澤生，我也去。」

澤生看了看頭上的烈日，雖然已是九月中旬，不算太熱，可是他不想讓小茹受日曬，就說：「打穀子這種重活妳不會做，就待在家吧。」

瑞娘斜眼瞧著澤生，心忖道：就你會心疼娘子，不讓她幹活，難道留在家裡吃白食？

小茹很懂瑞娘的眼神，何況她自己也不是愛偷懶的人，她喜歡跟著澤生一起幹活。「我跟著你去打個下手吧。」

澤生也怕大嫂心生不滿，只好點了點頭。

他們一起來到田裡，方老爹將打穀斗扛到田的正中間，瑞娘與小清則把割好的稻穀抱到打穀斗旁邊。

方老爹、張氏和洛生立在打穀斗旁，拿起一小抱稻穗，揚得老高，然後用力砸向打穀斗的邊緣，穀子就被砸了下來，掉進穀斗裡。

一小抱稻穗要反反覆覆翻邊砸，砸約八、九下，穀子才能全部掉下來。

小茹見他們使那麼大勁，就覺得這種活很辛苦。看來，打穀子可以說是農活裡最累的一項活兒了，若一般人這麼打一上午，胳膊估計都不像是自己的了。

澤生可能以前也沒怎麼幹這種活，他手裡的一小抱稻穗要砸十幾下，穀子才能全掉下來。

小茹瞧他那樣，就覺得費勁，挺心疼他的，但又不能不讓他幹活。

澤生卻想在她面前表現自己很能幹，一下也不肯歇。

張氏累了，坐在田埂上歇息著，見澤生還那麼賣力，便道：「澤生，你累了就歇息一會兒，別拚著傻勁幹！」

「娘，我不累。」澤生硬扛著。

小茹摟一小抱稻穗到澤生的腳邊，然後再把他打完穀子的稻稈一捆一捆地繫起來。這些稻稈作用挺多，可以餵牛吃、蓋牛棚，給豬欄鋪地，還可以當柴火燒。

這時，隔壁一塊田裡也有人在打穀子，那家的當家男主人就是成叔。

方老爹一邊打穀子一邊大聲說：「道成，你家上個月打個灶花了多少錢？」

「怎麼，你家也要打灶？」成叔邊打著穀子回問。

「嗯，準備打兩個灶。」

「你家要分家吧？也是，兩個兒子都娶親了，是該分家。我家打灶請的是鄰村的趙泥匠，花了四日工夫打好的，料錢加工錢，一共花了兩百文錢。這年頭，什麼都貴！」

方老爹有點吃驚，問：「要兩百文？去年不才一百七十文，怎漲了這麼多？」

「嗯，都是這個價，而且人家還一文也不能少。如今這年頭，分家都快分不起了！」成叔狠狠地打著穀子說。

方老爹聽到要這麼些錢，沈悶了一會兒。

但他尋思著，貴也得分呀，遲早是要分的，就說：「等到了傍晚，我去瞧瞧你家打的灶怎麼樣，好的話，我也請趙泥匠來打！」

瑞娘聽公爹說要打灶分家，心裡樂著呢！她終於可以和洛生單獨過日子了，到時候分了田地、菜地，她想怎麼做就怎麼做，洛生是做農活的好手，肯定會過上好日子的。到時候自己想買個什麼，也不至於開口問婆婆要錢了。

小茹聽說要分家，一開始倒沒什麼感覺。她也知道，在農村分家是件大事，而且會分得很公平，聽說連幾個碗都要分勻。又往深裡想，一旦分了家，她就要和澤生過兩個人的小日子了，心裡也禁不住高興起來。

到了傍晚，方老爹從成叔家回來，對張氏說：「道成家的那口灶打得著實好，火燒得旺，鍋底熱得快，樣式也時興，難怪要兩百文錢哩！」

張氏有些犯愁。「我們家辦了喜事後，手裡就剩一千文錢，打兩個灶的話，花掉四百文，那就只剩六百文錢了。若要分家，兩個兒子也分不到什麼錢。」

方老爹坐了下來，喝了口茶，說：「分家是遲早的事，錢多錢少都是要分的。」

張氏望了方老爹一眼，知道他是下定決心要分了，提醒道：「你可別忘了，小源年底就要出閣，陪嫁也不能寒酸了！」

方老爹思慮了一陣，說：「小源出閣不是有男方給彩禮錢嗎？把彩禮錢全添進去買嫁妝，我們也無須另花太多錢，另外再拿出三百文給小源壓箱底就行了。」

張氏聽了覺得這樣也行，有的人家嫁女兒，不但沒有另拿錢壓箱底，就連彩禮錢都不一定全買嫁妝，而是摳一點下來留著家用。

張氏嘆了嘆氣，說：「孩子他爹，那最後只剩三百文錢分家了。」

方老爹盤算了一下。「我們自己留一百，兩個兒子一家一百，節省著用也能撐到過年。來年春季收了油菜籽，除了打油吃，還能餘些賣點錢，到時候再分分。」

「也只能這樣了。」張氏應著。

「大哥、大嫂！」外面有一位婦人在院子裡叫著。

方老爹與張氏走了出來，一瞧，是方老爹的妹妹方氏。

「小妹，妳怎麼來了，還沒吃飯吧？」張氏出來迎接。

方氏只是笑笑，沒有回答到底吃過了沒。

張氏見天色才剛剛暗了下來，小妹從她夫家走到這裡得一個時辰的路，不消說，肯定沒吃飯。

張氏拉著方氏進來後，瑞娘、小茹和小源已將飯桌擺好了。

「小妹，快坐下一起吃吧。」方老爹招呼著。

方氏也不客氣，屁股一坐，就舉起了筷子。

小茹在澤生的提醒下，叫了方氏一聲小姑。方氏直誇小茹嘴甜，長得好看，她誇完了小茹覺得不能冷落了瑞娘，又誇瑞娘勤快、能幹。

張氏知道方氏來這一趟可不是光為了誇她兩個兒媳婦的，但這時在飯桌上，她也不好問。

吃完飯後，方氏跟著方老爹和張氏進了他們的臥房。

張氏給方氏遞上茶，說：「小妹，妳有什麼事就說吧，是不是打穀子忙不過來？」

「不是。」方氏剛才還強硬堆著笑容的臉，此時蒙上了一層陰鬱。「咱家那口子可能是打穀子累著了，咳病又犯了，昨夜咳了整整一夜。你們也都知道，他這咳病時好時壞，前年為了治這病，欠了一屁股債，這兩年他的病好了一些，我們也還了一些債。可沒想到，他這老毛病又犯了，下午我出門時，他還在咳呢，只是……現在我們手裡就六十文錢根本不夠，不治又不行……」

她這一說，張氏與方老爹就知道方氏是來借錢的。這幾年，方氏陸陸續續來借過好多次錢，每次借錢的原因都是給她丈夫治咳病。剛開始他們哪怕是自己不過日子，這錢也得借，可是這次數多了，人的同情心也漸漸淡了，反正方氏那口子的病時好時壞，有時候拖著不治，也沒有性命之憂，照樣過得下去。

張氏前些日子還算了一下，方氏已欠下他們家九百文錢，一文錢都沒有還過。可方氏那口子這幾年動不動就犯病呢，咳得凶，有時還通宵咳，總不能眼見著不管吧？這次她又來借，但他們方家正愁著沒多少錢分家呢！

「小妹，要放在以前，我們能借肯定就借了，你們欠下九百文，我們也沒催過不是？只是……家裡剛辦喜事，這又要打灶分家，實在是……」張氏為難地說。

張氏心裡明白著，再借錢給方氏，這錢估計也是打水漂兒了，她家欠了那麼多債，根本沒能力還。何況，他們方家也只有三百文錢留著分家，哪裡有錢借？

方氏聽了眼眶通紅，再看了看自家兄長。方老爹也不知道該怎麼辦。不是他們不借，只是他們家難道不打灶，難道不給小源留三百文壓箱錢，難道分家時一文錢都不給兩個兒子？

方氏見他們兩個露出為難的臉色，抹起眼淚來。「我也知道你們家近日事多，不該來的，只是我該借的都去借過，實在不知道該找誰了。他這病若是一直這麼拖著不治，恐怕是……恐怕是好不了，嗚嗚……」

方氏掩面痛哭了起來。

方老爹見自家小妹哭起來，頓時心軟了，問：「妳先別哭啊，不知這次需要花多少錢？」

方氏覺得事情仍有餘地，抬起袖子擦掉了眼淚，哽咽地說：「至少三百多文錢，我家只有六十文，還差兩百多。」

方老爹看了看張氏，說：「借給小妹二百四十文錢吧。」

借。

張氏愣住了，借二百四十文？難道留六十文錢分家？她慍著臉坐著不起身，壓根兒不想

方老爹催道：「人命關天，救人要緊，快去拿吧！」

方氏又哭道：「大嫂，待我家那口子病好了，以後家裡來了錢，肯定頭一個還妳家的，妳放心，欠你們家的那些錢，一定會還，不會賴帳的。」

張氏聽這話都聽膩了，心忖道：每次借錢都這麼說，可至今好幾年了，還不是一文錢都沒還，自己這一大家子辛辛苦苦從田地裡刨出來的錢，都供奉給她家了，這是憑什麼？

「快去呀！」方老爹瞪著張氏，一直催。

張氏咬了咬唇，到床後翻出錢袋子，數出二百四十文放在桌子上，頂著一雙濕紅的眼睛逕自出去了。

方氏拿了錢，嘴裡直道謝：「還是大哥、大嫂心善！」

「快回去抓藥吧，別耽擱了。」方老爹嘆氣地說。

方氏趕緊摟著錢走了。

澤生見他娘眼眶裡濕紅，而小姑又飛快地走了，就知道了個大概。

小茹跟著澤生進了自己的房，納悶道：「澤生，娘怎麼了？剛才她在舀豬食，我說讓我去餵豬吧，娘沒搭理我，而是低著頭拎桶顧自去了，好像不高興。」

澤生拉著她坐在床邊。「妳別多心，娘不是針對妳，肯定是小姑又來借錢了。小姑欠我

們家不少錢，又還不起，主要是小姑父有咳病，不治又不行。次數多了，娘也煩了。何況近日家裡花錢的事多，估計也沒剩什麼錢了，這又被小姑借走了，妳說娘心裡頭能不難受嗎？」

小茹聽了也跟著嘆氣。「家家有本難唸的經，小姑也是可憐。」

澤生把胳膊搭在她的肩頭上，親熱地說：「所以，養好身子是最重要的，妳以後也別老搶著幹活，知道嗎？」

小茹輕輕刮著他的鼻子。「不得了了，你這就開始生私心了，我搶著幹活不也是幫家裡嗎？」

「我心疼妳嘛！」澤生想起昨晚還沒親夠，又捧起小茹的臉，親親她的臉蛋，再貼上她兩片溫熱的唇。

小茹心想，哼，看來澤生的靦覥被她調教沒了，現在他是想親就親啊！

兩人摟著脖子吻得正激烈，外面突然傳來一聲「砰」的關門聲，把他們倆嚇得倏地分開了。

澤生和小茹打開門來看，只見瑞娘抹著眼淚往外院跑，胳膊上還兜著一個包袱。

「大嫂這是怎麼了，和大哥吵架啦？」小茹緊張地問。

澤生已經習以為常了。「嗯，肯定是吵架了，而且看大嫂這樣子又是要往娘家跑。」

「大哥怎麼不出來攔住她啊？」小茹覺得奇怪，夫妻吵架，女的要往娘家跑，男的不都是出門攔著嗎？

「以前大哥也攔過、拉過，可越這樣，大嫂就哭得越凶，還大發脾氣，最終還是攔不住。後來大哥就不攔了，等大嫂在娘家住了兩日，大哥再去接她，她就會跟著回來的。」

「啊？哦。」小茹應著，看來大哥是大智若愚啊。

這會兒，張氏出來了，把洛生叫了過去。「怎麼，你們倆又吵架了？」

「娘，不是我吵，是瑞娘她……她一直鬧，就拌了兩句。」洛生支支吾吾地說。

「瑞娘是不是為娘把錢借給小姑的事生氣？」張氏懷疑道。

「沒……沒有。」洛生答得不是那麼利索。「瑞娘只是……說她好久沒做新衣裳了，說……」

「說娘不捨得給她錢做新衣裳，還把錢借給小姑，是不是？」張氏問道。

洛生口是心非地說：「不……不是。」

張氏太瞭解自己的兒子了，他這句不是，那就肯定是了。不過，她也不怪瑞娘生氣，她自己現在還生一肚子的悶氣呢！

「你回房吧，後日再去把瑞娘接回來。」張氏說完也回自己的房了。

方老爹找出帳本，在翻看著這一年所花的錢。張氏也不理他，繃著臉坐在油燈下納鞋底。

方老爹偷偷地瞄了她一眼，語氣柔和地說：「妳別急嘛，若是油菜籽能有去年的收成，除去留自家要吃的，剩下的估摸著也能賣個三、四百文錢，家裡也不是一窮二白。」

張氏斜眼瞥了他一下，說：「你和洛生又不是小妹家的長工，一年到頭累死累活地做，到頭來剩點餘錢都供奉給小妹那口子的病上去了，害得我們家每年都過得緊巴巴的。不要說瑞娘要跑回娘家，若我娘還在世，我都想回娘家了！」

方老爹僵笑著道：「妳以前可也沒少跑娘家。小妹畢竟是我們家的近親，總不能置之不理吧？」

張氏手裡順溜地拉著麻線，認認真真地納鞋底，懶得搭話。

方老爹又道：「小妹也是個可憐人，妳以為她願意厚著臉皮來借？不也是沒辦法嗎？」

張氏聽了有些心軟，說：「好了好了，借都借了，生氣又頂個什麼用！」

次日，方老爹就請來鄰村的趙泥匠來打灶。

因為家裡沒有空餘的房間專門用來打灶，只能將灶打在他們各自睡覺的房裡。好在房間足夠寬敞，澤生和小茹一起把他們房裡的物件挪一挪，留出南面一小塊地方，用來打灶足夠了。

「小茹，等打好灶，分了家，我們就要過兩個人的日子了，妳怕不怕跟著我吃苦？」澤生拉著小茹的小手，心疼地看著她，他真的有點擔心自己不能讓她過上好日子。

「我才不怕呢，等灶打好了，我每日都要變著花樣做好吃的，而且……我還要把我們的小日子過得紅紅火火！」小茹興奮地道。

澤生看著眼前可愛的娘子，歡喜道：「妳好像什麼都會，什麼都懂，妳從哪裡學來的？」

小茹可不敢說自己是穿越而來的，她故作神秘地道：「我是神仙爺爺派來拯救你這個落魄書生的，他就教會了我許多東西呀，若是我什麼也不會，怎麼拯救你？」

澤生聽了直發笑。小茹愛說玩笑話，性格開朗，給他的生活增添了許多樂趣。

他心裡甜蜜蜜的，暗自忖道：原來成親娶娘子是這麼美好的事啊。

他接著小茹的話說：「神仙爺爺肯定是因為知道我……知道我會喜歡妳，所以才派妳來的。」

「肉麻！」小茹揮起小拳頭捶著他的胸膛，心想：她的澤生越來越肉麻了。剛嫁過來那日，他靦覥成那樣，這才幾日呀，他就開竅了，嘴上跟抹了蜜似的。

澤生任她捶打幾下，然後將她擁在懷裡，甜甜地笑著，緊緊地摟著。兩人耳鬢廝磨了一陣，正要親吻。

輕掩著的門突然被推開了，方老爹帶著趙泥匠進來了。

他們見澤生與小茹摟抱著，臉湊在一起就要親上了，這情景把他們嚇得頓時怔住，都忘了退出去。

澤生與小茹倏地分開了，各自往後跳開了一步，兩人的臉都紅到了耳根。

方老爹很看得開，誰沒有年輕過呢。他裝作沒事樣地說：「澤生，你告訴趙泥匠，你想把灶打在哪個地方？」

「就打在這南面吧，我和小茹已經收拾出來了。」澤生仍然紅著臉，指著南面收拾出來的地方說。

「先給你哥屋裡打，然後再打你屋裡的，如何？」方老爹徵詢道。

澤生笑道：「爹，當然是先給大哥打了，我哪能搶先。」

方老爹見澤生這般懂事，很滿意地點了點頭，又道：「打灶這幾日，會招很多灰塵，你們白日要找東西把床都掩蓋好。」

「嗯，我們知道了。」澤生應著。

方老爹說完，就帶著趙泥匠去洛生屋裡了。待他們走後，小茹與澤生羞澀地相視一笑。

「以後可得記著拴門。」小茹小聲地說。「這樣被撞見了多不好意思啊。」

澤生想了想，道：「大白日的關門，更會讓人想歪的！」

想歪？澤生指的是……小茹頓時臉通紅。見小茹臉紅，他自己的臉也跟著紅了起來。他們之間還沒有實質的關係，想到這些，彼此自然會很害羞。

小茹知道澤生說得對，這古代農村可不像現代城市那樣都大門緊鎖。在這裡，白日家家戶戶都是敞開著門，只有晚上睡覺時才會拴門。若他們大白日拴門，不讓人想歪才怪。

這幾日，瑞娘一直待在娘家沒有回來。四日後，家裡穀子都收完了，洛生就要去岳丈家接瑞娘了。

張氏見洛生出門，便叫住了他。「洛生，你帶幾斤花生去你岳丈家吧！他們家十幾口人，地都用來換了田，全種上了稻穀，根本沒種花生。你帶些花生去，瑞娘肯定高興。你不需多費口舌，她就乖乖地跟你回來了。」

洛生覺得張氏說得有理，便回屋找了個小麻袋，裝了估摸有十斤的花生，扛在肩上出門了。

張氏看著洛生的背影，自言自語地道：「這個洛生真是實誠，叫他帶幾斤花生，哪怕有五、六斤也足夠了，他一下裝了足有十斤去！」

方老爹在旁聽了，笑道：「妳到今日才知道妳兒子實誠啊？」

張氏覷臉笑著。「那還不是像你，我瞧著澤生跟他哥也沒兩樣。」她突然將聲量放得極低，接著說：「你瞧澤生待小茹，簡直當心肝寶貝疼著似的，分家後你就瞧著吧，還不知他要將小茹疼成什麼樣，估計是什麼重活都不捨得她做。」

「妳瞎操那個心做什麼，他們過得和睦，難道妳還不高興？他想怎麼疼自己娘子是他的事，以後妳可別瞎摻和。」方老爹提醒道。

張氏瞧了方老爹一眼。「我還不是擔心澤生一個人把活兒都攬著做，太辛苦嗎？他自己也剛放下書，什麼都不會幹呢！」

「男子漢大丈夫，難道還指望著自己的娘子去攬著重活，妳也真是的！澤生現在是不大會做莊稼活，慢慢學不就會了？他腦子好使，不會比別人差的。」

張氏見方老爹這般說，也不想跟著他說一句頂一句，頂嘴個沒完，乾脆閉嘴不吭聲了。

這日下午，瑞娘果然很爽快地跟著洛生一起回來了。

瑞娘進了自己的屋，見新灶都打好了，樣式也很時興，高興地朝洛生滿臉堆笑，早把與洛生置氣的事忘了。這一下午，她可是打了好些水，對著新灶擦了又擦，直到光亮光亮的，才放下手裡的抹布。

再過四日，澤生房裡的新灶也打好了。

澤生與小茹一起將新灶擦洗乾淨之後，他興奮地從院子裡摟著一些乾松叢進來，一會兒將灶火燒得旺旺的。小茹上了一鍋水，沒過多久水就燒開了。

「澤生，你把大澡桶拿來，我可得好好洗一個舒服澡！」小茹開心地說。

因為平時一家人共用一個灶，婆婆張氏總是提醒著少用水，井水容易乾枯，弄得她每次洗澡，感覺水沒過澡桶的一半，洗得不過癮。

這次在自己房裡，她趁張氏不注意，讓澤生偷偷地打了好些水來，和開水混在一起。看著大澡桶裡冒著熱呼呼的蒸氣，小茹趕緊找衣服。

「小茹，等妳洗好了，我也想洗。」澤生在旁瞧著說，感覺這麼滿滿大澡桶的水洗著肯定很舒服。

「好，你先出去吧。等我洗好了，再給你燒水洗。」小茹解著衣扣要脫衣服了。

澤生很聽話，他可不敢看小茹洗澡，乖乖地退出去了。

待他們倆都洗了個舒舒服服的澡，再吃過晚飯，方老爹就把一家人叫進了堂屋。

小茹看著一家人齊整地坐在堂屋裡，想來這就是分家的儀式吧。再一看，方老爹竟然還請來村長當證人。分家也這麼講究，她還真是大開眼界了。

瑞娘板板正正地坐著，十分認真地看著村長與公婆，急待著分家的結果。

方老爹先乾咳了幾聲，然後道：「頭些年，我們家境在村裡還算是上等，只是後來澤生讀書交了幾年的束脩，近日又娶了親，家境就艱難了點。但不管是富是貧，家還是要分的，村長也請來了，可以作個見證，這樣也免得以後起糾紛。所謂親兄弟明算帳，也就是這麼回事。小源和小清還未出閣，就跟著我和你娘，我們四人為一家。然後就是洛生一家，澤生一家，一共分成三家。」

方老爹從口袋裡掏出六十文銅錢，放在了桌上，道：「家裡現在就剩下六十文錢了。來，洛生，你領二十，澤生也領二十。」剩下的二十歸方老爹自己一家。

瑞娘見只分二十文錢，臉色頓時煞白，她心裡想著，至少也得有個二百文才對。

瑞娘接過洛生領來的二十文銅錢，端著笑臉問方老爹：「爹，家裡怎麼只剩這麼點錢了？」

洛生見瑞娘竟然開口詢問起來，覺得很丟臉，直朝瑞娘使眼色，不要她問。

瑞娘不但不看他的眼色，反而瞪了洛生一眼。她就是心裡不服氣，才二十文錢，這叫什麼分家！

方老爹嘆了嘆氣，解釋道：「瑞娘，我知道這有些委屈了你們。本來家裡也還有六百文錢，可是你們的小姑借走了二百四十文。而小源年底要出閣，我和你娘又商量著給她留了三百文壓箱底的錢，最後也就只剩下這麼點錢了。」

借錢給小姑的事，瑞娘明面上可不敢說公爹不對，但是小源出閣竟然要留三百文錢壓箱底，這讓她有些耐不住性子了。「爹，小源出閣，到時候男方不是給彩禮錢嗎？用彩禮錢備嫁妝和壓箱底就夠了，哪裡還需要家裡另備錢。」

坐在旁邊的小源聽大嫂這麼說，心裡頓時起了疙瘩，可她一個姑娘家的，也不好跟大嫂頂嘴，只是咬著唇，有些不樂意。

瑞娘見小源不高興，便賠笑道：「小源，不是大嫂計較，而是很多人家都是這規矩，我們家也沒必要多花冤枉錢不是？」

小源只是低著頭，扯著衣角不說話。

方老爹與張氏兩兩相望，不知該怎麼處理了。這大兒媳明顯不樂意，總得找話應付過去吧。

這時村長突然發話了。「老方，要不……你從小源的壓箱底錢裡抽出九十文錢吧，一家再分三十文。如今這年頭，手裡只有二十文錢，日子實在沒法過。再說，一般姑娘家出閣壓箱底有兩百文也算是中等情況，你們也別太要好了，只要不丟臉面就行。」

方老爹略思慮了一下，道：「村長說得在理，那就再拿九十文錢分了吧。」

雖然再多分了三十文錢，但是瑞娘覺得這錢是自己提出異議才得來的，便看得十分貴重，她好好地將今晚分的五十文錢包了起來。

之後，方老爹又開始分田地及糧食了。

澤生與小茹一共分得四畝田、兩畝地、兩塊菜地，五百斤稻穀、五十斤麵粉、七十斤花生，還有其他一些家什和農具。這些都分得很平均，三家都一樣。

分完家之後，澤生與小茹進了自己的房。

「小茹，妳真好！不像大嫂那般計較，妳是給多少就得多少，還樂呵呵地接著。」澤生拉著她的手坐在床邊說。

小茹聽了十分受用，嬌笑道：「那是！你娶了個好娘子，是不是？」

「是！」澤生心裡一歡喜，朝她臉上親了一口，然後把錢都交給她。「以後家裡妳管錢，我只管幹活就是了。」

「真是好老公……好相公！」小茹也朝他臉上親了一口。

小茹起身把五十文錢放進箱子裡，然後回到床邊脫鞋襪，準備上床睡覺。

澤生湊了過來，聞了聞她的身上，柔聲道：「小茹，妳身上真香。」

「哪裡香了，家裡連塊香皂都沒有，你淨會哄人。」小茹脫好鞋襪，爬上了床。

澤生沒聽懂香皂是什麼，想來應該就是很香的皂角吧。可是，他真的覺得她身上很香，只要靠近她，就能聞見一股淡淡的清香。

澤生也跟著上床，說：「我聞著就是香嘛！我還想聞！」

他一說完，就朝小茹身上撲了過來。

第三章

小茹見澤生向自己撲過來，嚇了好大一跳。看來平時再斯文優雅的男人到了某個時刻，都會凶猛起來啊！

她還未反應過來，澤生已襲上她的唇，溫熱的兩片在她的唇間恣意輾轉、覆壓纏黏。她被他這般激烈的強吻，弄得都快要喘不過氣來了。

這時，她突然心生一個邪念，前些日子，她就想調教他一番，讓他知道吻還可以用別的方式。

小茹已被他挑得渾身血液湧動，也顧不得矜持了。她用巧舌挑開他的牙關，探入進去。

澤生嚇得趕緊撤走了。「小茹，這樣我會咬疼妳的。」

小茹羞得臉上火辣辣的，小聲地說：「那你就……小心一點別咬我呀。」

澤生似懂非懂，又湊過來，極小心翼翼地不讓自己咬到她的舌頭，卻情不自禁地含住了她的，然後輕吮起來。在吸吮的這一刻，兩人身上的血液如同被電流襲擊，渾身亂竄，酥麻又刺激。

澤生剛嘗試到這種新鮮刺激的感覺後便越發不可收拾，不停地索求，一輪才罷，一輪又起，吮得小茹直哼哼求饒。

待澤生放了她後，她不禁在想，自己幹麼要教他這個呀，那以後她還不得被他玩死！

澤生雖然放了她的唇舌，可並沒有打算就此止住對她的侵犯。他陶醉地吮著她的脖頸，情不自禁在她脖頸上留下一道道吻痕。這樣仍不能滿足他，他炙熱的唇再往下滑，卻被她的裡衣擋住了。

他微喘地問：「小茹，我……可以看看妳嗎？」

小茹當然知道他想看的是她的身子。她一雙黑眸轉了轉，壞笑道：「我先看你的！」

澤生愣了愣，小茹想看他的？以他的想法，覺得男人可沒什麼好看的。不過，小茹想看，他當然願意滿足她。可是……他真的很害羞啊！

小茹見他臉紅得跟抹了胭脂似的，不禁偷笑了起來。

「小茹，妳別笑。妳再笑，我就不給妳看了。」澤生嘟囔著說，手裡正在解著衣扣。

小茹緊閉小嘴，還是忍不住想笑。

這時，澤生突然拉過被子蓋住自己，躲在被子裡將衣服全脫下了，然後露出個頭來，看著小茹仍然在偷笑的臉，發窘地說：「要不……妳還是別看了。」

「為什麼？你怕什麼？」小茹壞笑地問道。

「我怕嚇著妳！」澤生仍緊捂著被子。

「我才不怕呢！」小茹笑著應道。她心裡暗忖：在電影裡不知看過多少男人的身體。再說了，這種片段出現在電影裡也早就習以為常了，想不看都不可能，何況這也是極為正常的男歡女愛，也沒什麼接受不了。

可是，對於澤生來說就不同了，這裡可是古代農村，他可從來沒看過什麼露骨的畫面呀！他表現如此羞赧，再正常不過了。

不過，小茹知道，在她的調教下，澤生很快就會比她還能接受新事物。

小茹一把掀起被子，澤生整個光裸的身子在她眼前一覽無遺。

頓時，她呆愣了、傻了！待她反應過來，她趕緊用手緊捂住眼睛，再也不敢看了。

神啊，這真實的男人與電影裡模糊的畫面可不太一樣呀！那個深色高聳的東西看起來好似猙獰的野獸般也太嚇人了吧！

澤生見小茹這般反應，就知道她被嚇到了，他又拉上被子將自己蓋住，然後掰開小茹捂眼睛的雙手，壞壞地說：「妳剛才還那麼無所畏懼，現在怎麼膽小了？妳都看過我了，是不是……該輪到我看妳了？」

小茹立刻緊捂自己的領口，往床邊逃。「不行不行！不給你看！」

「那可不行，我就要看！」澤生的語氣有些撒嬌，又有些霸道。他翻身過來，掰開小茹的手，幫她解開一個個衣扣。

小茹閉目，心想：好吧，看就看吧，反正遲早是要看的，可是她的心臟怦怦直跳，簡直要跳出來似的。

澤生很快就把她的衣裳給剝了下來，連肚兜也不放過。

當他看著眼前一片嬌嫩雪肌，還有一對誘人的雙乳，上面立著紅粉蓓蕾，再往下看，細膩有致的腰肢，是那麼光滑、柔美，他感覺自己暈眩了，暈眩得不敢再往下看了。

他一下伏在小茹的身上，炙熱的胸膛壓在她的胸前，深呼一口氣，感嘆道：「小茹，妳真美！」

「你身上好燙！」小茹感覺他身上像有一團火，要把她燃燒似地滾燙。

看著澤生迷離欲醉的眼神，聽著他侷促的喘息，她的身體裡也跟著蕩漾起來。

澤生的喘息越來越重，他用溫熱的唇輕吮著她胸前的那團雪白，再看到那個紅粉尖尖，他特別想品嚐，可他不知這樣小茹會不會疼，會不會生氣。

「小茹，我能不能……嚐它？」他羞澀地問道：「我真的好想，快忍不住了。」

嚐不嚐還不是隨他？他竟然問了出來！他還真是青澀呀，什麼都不懂。

小茹微赧地點頭。「你……試試吧。」

澤生聽後再也忍不住了，埋首於她的胸前，含住那粉嫩花蕾，輕輕柔柔地吮著。此時的他，真的好想將她整個含在嘴裡，完完全全地擁有她。

小茹渾身發顫，嘴角發出一陣陣舒服的嬌吟。澤生聽她發出這等好聽又嬌媚的聲音，整個身子都沸騰起來，感覺自己已經迫不及待想要她了。

「小茹，我想要……」

她滿臉紅潮，含羞說：「那你快進來吧。」

澤生得了她的允許，才敢摸索著尋地方進去，可是他的昂起在她的幽口旁摩挲了好一會兒，都沒尋到可以進的地方。

小茹羞極又無奈，只好用自己的手握住他的，幫助他進去。

就這一進，她感覺一個龐然大物要撐破她的身軀似的，又脹又滿……真的好疼。

澤生見小茹緊鎖眉頭，才動了一下，便停住不敢動了。「小茹，對不起，我弄疼妳了。」

小茹胳膊緊摟著他的脖子，忍著疼說：「沒事，慢慢地就不疼了。」

可是澤生太心疼她，根本不敢動，哪怕他特別想深深地往裡去，特別想動起來，但他還是強忍住了，由著她的身子緊緊吸附著他的昂揚，包裹著它，就好像他們倆已經合而為一，你中有我，我中有你，永遠不分離。保持這樣的姿勢，他們情不自禁又相吻起來。吻到深處，他們剛才抑制的慾望又是一陣湧動。

小茹怕他憋得難受，喘息地說：「你別擔心我疼，沒事的。」

澤生得到她的鼓勵，頓時激昂起來。

她緊咬著唇，一開始真的像撕裂般疼，她硬生生地忍住了，再慢慢地才感覺舒服一點。再過一會兒，她感覺越來越喜歡他那時而進、時而退的律動。

她嘴裡哼哼的聲音越來越恣意，越來越舒暢，扭擺的身子也越來越顯媚態。

澤生聽了更是全身激奮，一陣狂熱抽送。突然，他渾身一顫，一下軟趴下來，伏在她的身上。

小茹感覺到有一股暖流進入她的體內，溫溫熱熱的。

「對不起，小茹，我……」澤生窘迫地說：「我沒能讓妳舒服到最後，還讓妳這麼疼，我……我該等妳一起的。」

小茹聽他說要等她一起，忍不住笑了起來，這種事可不是想等就能等得到的。她柔聲說道：「沒事，我也只是一開始很疼而已，後面就不疼了。」

「可是我沒等妳一起。」澤生還是很內疚。他覺得在她正舒服時，自己卻突然不能堅持了，心裡很不痛快，覺得對不起她。

小茹以前在一本書裡看到過，說男人的第一次因為太興奮都會比較快，以後慢慢磨合就會好的，便安慰他說：「因為這是第一次，你太激動了。下次你慢一點，等著我就好了，我們肯定會一起的。」

澤生歉疚地摟著她親了又親，又是一番耳鬢廝磨、纏唇戀吻。

親暱夠了，他便找來巾子幫小茹擦淨身子，然後換上乾淨的床單。忙完這些，他們又緊緊地摟在一起，安心滿足地睡去。

隔天一早，小茹還沒睡醒，澤生就輕手輕腳地起了床，洗鍋燒火做早飯了。

待澤生做好了早飯，見小茹還在睡，他就來到床前，用手輕輕刮著她的小鼻子。「小懶蟲，快起床啦！」

小茹迷糊地睜開雙眼，看到神清氣爽的澤生正朝著自己笑，她伸了個懶腰。「澤生，你這麼早就起床了？」

「不早了，是我們昨夜睡得太晚了。」澤生親了一下她的臉頰。

想到昨夜的事，小茹不禁害羞起來，卻又禁不住勾住他的脖子，還未待她送上唇來，他就覆壓了過來，對她纏吻一番，害得她又是一陣窒息。

「澤生，你還讓不讓我起床了？」小茹嬌嗔道。

澤生終於依依不捨地放開了她，將她抱著坐起來。「要我幫妳穿衣嗎？」

小茹羞道：「不用，我得趕緊起來做早飯呢！」

「早飯我已經做好了。」澤生得意地笑道：「要等妳做早飯，太陽都得三竿高了。」

「哦？」小茹快速地穿衣起床，來到灶旁，見鍋裡煮著地瓜粥，聞起來就很香的樣子。

「澤生，你再燒幾把火，我來煎兩顆雞蛋。我們的新生活開始了，早飯也得吃得香噴噴！」

小茹興奮地找出兩顆雞蛋，而澤生高興地到灶下燒火去了。

雞蛋煎好後，小茹再把分來的雪裡紅鹹菜挖出一小碗，放在飯桌上。她和澤生一人盛一大碗地瓜粥開始津津有味地吃了起來。

「澤生，這地瓜真甜，是我吃過最香最甜的地瓜了，我以前吃的地瓜都沒什麼味道。還有這雞蛋，金黃金黃的，真香，這可都是綠色無公害食品啊！」小茹邊吃邊感嘆。

澤生聽得似懂非懂，見小茹吃頓早飯都這麼高興，他也跟著很開心。「那是因為妳和自己最喜歡的人在一起吃，妳就覺得吃什麼都香了！」

小茹聽了直笑。「大清早的，你不要這麼肉麻呀！」

嘎吱！門突然被人推開了，婆婆張氏手裡端著碗，邊吃邊走了進來。

唉，沒辦法，這裡的人都沒有敲門的習慣。

「娘。」小茹甜甜地叫道。

「嗯。」張氏笑咪咪地應著。她湊過來瞧著他們吃的早飯，一大清早就煎了兩顆雞蛋，分家一共才分十顆雞蛋，他們這一早上就吃了兩顆。

她也不好說什麼，只是隨口笑道：「你們今早誰起來煮的粥？嗯，雞蛋煎得也不錯。」

「娘，是小茹早起煮的地瓜粥，雞蛋也是她煎的，很不錯。」澤生趕緊答道。

小茹心裡偷笑，澤生還真會為她遮掩，說謊都不帶臉紅的。

「娘，妳要不要來點？」小茹挾起雞蛋。

「不用不用！」張氏連連搖頭，端著碗邊吃邊往外走。

張氏又來到瑞娘屋裡，見洛生和瑞娘也正在吃早飯。這個瑞娘果真比小兒媳會過日子，不僅沒早早將雞蛋煎了，而且連粥裡煮的地瓜都很少，就那麼幾小塊。

張氏瞧了一遍後，就回屋對方老爹說：「嘿，我這一瞧，就知道茹娘不如瑞娘會過日子，分家第一個早上，茹娘就等不及煎了兩顆雞蛋吃！」

「晚吃早吃不都是十顆雞蛋，又沒得多，妳管他們什麼時候吃？」方老爹不在意地道。

張氏瞟了一眼方老爹。「哪家不是把雞蛋留著家裡來客人了才吃？哪有大清早煎兩顆雞蛋吃的。茹娘不會算計著過日子，澤生幹農活又不地道，這兩個人湊一起，我想著都為他們著急。」

「瞎操心！我瞧著他們倆腦子都很機靈，日子指定不會過差了。」方老爹一直對他們很有信心。

吃完早飯後，小茹和澤生一起收拾著碗筷。「澤生，今日我們得幹些什麼活？」

「爹昨日就說要去村南頭舂米，家裡的米剩不多了，而且今日正好輪到我們家舂米，有很多人幫著一起。下午我們倆就一起去菜地，將那些菜苗挖出來都栽上吧。」

「好。」小茹歡快地答應著。

方老爹、洛生和澤生各自挑著一擔穀子出院門了。

小茹見他們父子三人中算澤生挑得最少，可他額頭上冒的汗最多，心裡忍不住一陣心疼，這幾日連著幹農活、挑擔子，澤生的肩頭都磨破皮了。可他現在是莊稼漢，不挑擔子又不行。

小茹憂心地回了屋，拾起昨日她與澤生洗澡換下來的衣服去河邊洗。這條河離家不遠，出了村子就到了。她拎著衣籃子，在河邊尋了塊已被別人磨白的一塊大石頭上，放下衣籃，小心地蹲了下來。

這時，蹲在她旁邊的一位少婦一直緊盯著小茹瞧。

「妳叫茹娘？」這位少婦臉帶著淡淡的笑容，朝小茹問道。

小茹抬頭瞧了瞧她，抿嘴一笑。「嗯。」

她見過這位少婦幾面，是鄰居家的兒媳，名叫芝娘。看年紀應該嫁來也就兩、三年。

「茹娘，妳嫁過來還習慣嗎？」芝娘寒暄道。

「嗯……還行。」小茹簡單地回答著。她與芝娘又不熟，也不知該說些什麼。

「妳可真有福氣，嫁給了澤生，他可是讀過書的人，肯定知道疼惜女人。」芝娘羨慕地說。

小茹聽了，只是甜甜地笑著。想來也是，澤生真的很疼惜她。

「茹娘，我聽我婆婆說，妳大嫂瑞娘嫁給洛生兩年了，還未有身孕，很不招妳婆婆待見呢！」

小茹一愣，還有這回事？可她還真沒留意到婆婆對瑞娘有多麼不待見呀。何況，成親兩年沒有身孕應該也算正常吧。瑞娘才十七歲，要是生在現代社會，那還是一個小姑娘呢！

她只是「哦」了一聲，跟著呵呵笑著，沒有答話。

芝娘看小茹不大搭理她的話，便覺得無趣，有些不大高興，於是洗完衣服後，也沒與小茹打聲招呼，就拎著衣籃回去了。

小茹並沒在意這些，只顧著洗衣。洗完回來，就在院子裡晾衣服。這時，她見瑞娘挑著一只籮筐進來了，籮裡還裝著一頭小豬崽。

瑞娘將小豬崽放進了豬舍，又趕緊回廚房，拿出一筐豬草倒進了豬槽。

小茹看了稀奇，問：「大嫂，妳這是從哪兒買來的小豬崽？」

瑞娘心情大好，笑著說：「成叔家母豬下的小豬崽呀！我一個月前就跟他說好了，說要賒一頭小豬崽，待豬崽長大了賣了錢，再還他豬崽錢。」

小茹聽了也有些心動，反正餵豬也簡單，就是將剩飯剩菜倒進槽裡就行了，再偶爾打些豬草也不是難事。以後既可以賣錢，也可以有肉吃，家裡那點錢，實在不能拿去買肉。

「大嫂，成叔家還有沒有小豬崽了，我也想去賒一頭。」小茹小聲地說。

瑞娘見小茹想跟著她學，心裡很得意。「我回來時，還剩三頭，不知道現在是不是被搶光了，我帶妳去瞧一瞧吧。」

「好。」小茹跟著瑞娘趕緊去了成叔家。

她們來得還真湊巧，剩一頭最小的沒被買走。

成叔捆起小豬崽秤了秤。「茹娘，五斤，也就是六十五文錢，我給妳記在帳上吧。」

「好，謝謝成叔。」小茹高興地挑起放著小豬崽的籮筐和瑞娘一起回家了。

當澤生春完米回來時，聽見豬舍裡鬧得歡，走過去一瞧，竟多了兩頭小豬崽！其中一頭的頂上還抹了一塊炭黑。

小茹興奮地從屋裡跑了出來。「澤生，我從成叔家賒來了一頭小豬崽，你瞧，牠多機靈啊，就是沒有炭黑的那隻，一雙眼睛骨碌碌地轉！另一頭抹著黑的是大嫂家的。」

澤生沒想到小茹竟然想到要去賒頭小豬回家養。「妳肯定是跟大嫂學的吧？」

「嗯，你喜歡嗎？」小茹拿根茅草伸進豬舍，逗著小豬玩，跟逗寵物似的。

「喜歡是喜歡，就怕每日要餵豬辛苦妳了。」澤生不想讓小茹跟著他辛苦。

「就這點活兒，不辛苦！」小茹不以為意地笑道，壓根兒沒覺得餵豬算什麼辛苦的。她上一世生長在一個小康家庭，從小到大生活條件都很一般，又不是有錢人家出身，哪裡有那麼嬌氣。

張氏從菜地裡回來，見豬舍裡多了兩頭小豬崽，高興得合不攏嘴，這兩個兒媳可知道過日子呢！看來，早上丈夫說她為小兒子一家操心，那叫瞎操心，還真是沒說錯。

午後，小茹和澤生一起去菜地裡栽種菜苗，有白蘿蔔苗、青菜苗、胡蘿蔔苗，還有捲心菜苗。澤生雖然做農活不在行，但栽種菜苗還是會的，畢竟家裡忙時，他都會一起幫著家裡。

小茹在旁認真跟著他學。她覺得種菜真的挺有意思，種下什麼就長什麼，吃自己種的菜，多有成就感啊。不過，菜的品種實在少了點，以前她喜歡吃的很多菜，這裡都沒有，而且穿越到這裡後，吃的肉也很少，她最愛吃的烤肉，看來是吃不到了。

唉，想起來就流口水呀！可家裡就五十文錢，總不能拿出來全買肉吃吧。

小茹心裡盤算著，要想過上好日子，就得掙錢！反正家裡穀子也收了，現在沒什麼活兒，閒著也是閒著，是不是該想點法子掙點錢呢？

可她穿越來之前只是個普通上班族，大學讀的也是中文系，實在沒什麼特長，現在想要掙錢，她一時還真想不出什麼好法子來。

小茹尋思了半晌，突然問道：「澤生，村裡人都是靠做什麼掙外快的？」

「掙外快？」澤生聽了很好奇，放下手裡的菜苗，抬頭看著小茹。「妳是說掙錢嗎？」

「嗯，家裡不是錢緊嗎？我就尋思著，我們是不是可以想點法子掙些錢？」

澤生很吃驚，沒想到小茹還挺有想法的，竟然想到要去掙錢。但是，他覺得掙錢這種事，還是該由男人去做，便道：「若哪家蓋房子忙不過來，大哥和爹就會去幫工，能掙點工錢，以後若有這個機會，我也去。」

「不行，那些活兒都是費體力的，太累，我可不捨得讓你去。」小茹心疼地說。「我們應該做些輕便又來錢快的活兒，比如，我們可不可以做點小買賣，說不定能掙些錢。」

「小買賣？我們沒有本錢呀，況且……我們也不會做買賣，聽說做買賣可得精打細算著，否則還得賠錢呢！」

小茹又在心裡琢磨著哪些是不用本錢的買賣。「澤生，這裡有沒有市集，就是賣吃的、賣家雜用的那種市集？」

「有啊，妳不知道嗎？石鎮南頭，每逢日子裡有一、四、七都有市集，有賣吃食的、賣農具的、賣布料的，賣什麼的都有。」

小茹大喜。「每逢一、四、七都有市集，也就是說一個月可以趕九次集？」

「對，九次。妳高興什麼？我們家又沒什麼可以拿去賣的。」澤生陪著她一起高興，可他實在不知道小茹在高興什麼。

「你別急嘛！明日就是二十七日，正好逢七，我們去市集上瞧瞧，先看別人賣什麼掙錢，我們回來再琢磨琢磨。」

「好啊！」澤生聽了很興奮，和小茹過日子就是好，新鮮又有趣。

他們這一下午將兩塊菜地都種上菜苗，然後澆上水，再捎帶一籃子菜，準備回家了。在回家的路上，他們還順便打了一籃子豬草。

到家後，想到晚上到底煮什麼吃，小茹突然靈機一動，問澤生說：「你知道什麼是涮鍋嗎？」

澤生愣神。「涮……鍋？洗洗涮涮的鍋嗎？」

小茹噗哧一笑。「今日我就教你什麼是涮鍋，你快把爐子搬出來，生上火！」

澤生好像悟出了什麼。「涮鍋是吃的？」

小茹輕彈了一下澤生的腦袋，笑道：「嗯，你算是開竅了，我來準備配菜。」

剛才他們從菜園裡帶了些秋辣椒、萵苣、茼蒿等青菜回來，小茹把它們洗好裝成盤，再切些馬鈴薯片，把辣椒也切成長條。

小茹看了看，菜的品種少了些，想做一鍋素菜火鍋都有些難啊！像豆腐、藕片、金針菇和冬粉這些最好的素菜火鍋配菜，卻一樣都沒有。

就這樣吧！反正他們兩個人也吃不了多少，就讓澤生見識一下什麼是涮鍋也行，等以後掙了錢，買些肉來，那就不是素菜涮鍋了。

她再從瓦罐裡挖出一些豆瓣醬、辣椒醬，分裝在幾個小碗裡再擺上桌。沒有涮鍋蘸醬，這些也可以湊合著用。

澤生已經將爐子生好了火，小茹把牆上掛的一口舊鐵鍋好好洗淨後，裝了水擺在爐子上。待火燒開了，再將盤子裡的菜一一下鍋。

「澤生，待這些菜涮熟了，我們挾起來蘸這些醬吃，這就叫吃涮鍋！」

澤生用筷子在鍋裡攪動著菜。「這樣沒油沒鹽的，能好吃嗎？」

「醬裡面有油鹽呀！」小茹演示一下，將煮熟的馬鈴薯片蘸上醬，咬了一口。「嗯，好吃！對了，我再弄點雪裡紅鹹菜放在醬裡面。」

澤生學著小茹也挾起一塊馬鈴薯片蘸醬，嚐了一口，馬鈴薯片軟嫩軟嫩的。「咦？真的好吃！」

小茹見他吃得帶勁，格格直笑。

大嫂瑞娘正在院子裡挑菜，聽見小倆口笑得開懷，朝裡邊瞄了一眼。哎喲，煮什麼吃呢，竟然還把爐子都生上了。

她好奇歸好奇，但又不好意思過來看。這時婆婆張氏回來了，瑞娘就想讓張氏過來瞧瞧。

「娘，妳瞧二弟他們吃什麼呢，還生了爐子。」瑞娘小聲說。

「哦？生爐子？」張氏納悶，來到了澤生屋內。

她見他們倆將一口鍋架在爐子上煮著菜吃，簡直驚得不行。「你們正經飯不做，就吃這些菜，吃得飽嗎？」

「娘，我們切了四個大馬鈴薯煮了，又有這麼多蔬菜，都吃不完。」小茹盛一些在小碗裡，再蘸好醬，遞給張氏。「娘，妳嚐一嚐。」

張氏猶豫著到底嚐不嚐，她真的不贊同他們這種稀奇古怪的吃法，但又不好朝小茹擺臉色，便接了過來嚐一口。

她心裡忖道：還別說，味道還真不錯，挺特別的。

「娘，味道怎麼樣？」小茹見張氏吃著並沒有什麼特別的表情，也不知道她是愛吃還是不愛吃。

張氏遲疑了一下，想了想，答道：「還行，就是辣醬多了點。」

小茹見她沒說不好吃，就又盛了一碗送到院子裡瑞娘的面前。「大嫂，妳也嚐一嚐吧。」

瑞娘擦了擦手，接過碗，先是小心翼翼地嚐了一口，然後津津有味地吃了起來。

小源和小清聽到院子裡的動靜，也都出來想嚐一嚐二嫂做的涮鍋。於是小茹就給她們一人一小碗，好在煮的分量夠多。
待方老爹與洛生扛著鋤頭回家時，素菜涮鍋已經吃完了。
「滿院子飄著香味，你們都吃了什麼？」方老爹嗅了嗅鼻子，問道。
「茹娘生了爐子，煮了一鍋菜，蘸豆瓣醬和辣醬吃。」張氏回答著，與方老爹一起進了自己的屋。
進屋後，張氏便放低了聲音。「我瞧著茹娘可是個能折騰的人，也不好好做頓正經飯，光吃這些菜，這叫鄰居們見了豈不笑話？」
「那我瞧妳吃得肯定也歡喜，嘴上還留著醬呢！」方老爹笑道。
張氏窘迫地抹了抹嘴，不理他了。
另一頭的瑞娘今晚也發了狠，炒了兩盤菜，還煎了兩顆雞蛋。
洛生見了很奇怪。「瑞娘，妳今日怎麼大方了，不僅捨得做兩盤菜，還煎兩顆雞蛋？」
瑞娘嘟著嘴道：「都是分一樣多的錢，一樣多的糧，幹麼人家餐餐吃好的，我們卻要苦著過？」
「又沒人讓妳苦著過，是妳自己不捨得吃，生怕吃了上一頓卻沒一下頓。」洛生笑著說，然後挾起一顆雞蛋吃了起來。
「可我的擔心也沒錯啊，家裡就娘屋裡養了兩隻母雞，娘還嫌雞吃的穀子多。何況就只分十顆雞蛋，若吃完了，待家裡來了客人，就沒什麼可招待的。」瑞娘邊吃雞蛋邊擔憂。

洛生聽了也沒再接這個話頭。過了一會兒，他突然想起明日的市集，便問：「明日趕集，我們家要添置點什麼？」

瑞娘尋思了一下。「家裡不缺什麼，何必瞎花錢？我倒是一直想買布做件褂子，可是粗花布都得三文錢一尺，一件褂子得六尺布吧，就得花掉十八文錢，太貴了！」

洛生往瑞娘身上瞧了瞧，說：「不就是十八文錢嗎？有什麼不捨得的，明日妳去集上逛逛，若有自己喜歡的花布就買吧。妳瞧妳身上的褂子都補兩個大補丁了。」

瑞娘低頭往自己身上一瞧，也覺得不像樣。哪個女人不愛美？她也想讓自己走出去不丟臉面。「那好，我明日去看看吧，買不買再說。」

另一邊廂，澤生與小茹洗漱之後，就爬上了床。

小茹剛鑽進被子裡，澤生就壓在她身上，湊上唇來。纏吻了一番，他便頂開她的牙關，要吻她的舌頭。

果然，他不僅一學就會，而且還立刻熟練無比。才一會兒，小茹就心神蕩漾起來，全身酥酥麻麻。

澤生雙手正摸索著解她的衣扣時，見她眉頭突然擰了起來，他趕緊收回手。「小茹，妳怎麼啦？」

「嘶……我肚子有點疼。」小茹眉頭擰得越來越緊。

澤生用手給她揉著小腹。「是不是今晚吃涮鍋鬧的？」

「不會吧，吃頓素菜涮鍋，不至於鬧肚子吧？」小茹的額頭都開始冒汗了。

澤生有些嚇著了。「我去找郎中來給妳看看。」他說著就要起身下床。

「你別急，才剛疼一會兒，得先找出疼的原因才好。」小茹坐起來拉住了他。

「可妳這麼疼，我好擔心啊！」澤生急道。

「你先幫我揉一揉，若一直疼，再去找郎中吧。」

澤生只好輕輕放倒她，接著幫她輕輕揉腹部。當他在給她揉肚子時，發現床上竟然有一塊血跡，嚇了他一跳。「小茹，妳哪裡出血了？」

小茹驚得往邊上一挪，見床上有塊鮮紅血跡，她再摸了摸臀部，也有血。她明白了，是來例假了。

「澤生，我是來月事了，你幫我找……」小茹想了想，這裡也沒有衛生棉啊，怎麼辦？

澤生對此事略懂些，知道女人每月會來這個，可是他確實不知道怎麼處理。

「來這個肚子就會疼嗎？」澤生緊張地問道。要是每個月來這個都這麼疼，那也太折騰人了吧。

小茹爬起床，捂著肚子說：「因人而異，有的人疼，有的人不疼，可能是宮寒。也有人說，等生了孩子就不會疼了。我去問一下娘，家裡有沒有……有沒有月事帶？」她想起古代應該是這麼稱呼的。

澤生扶著她一起出門，去張氏房裡。小茹見方老爹也在，一時問不出口。

澤生知道小茹不好意思當著他們的面直接說這件事，於是小聲地對張氏說：「娘，小茹想問妳找件東西。」

一說完，他就將張氏拉到外頭去。

張氏一頭霧水，不知這小倆口到底要找什麼，搞得神秘兮兮的。

來到堂屋，小茹羞赧，實在有些難以啟齒，支支吾吾地問：「娘，妳有沒有……沒用過的那個……那個月事帶呀？」

張氏聽小茹這般說，她明白了，小茹是來月事了。只是……小茹也十五歲了，竟然沒為自己準備月事帶？

她見小茹的臉和嘴唇都發白，鼻尖上冒著一層細汗，雙手一直緊捂著肚子，便道：「澤生，你快給茹娘熬碗紅糖薑湯喝吧，我瞧著她月事痛症不輕呢！」

澤生聽了，趕緊回屋找紅糖和生薑。

張氏又喊住他。「澤生，家裡沒紅糖了，你去隔壁東生家借一點吧！明日趕集買了再還給他家。」

「嗯。」澤生又跑出院子，借紅糖去了。

張氏回自己屋內給小茹找月事帶，可她想著自己也只有兩個，還都是用過的，不適合給小茹用。她尋思了一下，想到小源近日縫製了兩個新的，便來到小源與小清的房，向小源要了一個新的月事帶，塞在小茹手裡，順便還遞給她一疊草紙。

「謝謝娘！」小茹真的是有些小感動。

嫁過來的這些日子，婆婆對她一直是不冷不淡的，她倒也不在意，只要婆婆不挑她毛病就行。沒想到這次婆婆見她痛經，不僅讓澤生去熬紅糖薑湯，還細心地想到從小源那裡為她找來新的月事帶。

張氏平時不習慣聽謝謝兩個字，聽小茹向她道謝，她的臉竟然有些微紅。「這有什麼好謝的，快回屋戴上吧！」

小茹回屋後，將捏在手裡的月事帶展開一看，頓時驚呆了！

這個月事帶的造型……看上去很性感啊！它用兩層棉布縫製而成，並且兩頭有短繩，估計是用來固定草紙的。還有兩條長長的帶子，可能就是繫腰上吧。

小茹先將臀部洗得乾乾淨淨，疊好草紙，用繩子繫住兩頭固定，擺弄了好半天，才把它穩當地戴在身上，她低頭一看，怎麼有點像丁字褲啊！

她以前可從來沒穿過類似丁字褲的東西。當她穿好長褲站起來走路時，感覺渾身彆扭得慌。此時肚子又是一陣悶疼，她咬著牙用手給自己揉著小腹，戴月事帶的那種彆扭感覺也就忘了。

澤生這時正在灶下忙著燒火熬紅糖薑湯，一見小茹緊蹙眉頭，就知道她還是很疼，急道：「小茹，妳別著急，馬上就熬好了！」

他說著又趕緊跑到灶上來，攪動著鍋裡，細瞧了瞧。「應該是熬好了。」

他盛了一碗，端到小茹的面前，見碗裡直冒著熱氣，又對著碗好一陣吹，然後才遞給她。「快喝了它，說不定喝了這個就沒那麼疼了。」

穿越到這裡之前，小茹可是從來沒有痛經過，倒是聽說有幾個女同事痛經，她們平時都是去超市買袋裝的現成薑紅糖，只要用開水泡著喝就行。她沒想到，這個紅糖薑湯的方子竟然古代農村就有了，看來是源遠流長啊。

不管效果如何，先喝了再說吧！小茹端起碗仰頭慢慢喝盡了。稍過一會兒，她便覺得肚子裡有一股暖暖的氣流，感覺渾身溫熱溫熱的。腹痛感的確稍稍減輕了一些，但想立刻就不疼，那是不可能的。

澤生見她臉色和嘴唇似乎沒剛才那麼蒼白了，高興地道：「是不是感覺舒服了些？」

小茹輕輕點了個頭。「嗯，好一些了。現在就是有些悶悶的，沒剛才那麼疼。」

「妳上床躺著，閉上眼睛睡覺，我給妳輕輕揉著。」

「嗯。」

小茹躺下後，澤生用手掌放在她的小腹上輕輕揉著。她感覺疼痛感越來越輕，慢慢地意識越來越迷糊，最後也不知道自己什麼時候睡著了。

澤生一直揉著，雖然手腕很痠，但他一下也沒有停，直到聽見小茹均勻的呼吸聲，知道她已經睡著了，才敢放開手。

隔日一早，澤生不僅做好了早飯，還為小茹煮了一碗紅糖薑湯。

小茹一醒來，他便把湯端到她的面前。

「你又熬湯了？」小茹摸了摸肚子。「好像不疼了，就一點點悶而已。」

「那也要喝，一日三餐都得喝，要等到妳這個完了為止。」澤生說得極認真。

「啊？那得費多少紅糖啊？」小茹擔心的不僅是這件事，她實在不太喜歡喝這個。

「瞧妳，還怕買不起紅糖？今日我們正好去市集上買。哎呀，妳肚子不舒服是不是不能走遠路？要不我一個人去吧，妳就在家待著。」

小茹可不想待在家裡。「我哪有那麼嬌氣，我們吃完早飯就趕緊去吧！」

「那妳趕緊把這湯喝了。」澤生端著碗催道。

小茹吸了吸氣。「好吧。」她接過來仰頭就喝，以前她可是連中藥都喝過，難道還會怕一碗紅糖薑湯?!

當他們來到市集上，這裡早已是一派熱熱鬧鬧的景象。

小茹發現，來市集買東西的人可比去石鎮買東西的人多。澤生說，隸屬於石鎮的總共有十個大村子，平時全都是來這裡趕集，因此每次來的人都很多。

這市集上果真是什麼都有賣；吃的、用的、穿的、玩的……凡是生活中需要的東西，在這裡都可以買到。

她和澤生先是來到一個賣糖的攤位上買了二斤紅糖，紅糖比白糖貴了許多，買二斤就花了八文錢。買好了紅糖，他們再往前逛，見賣布的攤子前圍著一大群婦人。

小茹一眼就瞧見了瑞娘，便走到她跟前打招呼。「大嫂，妳也來趕集了？」

瑞娘見是小茹，便一手執深藍色布、一手執玫紅色布遞到她面前，問：「茹娘，妳幫我看看，這兩疋布，哪個好看一些？」

小茹仔細瞧了瞧，見瑞娘身上穿的就是藍色的，只不過洗得發白了，便道：「這個玫紅色的好看！」

瑞娘卻很為難。「我也是覺得這個玫紅色的好看，但它得四文錢一尺呢！」

原來她不是糾結哪種布好看，而是糾結價錢的問題。

「那這個藍色布多少錢一尺？」小茹問道。

「三文錢一尺，若買六尺的話，總共能便宜六文錢呢！」瑞娘一想到要相差六文錢，實在不捨得買那玫紅色的。

小茹想到剛才自己買二斤紅糖就花了八文錢，便道：「八文錢也只夠買兩斤紅糖，我覺得妳穿那個玫紅色的肯定好看，就別不捨得花錢了。」

瑞娘見小茹竟然捨得花掉八文錢買兩斤紅糖，頓時傻眼了。好吧！那她就買玫紅色的布。反正兩家分的錢一樣多，小茹能把日子過下去，難道就她不行？

瑞娘將玫紅色的布遞到賣布的老闆面前，爽利地說：「給我來六尺！」

澤生見瑞娘買布，就問小茹：「妳想不想買布做新衣裳穿？」

小茹連忙搖頭。「我哪用得著，我們成親時，一共有四套新衣裳，現在只是兩套輪換著穿，那兩套還沒拿出箱子過呢！」

這時，小茹見來往的村民手裡都拎著一些吃食，看樣子是買回家給孩子吃的。她暗自忖道：若自己做一些這裡的村民從來沒吃過的東西來賣，會不會有人買？

回到家後，她便對著家裡的麵粉、米、花生發呆。用麵粉做餅去賣？可是她見市集上有賣蔥餅、春餅和蘿蔔餅的，她知道自己那點手藝，做不出比人家更好的來。

花生？市集上有賣帶殼的炒花生，還有賣剝了殼的炸花生，好像買的人並不多。

她突然想起自己小時候特別愛吃的零嘴——經過調味、油炸的「多味花生」，甜中還帶著微微的辣味。若自己能做出多味花生來賣，會不會有市場？

思及此，她想自己先做個試驗。「澤生，來，我們剝些花生米出來。」

「剝花生米幹什麼？拿去賣嗎？」澤生不解問道。

「呃……我只是先試一試，看能不能炸出不一樣的花生米來，若是味道好，到了下次趕集，我們就可以試著去賣一賣！」小茹透著些小興奮。

澤生見小茹那口氣像是有些把握，十分支持她，二話不說，就將花生扛到院子裡來了。小倆口坐在院子裡，一起剝著花生。

小茹手裡剝著花生，眼睛不經意地朝瑞娘房裡瞧了一眼。她見瑞娘在房門口拿剪子裁著剛買回來的布，嚇了一大跳。「大嫂，妳怎麼把新買的布給剪了？」

瑞娘朝外看了小茹一眼。「做衣裳啊！」

「啊？妳自己做衣裳啊？」小茹驚道。

「是啊，大家不都是自己做嗎？有錢的人家才會請裁縫做。但請裁縫做一件褂子得花二十文的工錢，又何必去花那冤枉錢？再說了，家裡就分那點錢，也沒有那些錢去花。」

小茹聽了心裡直打鼓。她可不會做衣裳啊！那以後她若想穿新衣裳可怎麼辦？

澤生見小茹驚望著瑞娘自己裁布做衣裳，就猜出她可能不會做。

「小茹，自己不會做不打緊，到時候請裁縫做就是了。裁縫做的可比自己做的樣式要好！」澤生安慰道。

「那是，但工錢也多啊！」小茹嘆道。「你還是先做好心理準備吧！到時候我給你做歪瓜裂棗般的衣裳，你不穿也得穿。」

澤生噗哧一笑。「行，只要是妳做的我都穿。不過，我們不是正在想辦法掙錢嗎？肯定會有錢請裁縫的。」

瑞娘聽澤生說他們在想辦法掙錢，便放下手裡的剪子，走了出來，好奇地問：「你們想出什麼法子掙錢？」

「小茹說要炸花生米賣，跟別人賣的那種炸花生米不一樣。」澤生手裡快速剝著花生。

瑞娘聽了覺得很好笑。「炸花生米？那還不如就帶殼炒熟了去賣呢！這樣還省事。不過，最近市集上賣炒花生和炸花生的都很多，可不好賣。」

她這一說，小茹心裡又打起鼓來，也不知自己能不能做出多味花生來，即使做出來了，能不能賣掉？

「大嫂，我們也就是先試試，不行的話，再想別的法子。」小茹心裡很沒底地說。

瑞娘心裡暗忖：想靠炸花生米掙錢，肯定行不通！

她也不好說太打擊小茹的話，便回屋繼續裁剪新布去了。

眼見已經剝出了一盤花生米，小茹就說：「澤生，你接著剝，我拿這一盤先去試試。」

她端著這盤花生米進屋開始折騰了，先舀小半碗麵粉，撒上少許辣椒粉、一些鹽，均勻攪動，然後放在一邊待用。接著將分家得來的白糖打開，拿三塊放在鍋裡，燒火將糖熬成糖汁，火候差不多了，就把花生米倒進鍋裡拚命攪動，待每粒花生米上都裹了糖汁就趕緊撈起來。

之後，把這些裹著糖汁的花生米放進剛才拌好的麵粉裡，讓它們在裡面打滾，因為糖汁夠黏，一會兒就個個都沾上了粉。再準備洗鍋上油，油七分熱時，將裹上糖汁又裹粉的花生米倒進鍋裡炸，待顏色微黃就全撈了起來，才放置一會兒，顏色就變得金黃了。

澤生聞到香味，放下手裡的花生，趕緊跑進來看，見一粒粒金黃色的，看著就覺得好吃。「小茹，這種炸的花生米叫什麼？」

「多味花生。」小茹想也沒想便答道。

「多味花生？我怎麼從來沒聽過？」

小茹嘿嘿一笑。「這是我給它們取的名字。」說完之後，都覺得自己有些厚臉皮了，她可取不出這樣的名字來。

「澤生，你快嚐一嚐！」才起鍋有些燙，小茹用筷子挾了一粒吹了吹，餵到澤生的嘴裡。

澤生咬在嘴裡喀喀作響。「嗯！好好吃，我還要嚐一粒！」

她又挾一粒餵到他嘴裡，澤生吃著直咂嘴。「又甜又辣，還脆脆的，妳自己怎麼不嚐一嚐？」

小茹其實是怕自己吃了會失望，見澤生吃得這麼帶勁，她才敢挾一粒嚐嚐，如澤生所說，果然是又甜又辣，還脆！因為裡面沒有放香料，沒有小時候吃的多味花生那麼香，但味道絕對不差。

小茹心裡有了底，興奮地道：「澤生，我們先剝十斤花生米出來，等到下次市集的前一晚炸出來，若有人買當然好，實在沒人買，就分給家裡人吃，也不虧。」

「這麼好吃，肯定有人買！」澤生很有信心，同時又崇拜般地看著她。「小茹，妳怎這麼聰明，竟然想出這種法子來？」

小茹呵呵直笑，順便陶醉了一把。

待家人都回來時，小茹就將這盤多味花生分給大家吃。

瑞娘剛才還不信炸花生米能有人買，當她吃了之後，又有些不肯定了。張氏雖然覺得味道還行，卻總覺得小茹有些不走正道，因為她也不太相信做這樣的花生米出來有人願意買。

由著茹娘折騰去吧！賣不掉自然就不折騰了，張氏心裡嘀咕著。因為方老爹提醒過她，不要她過於插手兒媳婦的事。

第四章

三日後。

想到次日就要去趕集了，小茹當晚把十斤花生米都做成了多味花生，倒進大木盆裡晾著。

她尋思著，得把自己做的多味花生招牌打出去，否則人家吃了都不知道叫什麼，於是她找出一張草紙貼在大木盆邊上，拿起澤生以前用的毛筆準備在紙上寫字。

「小茹，妳會寫字？」澤生驚訝地看著小茹。

小茹才要落筆，想起自己可沒練過毛筆字，寫出來肯定不好看，便笑道：「不會，我只會鬼畫符，你來，就寫『多味花生』四個字。」

澤生接過筆，認真寫了起來。從小就用毛筆寫字的人果然不一樣，澤生寫的是楷書，寫出來的「多味花生」四個字端正又秀氣，還透著一股寧靜平和，都說字如其人，確實不假。

「好看！」小茹不禁讚道。

澤生見小茹誇讚自己，有些不好意思。「馬馬虎虎吧。明日我們打算把多味花生賣多少錢一斤？」

小茹心裡已經盤算好了，生的花生米是六文錢一斤，而普通的炸花生賣九文一斤，那她的多味花生至少得賣十五文錢一斤吧。

「十五文錢一斤，你覺得怎麼樣？」

「啊？這麼貴？」澤生驚呼。「這怕是沒人買得起呀！」

小茹尋思著這裡的村民實在都不太捨得花錢買吃的，貴了怕真是沒人買。「那就十二文錢一斤吧，再便宜了也不行，我算了一下本錢，花生米加料，一斤就得七文錢的成本。」

「賣一斤掙五文錢，賣十斤就掙五十文錢，是不是有點多啊？」澤生覺得有些不可思議，要知道方老爹和洛生去給人幫工，一日也只能掙二十文錢。

小茹聽了直笑。「哪有你這樣嫌錢多的，就怕賣不掉。若實在不好賣，我們再降降價，到時候再說吧。」

說完，澤生將他剛熬好的紅糖薑湯端了過來，又要小茹喝。

「我肚子現在一點都不疼了，明日可不能再熬了，喝了也是浪費紅糖，留著下次來月事時再熬著喝吧。」

「真的一點都不疼？」澤生還不太相信，怕她是故意不想喝。

小茹誠懇地直點頭。

「那好吧，但這碗妳總得喝了吧。」澤生已將碗遞在她的手裡。

沒辦法，小茹只好又喝了一大碗，喝完之後，她想起那日澤生借紅糖的事，便問：「買來的紅糖你還給東生家了嗎？」

「我記著呢，趕集那日下午就還了。」

澤生又從鍋裡舀來溫熱的水讓她洗臉洗腳，還囑咐道：「妳得多泡泡腳，聽說女人多用熱水泡腳對身子有好處，對妳來月事會腹痛說不定也有所緩解。」

「你懂的還挺多嘛！聽誰說的？」小茹笑問。

澤生臉色微紅。「今下午去菜地澆水時碰到老郎中，我就問了一下，他說不僅要喝紅糖薑湯，還要多泡腳。」

小茹沒想到他心裡一直記著這件事，還詢問郎中，心裡一感動便湊過來，親了他一口。

澤生可不敢跟她多親暱，怕惹得渾身癢起來就不好了，小茹的月事還沒完，是絕對碰不得的。

兩人上了床後，小茹側身摟著他的腰睡覺。澤生卻把她的手掰開了，只是握著她的手。

「怎麼了？」小茹還以為他不喜歡她摟著呢。

「沒……什麼。」澤生的身子發僵。

小茹似乎意識到什麼，掀起被子一看。呃……原來如此。她剛才緊摟著他的腰，竟然讓他有反應了！

澤生羞得不行。「妳離我遠一點。」然後翻身背著她睡。

小茹鑽進被窩裡格格直笑。

「不許笑！睡覺！」澤生羞得都想鑽地縫了。

次日他們早早起床了，兩人一起做了早飯吃，然後就帶著十斤的多味花生去趕集。幸好來得早，他們占了一個顯眼的位置擺下了。

陸陸續續來趕集的人越來越多，但凡看到他們的多味花生，都會好奇地停下來看一看、問一問。半個時辰過去了，都是只問不買，嫌貴。

小茹有些著急。「澤生，難道要降價？可是若第一次就賣便宜了，以後就賣不上價了。」

「人家都不知道這裡面裹的是花生米，更不知道好不好吃，得讓他們嚐一嚐才行。」澤生覺得這才是關鍵所在。

「我還不是怕人家手髒，把這一盆攪髒了。對了！我分出一小碗來。」小茹分出一小碗放在邊上，準備專門給人嚐。

這時一位老婦人過來問了。「小娘子，這是什麼東西？」

「大娘，這是多味花生，可好吃了，妳嚐一嚐吧，不買也不要緊的！」小茹端起小碗讓大娘揀一粒吃了。

這位大娘吃了後果然叫好。「給我來一斤吧，多少錢一斤？」

小茹聽說她要買，有些興奮。「十二文錢一斤。」

大娘神色一滯。「太貴了！」

「大娘，妳可別嫌貴，就那普通的炸花生米還得九文錢一斤呢！我這多味花生製程繁雜，本錢也高一些的。」

大娘猶豫了一下。「若十一文錢，我就來一斤，不便宜的話就算了！」她說著就要走。

小茹服了，這大娘砍價的本事可不賴。第一樁生意可不能就這樣讓它溜走了。

「好吧！大娘，十一文，給妳秤一斤。」小茹鬆口了。

大娘笑著回頭了，從口袋裡掏出了十一文錢。秤重量這活兒還得澤生來，小茹還不太會用這種秤桿。

大娘拿好買來的多味花生，還未走開，就忍不住拿出幾粒吃了起來。旁人見大娘捨得花十一文錢買這個，還吃得挺歡，也有些心動，都來嚐一嚐。

這一下好了，三、四個人嚐過之後，都要買。小茹高興得手忙腳亂，賣完這幾個人的，才歇息了一會兒，又來了幾個人。

待這一小碗的多味花生被免費嚐完了，那一大盆也都賣完了。

小茹數著串起來的銅錢，足足有一百零三文。因為那一小碗是免費的，還有些人愛討價還價，所以少賺了幾文錢。

「澤生，我們發了！兩個時辰不到，就掙了三十三文錢！」小茹開心地嚷著。

澤生暗喜道：「妳小聲點！」

澤生見旁邊的幾個攤上有賣葵花瓜子的，還有賣豬肉的。他想到小茹自從嫁給他後，都沒嗑過瓜子，吃的肉也是極少，便自作主張地跑過去買。

小茹見澤生去那邊攤上了，趕緊跑過去，小聲說：「剛掙了錢，我們可別亂花了。」

澤生可不想讓小茹跟著他連這些都吃不上，爽利地說：「掙錢就是要花的嘛！我們少買一點。老闆，這瓜子怎麼賣？」

「四文錢一斤。」

小茹聽說才四文錢，放心了，比她的多味花生便宜多了！

秤了一斤瓜子，他們又走到肉攤面前，花七文錢買了一斤豬肉。

澤生歡喜地說：「兩樣加起來花的錢才夠買我們一斤多味花生，划算！」

「對呀，而且我們終於可以吃上肉了！」小茹有些小興奮。

澤生把賣空的大木盆和帶來坐的兩張小凳子、豬肉分別放進兩只空籮裡，挑了起來。

「小茹，我們回家吧。」

小茹將剩下的九十二文錢仔細地放在身上，手拎著瓜子，跟在他身後歡快地走著。

她還時不時剝出瓜子肉塞進澤生嘴裡，餵著他吃。

澤生看了看左右。「咳咳……注意點，有傷風化。」

小茹偷笑，傷什麼風化呀，又沒打啵親嘴。

兩人還未到家門口，就見鄰居們圍住婆婆張氏在熱鬧地說著什麼。

「妳家澤生和茹娘小倆口還真是能幹，剛成親就想著掙錢，我瞧著他們賣得可好了。」

鄰居東生的娘說。

「估計掙了不少錢哩！」另一位婦人羨慕地說。
張氏聽說了這些，心裡可高興了，滿臉堆著笑，看來茹娘並不是瞎折騰。
她們見澤生和小茹回來了，趕忙圍上來問：「茹娘，這一上午掙多少錢了？」
小茹心裡想著，得低調，低調！
「呃……也沒掙多少錢啦。」
東生娘眼快，一下就瞧見了澤生挑的籮裡放著一斤肉，還有小茹手裡拎的瓜子。「還說沒掙多少錢，都買了這些好東西！」
小茹嘻嘻笑著。「真的沒掙多少，除了花生和料的本錢，也就掙三十來文錢，我們還花了十一文。」
她們聽說茹娘竟然掙了三十多文錢，由開始的羨慕變得有些嫉妒了，這可比男人們在外幹重勞力掙的還多，再稱讚了幾句茹娘，便訕訕地走開了。
張氏拉著小茹進了自家院。「以後掙多少錢可別都說出來，何必讓人家眼紅哩！」
小茹恍然大悟。是啊，讓她們眼紅了，心裡不舒坦了，罪過罪過！
「娘，我知道了，以後我會注意的。」
早在一旁的瑞娘默默地回自己屋了，她也亟需掙錢，可她不知道該怎麼去掙，見小茹掙錢了，也有些眼紅。
另一邊廂，小茹與澤生回了自己的屋，就開始忙活著這頓豐盛的午餐了。她先將肥肉切了下來，放在鍋裡煎出油。

聽著鍋裡滋滋的油聲，滿屋飄著的油香味，澤生不禁感嘆。「真香！」

「瞧你那饞樣！」小茹笑道，手裡還用鍋鏟輕輕拍著肥肉。待肥肉煎成深黃色了，她把切好的辣椒倒了進去，再翻炒一陣，撒鹽，菜熟裝盤。

「農家辣椒小炒肉，完工！」小茹把菜盤端到澤生面前，讓他瞧一瞧菜的外觀色澤，再聞一聞。「早就饞了，還不快嚐一塊！」

澤生笑著拿起筷子挾了一塊吃，還不忘挾一塊塞進小茹的嘴裡，然後她又做了一道醬爆回鍋肉。

當他們倆擺好兩盤菜，準備開動時，小茹尋思了一下，說：「澤生，我們裝一點給爹娘和大嫂他們吧。」

澤生恍悟。「還是妳想得周到，我們吃獨食是不太好。」

小茹從兩個菜盤子裡各分出三分之一，裝在兩個小碗裡。澤生端著碗站起來正準備去送，想了想說：「還是妳去送吧！好讓爹娘喜歡喜歡妳。」

「也是。」小茹站了起來，這個人情不賣白不賣。她還將買來的瓜子也分了一半出來，要送過去。

澤生見她一點兒也不小氣，心裡直偷樂，他怎麼就娶到這麼好的娘子呢？

瑞娘見小茹送來一小碗肉菜，還有瓜子，嘴裡直道謝，臉上微紅。她不好意思收下，但又不捨得拒絕。

待小茹放下碗出去了，瑞娘的臉就垮塌了，嘆氣道：「洛生，我們也去趕集賣點什麼吧，賣炒花生？」

洛生吃著小茹送來的回鍋肉，吃得直咂嘴。

「我問你話呢！」瑞娘聲量大了一些。

「炒花生不好賣，幾乎家家都有花生，想吃就自家炒了，誰願花那個錢去買？前些日子成叔就去市集上賣過，一上午才賣一斤，白折騰一回。要不，妳跟茹娘學做多味花生吧？」

瑞娘撇嘴。「那可不行，我跟她學，不是搶她買賣嘛，她能樂意？」

洛生想了想。「也是。哪怕她不好意思不教妳，我們也不能厚著臉皮搶她的買賣。我們再好好想想別的法子吧，家裡是不是沒剩多少錢了？」

「可不是嘛！買了布後就剩二十六文錢了。剛才我洗碗時手沒穩住，碎了一個大碗，還得花錢去買哩！還有，我那催子湯藥喝完了，也得去買。」瑞娘憂愁地說。

洛生嘆了嘆氣，看來掙錢的事迫在眉捷啊。

下午，澤生跟著方老爹和洛生去油菜地鋤草，小茹就在家裡剝花生，好備著下次趕集再做多味花生去賣。

到了晚上，小茹找出澤生以前讀書時用線縫裝好的草紙本子，拿出毛筆在上面記著帳。

澤生湊過來一看，見小茹寫了一串奇怪的字，甚是納悶。「小茹，妳寫的是什麼？」

小茹一愣。哦……澤生不認得阿拉伯數字！

「這是一百零三、七十，還有，這是三十三、十二。」小茹教他認著。

澤生認得稀裡糊塗。「妳怎麼想出要這麼寫數？還挺像那麼回事的。」

小茹笑道：「當然像回事了，這樣記帳，可比你寫的那些數字方便。」

「那妳怎麼想出這麼怪的數字來，誰教妳的？」澤生真的感覺好稀奇呀。

「呃……我自己編的。」小茹窘著臉說，她又開始厚臉皮了。

澤生覺得妻子簡直是無所不能，連這個也能編出來。「小茹，妳這麼聰明，若生得男兒身，又讀了書，肯定會被人讚為奇才，說不定連朝廷都慕名而來，請妳去當大臣呢！」

小茹聽了笑得直喘氣。「你就別逗了，我還是安心當你的娘子比較好。」

澤生聽到這句話簡直開心死了。他緊挨著她身邊坐，伸手攬著她的腰，下巴枕在小茹的肩頭上，看著她寫奇怪的數字。

「來，我教你寫。」小茹把毛筆放在他的手裡，然後握住他的手，就像教小孩子寫字一樣。

澤生可不笨，小茹鬆了手後，他照樣能寫得很漂亮，一點兒也不比她寫的差。

「光會寫還不行，得認識，我教你讀幾遍。」小茹似乎很喜歡當老師，特別喜歡當澤生的老師。

澤生才讀兩遍就全會了，小茹還不太相信。「我倒亂順序，看你還認得不？」

她隨便寫了一串數字讓他認，這根本難不倒澤生，他照著順溜地讀了起來。「一、零、二、四、三、五……」

小茹摸了摸他的頭。「不錯不錯，是個好學生。」

阿拉伯數字學得差不多了。小茹見澤生的膝蓋處破了個口子，就找出針線來縫補。澤生則找出以前的書坐在油燈下看著。

小茹好奇，伸過頭來，看他到底在看什麼書，似乎是史冊。

哎呀，自己嫁的可是個古代文化人啊！

幸好她以前是學中文的，能讀得懂那些文言，見敘述的情節像是歷史上的鴻門宴，再讀下去根本是楚漢相爭的翻版，這書中寫的向王活似項羽，而留王則似劉邦。

「澤生，你欣賞這向王還是留王？」小茹隨口問道。

澤生驚愕地回頭。「妳怎會知道這兩人？」

小茹眨巴著眼睛。「我……我從戲裡聽來的。以前有戲班子到何家村去唱戲，好像有唱向、留二王相爭這一齣戲來著。」

澤生見她竟知道，頓時來了興趣。「那妳呢？」

小茹思慮了一下，說：「我是女子，對最後誰為王、誰成寇不感興趣，反正我不喜歡留王好像就是一個地痞子。向王雖然暴虐了一點，但他專情，身邊只有一個女人。哪像留王有好幾個女人，還寵妾滅妻。等他死後，那幾個女人又鬥得死去活來，小妾最後被整慘了，被弄成人彘扔茅坑裡了，真可怕！」

澤生卻道：「因為妳是女子，所以妳關注的是他們的女人。若對百姓利弊來說，留王得天下可比向王要好，至少他不暴虐，懂得權衡。」

說到這兒，澤生突然話鋒一轉。「妳怎知道這麼多，戲裡有唱這些嗎？」

「你聽過戲嗎？」小茹反問道。

澤生一滯。「沒。」

「那不就得了？反正我喜歡專情的男人。」小茹終於矇混過關了。

澤生放下手裡的書，湊在她身邊，肉麻地說：「妳放心，我就是專情的男人，這輩子只會喜歡妳一人。」

小茹被他膩得有些受不了。「好吧，我信你了。」

澤生突然把她手裡的針線給拿了下來，一手摟她的腰，一手撐住她的後腦勺，朝她狠狠地親吻過來。

小茹當然不會拒絕澤生的親熱，及時迎了上去，由著澤生吮吸著她的唇舌，並且熱烈地回應他。

聽見澤生的喘息越來越急促，小茹輕輕推開了他。「不行，我怕你又會……」

她不好意思直說，怕他又想要她想得有反應了……

「已經五日了，是不是還得等兩日？」澤生將她從椅子上抱了起來，然後走到床跟前。

「嗯……你等不了了？」

「等不了也得等啊！」澤生把她放在床上，幫她脫了外衣，待她躺好，又拉過被子給她蓋好，然後他轉身回到桌前繼續拿起書來看。

「你……幹麼？」小茹納悶，以為他也會上床睡覺，沒想到他看書去了。

「冷靜一下。」澤生羞道。

這時，門外突然響起一陣腳步聲。

「澤生，你們倆怎麼還沒睡，這麼晚還點著油燈，多費油啊！」

「哦！」澤生應了一聲，吹滅了油燈。

雖然沒冷靜夠，但澤生還是上了床，緊摟著小茹睡。

「你不怕那個又……」小茹往邊上挪了挪。

澤生也跟著挪了挪，還是緊抱著她。「妳睡妳的覺，別理它。」

拂曉時分，兩人還未睡醒。澤生翻了個身，迷迷糊糊中聽到外面一陣滴滴答答的聲音，他突然驚醒過來。

下雨了？

他趕緊掀被起床，趿拉著鞋子出門看，幸好雨才剛下，也只是毛毛雨，牆邊堆的柴火及松叢只淋濕外面一層。他找來鬃毛棚蓋將柴堆遮得嚴實了，再從柴堆底下抽一些乾柴抱進屋。

這時張氏也出來了，她見澤生已經把柴堆蓋好了，便放了心，也抱些乾柴進屋。

小茹聽到動靜也醒了，正在穿著衣衫。「澤生，外面下雨了？」

澤生在灶上洗鍋，邊洗邊說：「嗯，下了小雨。小茹，家裡的柴不多了，過幾日我得去山上砍柴和笣松叢了。」

「到時候我跟你一起去，是不是去河對面的那座山上？」小茹自從來這裡，還沒上過山呢。

「對，那座山最近。妳就別去了，風吹日曬的，砍柴可是個辛苦的活。」澤生將鍋洗好了，放入一小碗米，再切幾塊地瓜，蓋上鍋蓋，然後坐在灶下燒火。

「我可沒那麼嬌貴，又不是大戶人家的小姐，怕什麼風吹日曬。聽說山上可以摘到野果子吃？」小茹有些期待地說。

澤生忍不住笑了。「原來妳是惦記著吃野果子呀！每年秋季山上都會有雞爪果、樹莓、野酸棗、火棘等，這時候應該都熟了。平時上山摘野果子吃的孩子們很多，輪到妳去，估計也摘不到什麼了。」

小茹聽了簡直要流口水，她可是一樣都沒吃過，而且連名字都沒聽過。「那我一定得去，好歹嚐個鮮嘛！」

吃完早飯後，雨勢稍停歇，不過一家人都沒出門。

小茹和澤生坐在屋裡剝花生，瑞娘還在做她的新衣裳，看她正在縫領口，估計今日就能完工。而洛生則蹲在屋門口做蓑帽，下雨時戴著好出門。

因為門都是開著，小茹見瑞娘偶爾朝她這邊瞧，神色有些憂慮，又有些嫉妒。她明白，大嫂也正愁著掙錢呢。

「大嫂，等會兒我教妳做多味花生吧，我們一起搭伴去市集上賣？」

瑞娘停下手裡的活兒，見小茹態度挺誠懇的，不像是哄她。她窘笑了一下，道：「那可不行，兩家賣一模一樣的東西，妳的買賣可不就差了？」

小茹大方地道：「沒事，有錢我們一起掙。」

瑞娘見小茹如此好心，倒有些不好意思了，委婉道：「不了，這幾日我正在和洛生商量做點別的什麼去賣呢！」

她說話時還與洛生對望了一下。洛生悶著頭輕輕笑了一聲，心想，商量來商量去，還不是沒商量出什麼來。

澤生知道大嫂是不好意思搶他們的買賣，想著自己家裡的七十斤毛花生，剝出花生米來也就五十來斤，賣幾次就沒了，就道：「大嫂，要不……妳把妳家裡的花生都賣給我們吧。」

瑞娘聽了頓時眼睛一亮，是啊！可以把花生賣給澤生家，反正他們的買賣越好，就越需要花生。而自己家的毛花生根本賣不掉，因為幾乎家家都種了，全留著自家吃也太浪費了，這樣賣了還能換一些錢。

「好啊！」瑞娘笑盈盈地答道，然後放下手裡的活兒，轉身進屋裡，秤了十斤留自家吃，剩下的六十斤都搬到澤生屋了。

小茹只知道花生米是六文錢一斤，但帶殼的毛花生她還不知道價錢。

「大嫂，妳自己說個價吧。」

「哪能我自己說價，大都是三文錢一斤，不知道這個價行不行？」瑞娘看著小茹，怕她嫌貴，又道：「要不便宜一點，兩文錢也行。」

「那怎麼好意思，我們就按一般的價，三文錢一斤。不過，我們一下拿不出那麼多錢。一共得一百八十文，先給妳四十文行不行，等我們賣出來了，馬上就還妳。」

瑞娘聽說一下就能先拿到四十文，直道：「行！行！」

最後瑞娘欣喜地拿著四十文錢回自己屋了。本來她一直發愁家裡沒錢，這一下就有了四十文，而且還有一百四十文的帳，心裡樂呵得不行。

洛生見瑞娘終於不皺眉頭不垮著臉，也跟著樂呵起來。

澤生見他娘正在家門口納鞋底，就問：「娘，妳屋裡的花生賣不賣？」

「你們能要得了那麼多？這買賣能一直做下去？」張氏當然想賣，她擔心的是他們的買賣長久不了，要不了那麼多花生。

小茹可是很有信心，快嘴道：「娘，妳放心，肯定能長久！」

這下張氏也笑盈盈地回屋扛了六十斤花生出來，小茹也是先給她四十文，欠下一百四十文記在帳上。

之後，澤生將這些花生整齊地放在屋裡，又坐下來和小茹一起剝花生。

這時，他們突然聽見一陣女人尖厲的哭喊聲。

小茹嚇了一跳。「誰在哭？」

瑞娘似乎很熟悉這種聲音。「東生是不是又打芝娘了？」

張氏仔細聽了聽。「沒錯，是芝娘在哭。唉，那個東生，動不動就打芝娘，可芝娘又是個不知長進的人。」

小茹有些驚愕，這是家暴嗎？

芝娘的哭聲越來越大，哭聲由隔壁的屋裡轉移到院子外，聽上去越來越淒慘，還聽見東生發狠的罵聲。

小茹有些忍不住了。「聽上去鬧得挺狠，要不要去勸架？」

張氏頭也不抬，道：「可別！他們家的事我們少摻和，以前他們打架，洛生和澤生去拉，最後還沒落個好。」

澤生其實也有些坐不住了，聽芝娘這哭聲，分明是被打得不輕。

「妳個賤婦！妳怎不去死？活著也是敗家！」東生的罵聲突然從院門前傳來，而且還聽得到重重踢在人身上那種沈悶的撞擊聲。

小茹驚得直看澤生，澤生再也按捺不住了，趕緊起了身，跑出院門外看。

小茹不放心，也跟著出來了，才出院門，她就被眼前的景象嚇住了。

只見芝娘坐在泥地裡哭，東生還拚命朝她身上踢，邊踢邊罵：「妳這個敗家娘們，家裡的錢都快被妳搬空了，我頭些日才掙二十文錢，轉眼就不見了！妳偷偷給了娘家，還說是弄丟了，今日不打死妳，老子就不姓方！」

東生長得人高馬大，身子粗壯，一臉蠻橫相，而芝娘身子嬌小，淚水漣漣，鼻青臉腫，看來被打得很慘。

小茹見東生這麼狠狠地踢芝娘，簡直是心驚肉跳！再這樣踢下去，芝娘真的會被他踢死！

澤生跑過去拉東生，可這東生死倔，他用力甩開澤生，又朝芝娘胸前、背後一陣猛踢。

澤生只好攔在芝娘的前面，沒想到被東生一拽，澤生一屁股坐在泥巴地上，小茹趕緊過來扶他。

「小茹，妳快進去，別不小心傷著妳了。」澤生站了起來，甩了甩身上的泥水。

東生這時又跑上去拽芝娘的頭髮，把她拽得在泥上拖。

小茹嚇得一陣驚叫，而更讓她吃驚的是，東生娘一直在旁無動於衷地看著，表情冷漠，似乎巴不得東生打死芝娘似的，只有她手裡抱著一歲左右大的小女孩哭喊著直朝芝娘喊娘。

澤生跑過去掰開東生的手，不讓他拽拖芝娘的頭髮。可是澤生哪裡是東生這個大塊頭的對手，他騰出一隻手推澤生，澤生就近不了他的身。

東生暴躁地吼道：「澤生，你走開，別管我家的事！」

他這一吼，澤生無奈地往後退開了一步。

東生不知怎地又發了狠，竟然撿起地上的一根粗柴棍就要來打芝娘的頭。

澤生嚇得趕緊來奪棍子，可他怎麼奪得過東生？

洛生見弟弟根本弄不過東生，便跑過來一起幫忙。

方老爹和張氏也出來了，他們畢竟是長一輩的人，不好參與進來勸架，只道：「東生，快放下棍子，芝娘再不對，也是你的娘子，是你閨女的娘！」

可東生根本聽不進去，恨不得一棍打死自己的娘子不可！

洛生、澤生和東生這三人就踩著泥巴一進一退，拉來扯去。不知怎地，東生腳一滑，突然往後一仰，摔倒在地，偏偏頭還磕在一塊石頭上。

「咚」的一聲響，這一下，把當場的人都嚇呆了！

東生娘終於有反應了，她放下手裡的孩子，跑了過來，直哭喊：「東生！東生！」

芝娘也愣了，鼻青臉腫、披頭散髮跟瘋子般地跑過來，推著東生的身子，哭道：「東生，你可別有事啊！你若不在了，我和孩子可該怎麼辦？」

「妳胡說什麼，妳咒他死嗎？」東生娘朝芝娘惡狠狠地訓道。

芝娘身子一僵，只敢哭不敢出聲了。

洛生與澤生早已嚇得一動也不敢動，在場的其他人也嚇傻了，難道勸架勸出人命了？

東生娘與芝娘拚命搡著躺在地上的東生，哭天喊地。

東生娘突然轉過身來，邊哭邊怨道：「洛生、澤生，誰讓你管我們家的事了，東生打自己的娘子礙著你們什麼了？」

芝娘更是怨恨地看著他們，哭得很壯烈，說話也發狠。「要是東生有個三長兩短，我跟你們沒完！」

小茹雖然嚇得不輕，但覺得東生那麼一個生龍活虎的大活人應該沒那麼容易摔死。她跑過來用力掐了掐東生鼻下的人中處。

「妳幹什麼？」東生娘和芝娘同時嚷道。

「他沒死也被妳們哭死了！」小茹冷聲回道。

她再狠命掐幾下，東生竟然醒了，他慢慢地睜開了眼睛，還坐了起來。

見東生好好地坐了起來，東生娘與芝娘立刻止住了哭聲。

東生娘驚喜道：「東生，你沒事了？」

東生摸了摸疼痛的後腦勺。「沒事，就是後腦勺疼，頭有些暈。」

澤生一家人都鬆了口氣，總算沒出人命，否則那還得了！

沒想到芝娘突然跑到澤生面前，抹淨她那張腫臉上的眼淚，生氣地道：「澤生，你得賠錢讓東生去看郎中！」

小茹不明白了，剛才是誰把她打得死去活來，又是誰幫她拉著東生，才沒讓東生將她打個半死，她這簡直好壞不分啊。

小茹氣不過，上前理論道：「芝娘，妳可不許這麼不講道理，妳怎麼不感謝我家澤生，還讓他賠錢？妳若是這樣，下次東生還打妳，誰敢來攔著？」

「可是我家沒錢去看郎中，沒錢抓藥，若東生腦子摔壞了，那我母女倆以後靠誰？」芝娘哭得很可憐。

東生才剛醒來，聽芝娘這麼一番話，他又爆發了。「看什麼郎中，哭什麼哭，老子還沒死呢！」

芝娘嚇得不敢出聲了。

東生娘見她的兒子沒事了，也跟著來訓斥芝娘。「妳也知道若是沒了東生，妳和孩子就沒人依靠。那妳還把錢偷去給妳的娘家？連家裡的碗都偷去了好幾個！妳像是想過日子的人嗎？」

芝娘的娘家窮得快揭不開鍋了，因為她有一個傻哥哥、三個弟弟，爹有病，娘體弱。平時她接濟娘家多了，東生氣得直罵她娘，她只好用偷的。

東生再揉了揉後腦勺，站了起來，朝自己的院子走去，嘴裡直嚷道：「都快回屋吧，別丟人現眼了！」

東生娘和芝娘只好都乖乖地跟著回院了。

小茹在一旁不禁懵了，剛才一直在丟人現眼的到底是誰啊！

一旁的洛生和澤生皆舒了一口氣，這次勸架差點弄出人命啊！

回家後，澤生將一身泥衣脫了下來，換上乾淨的衣服，小茹打水來幫他洗。

張氏坐在家門口慍著臉，嘟囔道：「以後他家的事千萬別再去摻和，哪怕芝娘哭得再慘，被打得再狠，都不要去勸架。這吃力不討好的事可不是頭一回了！要是出了人命，恐怕我們還得惹上官司！」張氏越說越後怕。

小茹與澤生兩兩相望，若是以後再遇到這事，他們絕對不敢瞎摻和了。

農村敞著大門過日子，有一個好處，那就是村裡哪家發生了什麼事都一目了然，誰家有什麼樣的親戚也一清二楚。

小茹問澤生，芝娘為什麼要偷偷拿錢和碗送去娘家，澤生就把芝娘娘家的情況說了。得知芝娘的娘家那麼困難，小茹突然很理解她了，想到她剛才被打得那般可憐模樣都覺得揪心，說來說去，都是一個窮字鬧的。

張氏接著納她的鞋底，邊抽麻線邊說：「東生每年都要打好幾次芝娘，若每次我們都去插手，人家還嫌我們狗拿耗子多管閒事！我瞧著他弟弟南生估計也是這個德性，他娘正在找媒人給南生說親呢，也不知將來哪家的姑娘要倒這個楣。」

方老爹跟著嘆了一聲。「這都怪他們的爹沒帶個好頭，東生娘年輕那會兒不也經常被打嗎？還有村南頭的道遠、道新兄弟倆，也是學著他們的爹，愛打女人！」

小茹心裡明白，不要說這是古代農村了，就是現代社會裡有些男人，在外有模有樣，回家也有狠狠揍老婆的。家暴這回事，自古就有，可能古時候更常見。

張氏瞄了一眼小茹和瑞娘，道：「還是我們家洛生和澤生有教養，自是不會做出打女人的事來，妳們倆嫁進我們方家來，算是有福氣的。」

小茹與瑞娘對了個眼神，心裡不得不承認，自己的男人確實沒得說。

方老爹聽了直樂呵，覺得是他教子有方，心裡可有成就感了。

沒想到張氏話鋒一轉，看著她的兩個兒子，又說：「疼自己的娘子倒也沒什麼，可別娶了媳婦忘了……」她忽然覺得此話不妥，恐怕是要得罪兩個兒媳婦了，便硬生生地把這個「娘」字給憋回去了。

澤生臉色微紅，窘道：「娘說哪裡去了，我們怎麼會呢？」

洛生在旁只是憨厚地笑了笑。

方老爹在補著油紙傘，聽張氏扯這個話，頓時繃起臉來，說：「瞧妳，扯哪兒去了。昨日吃肉吃得那麼香，哪兒來的？剛才是誰摟著四十文錢樂呵呵地往錢袋子裡收？竟扯些不鹹不淡的話！」

張氏也覺得自己話說過了，便緊閉著嘴，不再吭聲了。

小茹聽了忍不住偷笑，婆婆可是有點怕公爹的。

眼見著雨下得越來越大，雨滴砸在屋頂上噼哩啪啦，陣陣作響。

再過一會兒，傾盆大雨從天上澆了下來。方老爹望了望天，放下手裡已經補好的油紙傘，說：「洛生、澤生，我們趕緊去油菜地，把田埂多挖出幾個決口來，否則大雨要把油菜給淹死了！」

洛生和澤生聽了趕緊各自穿上蓑衣、戴上蓑帽，再扛起鋤頭，跟著方老爹一起出門了。好在秋季下雨不怎麼打雷，他們冒著雨出去也沒有什麼危險。

小茹已經把澤生剛才脫下來的衣服都洗好了，外面雨大，她就在屋裡拉了根麻繩，把衣服晾上。

眼見著時辰不早了，小茹開始挑菜，準備做午飯。

待菜都挑揀好，鍋碗也洗乾淨了，澤生他們父子三人一起回來了，並且每人手裡都拎著兩條大魚。

「這是哪兒來的魚？」小茹喜道。

澤生脫下蓑衣，道：「田裡抓的！我們挖好決口，然後從家裡那塊已收完穀子的田邊走過時，見田裡直冒大水泡，爹說肯定有大魚，我們就脫了鞋下田去抓，果真有魚。妳瞧，好肥的魚！我們一人抓了兩條。」

「怎麼會有這麼好的事，田裡也能抓來魚？」小茹只聽說池塘裡、河裡和海裡會有魚，這還是第一次聽說田裡也能抓來魚。想來也是，現代的農村都用農藥，有魚也早毒死了，哪能像這古代農村，天然純淨無污染。

澤生覺得田裡抓魚再正常不過了，便道：「每年下大雨，幾乎都能在田地抓到幾條魚，妳爹沒抓過嗎？」

小茹尷尬一笑。「我爹他……不會抓魚。今日中午除了炒盤馬鈴薯絲，再做個紅燒魚吧！」

「嗯，先做一條吃了，還有一條，我來把牠醃起來，過些日子再吃。」澤生把魚放進了水盆裡。

「你會醃？」小茹稀奇地問道。

「從小就看娘醃魚，何止十遍、八遍，看也看會了。」

小茹準備洗魚，被澤生攔住了。「魚太腥，我來洗吧，而且刮魚鱗、去魚腮，容易傷到手。」

澤生果然會心疼人，小茹乖乖地蹲在他旁邊，看他怎麼洗魚，然後怎麼醃魚。

弄好了這些，澤生開始燒火，小茹則在灶上做紅燒魚。魚還沒煮熟，就聞到院子裡飄來陣陣魚香味。

澤生鼻子嗅了嗅，笑道：「娘和大嫂可比我們還急，魚都熟了！」

「是不是家裡都好久沒吃過魚了？」小茹問。

澤生尋思了一下。「那是，恐怕有兩個多月了吧。」

沒過多久，他們的魚也煮好了。小茹穿越過來也近一個月了，這是第一次吃魚，吃得可香著呢。

「澤生，跟著你真好！」小茹打趣道。

澤生一臉的陶醉。「哪兒好？」

「跟著你有魚吃啊！」小茹說完呵呵直笑。

澤生聽了差點笑得噴出飯來。

下午仍然下雨，只不過比上午的雨勢要小一些。小茹與澤生又是坐在家裡剝花生。沒辦法，不剝不行啊，還指望著靠這個掙錢呢！

「姊！」一個男孩的聲音從院門口傳了過來。

小茹與澤生一抬頭，見她的弟弟林生一隻手撐著一把破紙傘，另一隻手拎著一雙木屐走進了院子。

「林生，你怎麼來了，吃過飯了嗎？」澤生趕緊讓林生進了屋。

「姊夫，我吃過飯才動身來的。娘讓我給姊送木屐來，姊出嫁時忘了帶。娘怕你們花錢去買新的，就讓我給送過來了。」林生撣了撣身上的雨水，好在兩家離得不遠，否則為了送木屐淋一身雨也太不划算了。

小茹心裡禁不住有些愧疚了，因為穿越過來後她與娘家才相處一日，實在沒有太深的感情，平時也極少惦念，沒想到娘親還特意讓林生送木屐來，看來王氏一直惦記著這個女兒啊。

「爹、娘還有小芸都好嗎？」小茹給林生泡了一碗茶，遞到他手裡。

「都好著呢！今年的穀子收成比去年要強些。」林生喝著茶。「姊，妳家的茶比我們家裡的茶好喝多了。」他忍不住一口氣喝了一杯，小茹又趕緊給他倒上一杯。

可能是因為家裡窮，沒吃什麼有營養的東西，林生雖然十三歲了，但看上去個頭有些弱小。他話也不多，接連喝了三碗茶，就要回去。

「林生，你就在姊夫這裡歇一日吧，反正下雨，你回了家裡也做不成活兒。」澤生挽留他在這裡歇一日可不是客氣話，這裡的習俗就是這樣，有親戚來了，特別是女方的弟弟、妹妹，一般都會留下來住個一、兩日。

林生看了看屋裡就一張床，連灶都是打在這個屋裡的，便馬上拒絕了。「那可不成，我來時跟娘說了，送了木屐就回去，若不回去，娘還以為我到哪裡混玩去了。」

澤生知道小茹的娘家窮，田少地少，只能餬個口，沒一點零用錢。想起上午芝娘挨打，就是因為幫襯窮娘家，他可不想讓小茹心裡也為娘家暗自憂心，便趕緊從錢袋子裡拿出三十文錢遞給林生。

林生想接又不太敢接。「姊夫，我哪能無緣無故地拿你們的錢？」

澤生想起上次回門時忘了給紅串錢的事，便道：「哪裡是無緣無故，上次就少給你和小芸紅串錢，這次就補多一點。」

林生想來這倒是一個理由，便收下了，畢竟家裡確實缺錢花。

澤生想起小茹中午說何老爹不會抓魚，又將醃的那條魚裝好，再裝了十斤花生，要讓林生帶上。

「爹今日在田裡抓了三條魚，家裡有魚吃。」林生沒有接過魚，只接了花生。

澤生把林生送出院外，看他走得沒影了，才回屋來。

「小茹，妳不是說爹不會抓魚嗎？」澤生笑問。

小茹伸了舌頭，訕訕笑道：「可能是那三條魚太笨了，不小心被爹抓到了吧。」

澤生聽了哈哈直笑。「可能是吧。」

第二日還是下雨。

小茹和澤生在家裡把多味花生做好了，心裡盼望著明日可別再下雨了，若再下，就沒法去市集上賣了，那可耽誤掙錢啊。

沒想到天公還真作美，當小茹與澤生眼巴巴地看著雨，希望它別再下時，它果真就停了，還出了大太陽。

到了第三日，他們興奮地去趕集，雖然地還有些泥濘，但並不妨礙趕集。

來趕集的人是少了些，小茹也只做十斤的多味花生，並未多做。她知道，好東西都得讓顧客感覺貨緊才行，這樣買賣才能做得長久。上次就有些人想買而沒買到，這次見小茹又來賣了，都跑過來買。

只花半個上午的工夫，多味花生就賣完了。揣著懷裡的一百多文錢，小茹想起上次賒了成叔家一頭小豬崽，就與澤生商量。「要不我們先去把成叔家的錢還了吧？欠娘和嫂子的錢可以賣多味花生慢慢還，但成叔賣豬崽聽說全是賒的，他也不容易，就先還他家的。」

「要不是妳提醒，我差點忘了這回事，我這就去還。」

回到家後，放下擔子，澤生就拿著錢去成叔家。

到了晚上，小茹又在記帳。這幾日，又是買花生，又是還錢的，可得記一下，做買賣的哪有不記帳的。

澤生坐在小茹身邊，饒富興趣地看著她寫「何氏數字」。這幾日澤生老說這是「何氏數字」，將小茹說得滿臉通紅。

唉，阿拉伯數字何時改姓何了？

記帳時，阿拉伯數字前面還得寫「欠」、「總」之類的字，小茹讓澤生來寫。她知道自己寫不好毛筆字，再說如果自己沒讀過書，卻會寫很多字，也說不過去。

兩人你寫來我寫去，寫完後放下筆，便摟一塊兒親去了。

澤生想起小茹的月事也已經完了，親吻起來更加熱烈無顧忌了。唇舌一直未分開的兩人吻著吻著，也不知怎麼就蹭到了床邊，然後滾上了床。油燈昏暗朦朧，床上兩人激烈纏吻，氣息侷促、體內躁熱。

「小茹，今夜我們一定要一起到……」澤生喘著粗氣，一手伸進小茹的裡衣內揉撫著她嬌嫩的肌膚，另一隻手忙著解她的衣扣。

「好……」小茹嘴裡呻吟應著。

澤生似乎天生會撩撥人，小茹被他吸吮得渾身微顫。當他光裸炙熱的胸膛壓在她嫩滑的身上時，她身下禁不住流出渴望的液體。

「小茹，妳想不想要我？」澤生嘴裡吐著情慾的氣息，還非要這麼問一句，簡直是在撩撥她渾身的慾火。

「想要……」小茹嬌吟地回答著。

她的誠懇回答、她的呻吟聲，以及嬌媚的神態、迷離渴望的眼神，已讓澤生神魂顛倒，再也抑不住地直襲而來。

「小茹，妳喜歡嗎？」他怕自己太快，想等一等她，所以停了下來，一邊重重地喘息，一邊問了這麼一句調情的話。

「喜歡，唔……」

澤生看著小茹癡迷又享受的模樣，渾身又是一陣激昂，再一次捲浪而來。

他如此頂撞著，讓小茹舒服得感覺快要死去，她忍不住酣暢地說：「澤生，我……」

還未說完，她體內一陣歡快，不僅感覺到自己的收縮與顫動，還能感覺到澤生的。

這就是所謂的高潮嗎？真是讓人舒服至極！這應該就是她最初盼望的最佳狀態吧！如今她與澤生已是相知相愛的夫妻，有感情作基礎，做這種事當然是痛快淋漓了。

澤生趴在她身上，喘著興奮的氣息說：「小茹，這次我們一起了。」

小茹緊摟著他的脖子，幸福地回道：「嗯，一起了。」

第五章

次日醒來，陽光有些刺眼，看來是昨晚折騰得太晚，耗費的體力太大，兩人比平時多睡了半個時辰。

起來開門時，澤生見洛生已吃完早飯，扛著鋤頭要出門，他有些不好意思地臉紅了。

洛生隨意看了澤生一眼，見弟弟臉上泛著紅暈，也猜到他晚起的原因，澤生的這張臉簡直就是在不打自招嘛！

洛生有意無意地笑了一下，出門去了。

張氏拎桶給豬餵食，見小茹才剛起來，正在梳頭髮，忍不住道：「你們倆今日起得可真夠晚的。妳瞧，妳家的小豬都餓得嗷嗷叫了！」

張氏說著就往小茹家的豬槽裡舀了一瓢食，讓小豬先填填肚子。

小茹羞得無地自容，趕緊剁一些豬草，倒進豬槽裡。此時，澤生在燒火煮粥，忙得不亦樂乎。

吃過早飯後，澤生見外面秋高氣爽的，便道：「小茹，等會兒我去砍柴。」

「我也要去！上次說好的。」小茹趕緊換上一身舊衣裳，怕身上的新衣會被山上的樹枝給勾破了。

「好，我給妳摘野果子吃，知道妳惦記著這個呢。」

澤生磨好了柴刀，再帶上繩子和扁擔，而小茹拿著筢松叢的筢子和一只麻袋。兩人才剛出院門，澤生又跑回屋來，給她找了一頂草帽戴上。

「你不會是怕我曬黑，變得不好看了，就不喜歡我了吧？」小茹笑問。

澤生捏了捏她的小臉。「瞧妳說的，哪怕妳有包公那麼黑，我也會喜歡的，因為妳是我的娘子啊。」

「這還差不多！」小茹噘嘴道。

兩人一路歡快地向山上走去，好像這不是要去幹活，而是去山上觀賞風景似的。

一到山上，果然有許多小孩子跑來跑去，忙著摘野果子吃。

澤生一路走著，沿途給小茹摘些剩下不多的野果，還摘了幾個野山楂給她吃。

真是又酸又甜啊！小茹吃得很帶勁。

再往前走，澤生見到野莓，興奮地摘了兩大把。

小茹興奮道：「這個好像草莓呀，就是比草莓要小一些。」

「草莓是什麼？」澤生好奇地問。

「呃……跟這野莓差不多，個頭要大一些而已。」小茹拿起一顆嚐一嚐。「嗯，比草莓要好吃多了，好甜好甜！」

「小時候我也經常上山摘野果子，我最喜歡吃的就是這個野莓了。」澤生自己只吃了幾顆，剩下的全都留給小茹。

該吃的也吃了，得幹活了。澤生尋些粗棍子砍著，小茹就在不遠處筢著松叢。到了這個季節，地上全是一層層枯黃的松叢，這個用來引火是最好的，一遇火苗馬上就點著。

小茹將這些松叢筢在一起，沒多久就筢了一麻袋，而且松叢極輕，整整一麻袋，扛起來才十幾斤，實在輕便。

這時，他們聽到不遠處傳來一陣沈沈的砍柴聲。再過一會兒，那個砍柴的人走到他們這邊來了。

他們抬頭一看，是芝娘！

只見她臉上全是青紫色，左眼腫得老高，走路也是一瘸一瘸的。她都被打成這樣了，竟然還出來砍柴。小茹見了不禁一陣心酸。

芝娘見到他們，只是窘迫一笑，然後落寞地砍著柴。

小茹想到那日東生摔倒，後腦撞到石頭還暈了過去，心裡有些擔心他會留有後遺症，又想起芝娘不僅娘家窮，她的婆家也好不了多少，除了果腹，手裡根本沒什麼餘錢。

大概是同情心氾濫了，小茹竟然走到芝娘面前，說：「芝娘，妳家有花生嗎？」

芝娘抬頭，抹了抹汗，說：「有啊，有五十多斤。」

「那妳賣給我家吧。不過……我家只能先給妳四十文錢，剩下的要等賣出錢來，才能還妳。」

芝娘聽了一陣驚喜。「好啊、好啊，謝謝茹娘！」想起那日她要澤生賠錢的事來，又不好意思地低下了頭。

小茹只是笑了笑，便來到澤生身邊，繼續筢松叢。

稍晚，已臨近午時。澤生見自己砍的柴也不少了，便將柴捆成兩大捆，準備挑起來，和小茹一起回家。

「澤生，你去幫幫芝娘吧，我瞧著她使了好一會兒勁，都沒挑起來。」小茹瞧著那邊正在費勁的芝娘，忍不住又同情起她來。

澤生向芝娘看去，只見她的腿因為被東生踢得走路都不利索，一瘸一瘸的，根本挑不動擔子。

他頓了頓，卻沒動。

「要不，你幫她卸一點下來，捆在你的擔子上吧，我瞧著她可憐。」小茹小聲地說。

澤生為難，他並不是怕增加自己擔子的重量，而是覺得去幫東生的娘子有些不太合適，畢竟男女有別。雖然芝娘被打，他也同情，可芝娘平時愛嚼人家的舌根，東家長、西家短的，他對芝娘可沒什麼好印象。

澤生皺了皺眉說：「隨她去吧，我們走。」

小茹有些納悶，她並不明白澤生的心思，只是覺得去幫芝娘一下，也沒什麼不可。

但澤生都這麼說了，她當然聽他的話，也懶得去管了。想起婆婆張氏說的那句，以後芝娘的事可千萬別再去摻和，她腳下的步伐也走得快了。

他們倆一前一後地往回走，才走幾步，只聽得後面一聲尖叫。他們回頭一瞧，見芝娘整個人連著擔子從半山腰滾了下來。

這時澤生放下擔子，與小茹趕緊跑了過去。

好在芝娘往下滾得不遠，沒怎麼傷到，就是手背劃傷一個口子，看來她是真的挑不動這個擔子了。

澤生沒辦法，只好拆開她的柴，兩頭各卸一些下來，綁在自己的擔子上。

「這樣輕便多了，妳應該挑得動吧。」澤生看也沒看她一眼，說完就挑起自己變重的擔子往前走。

芝娘感動得說不出話來，澤生竟然為她減輕擔子，幫她把柴挑回去。她好像從來沒得到別人這般照顧，便緊盯著澤生的背影瞧。

小茹見芝娘這般眼神，心裡突然不舒服起來。澤生幫她，完全是因為自己剛才說的那番話，她幹麼那麼瞧著澤生，簡直有些花癡了。何況，她那張青腫的臉還犯花癡，模樣實在難看啊。

小茹心裡有些不舒坦地跟在澤生後面走著。

澤生見芝娘還沒跟上來，就對小茹說：「妳不瞭解她，以後少跟她來往，她愛嚼舌根。妳這次讓我幫她，說不定她不但不記著妳的好，反而在別處說妳的壞話呢！」

「啊？」小茹驚愕。「她會這樣？」

「她以前還說過大嫂的壞話呢。反正妳記住了，以後少理她。她可憐歸可憐，但娘說得對，她這個人一點長進都沒有，實在不討喜。東生打她，也不是沒有原因的。」

小茹聽了後，突然後悔說買她家的花生了，更後悔讓澤生幫她。可芝娘剛才從半山腰上滾下來，若不去幫她，會不會讓人覺得自己太涼薄？而芝娘剛才看澤生背影的那種眼神，分明就是已經忘記小茹要買她家花生來幫襯她的事了。否則，她怎麼能盯著別人的相公這般瞧呢！不就是幫她分了些柴挑，至於嗎？

小茹越想越不舒坦，怪就怪自己對芝娘這個人不瞭解。

回到家，澤生把柴鬆了繩，趁芝娘還沒回來時，就把她的柴給放在她家院門口。澤生可不想親耳聽芝娘對他說什麼感激的話。

沒過多久，芝娘也回來了。她一到家，見柴已堆在自家的院門前，心裡喜孜孜的，然後又欣喜地把五十斤花生扛到澤生家。

小茹想到在山上時，已將要收她家花生的話說出口了，現在想不收都不行了。不過，當澤生秤花生時，小茹發現芝娘又緊盯著自家相公瞧，這下可惹惱了她。

「咳咳……芝娘，錢已經給了妳，剩下的先記在帳上，妳沒有別的什麼事了吧？」

芝娘被驚得收回了目光，頓時臉羞紅，趕緊揣好四十文錢出門了。

小茹怕她又偷偷地把錢給娘家，惹出事端來，便追著問：「賣花生的事，東生知道吧？」

芝娘回頭，擺著一張苦臉說：「知道，我哪裡還敢瞞著他，找死嗎？」

見芝娘出了院子，小茹坐下來剝花生，心裡感覺彆扭死了。這個芝娘幹麼總盯著她的澤生緊瞧啊，太煩人了！按理說，在這個古代農村有男女大防，一位已有相公、孩子的少婦，不該對別家的男人這般犯花癡吧？這個芝娘，還真是個不安分的人！

不過想來也不奇怪，澤生長得這般清俊模樣，又是讀過書的人，這在古代應該是一般小女子夢裡都想嫁的男人。平時芝娘只羨慕小茹嫁了個好相公，沒敢多去瞧澤生。這下見澤生幫了她，她就突然犯花癡了！

「小茹，妳在想什麼呢？」澤生見小茹剝花生，竟然把殼放在盆裡，把花生米扔籮裡，全弄反了，一看就知道她在想著心事。

這會兒澤生對芝娘緊盯著自己瞧的事還一無所知，否則他要難受死了！

小茹這才發現自己把殼和花生米都扔錯地方了，頓時窘笑起來。「沒……想什麼。」

「收芝娘家的花生只許這麼一次，若以後我們買賣能一直好，花生不夠的話，就去別家收，再不能收她家的。若是她和東生又因為錢惹出什麼事，麻煩就大了。」澤生囑咐道。

「那是，可不要再與她家扯出半毛錢的關係……不對，是半文錢的關係！」小茹嘟囔著說，心裡懊悔得很。

這時，瑞娘穿著她自己做的那件玫紅色新衣裳，手裡拎著幾個像是藥包的東西進了院子。小茹見瑞娘這件衣裳做得特別合身，顏色好看，樣式也時興。她這等模樣可比以前看上去要俊俏多了。瑞娘也不過十七歲而已，平時瞧著就像二十好幾了，今日穿上新衣裳，總算符合她本身的年紀。

小茹心裡不得不佩服瑞娘的手巧。她的手藝，應該比婆婆的還要強些，畢竟婆婆身上穿的衣裳也比不上瑞娘做得這般合身。

瑞娘進了她的屋，又是架爐子又是生火的，忙活了好一會兒。

小茹聞到一股濃重的中藥味從瑞娘的屋裡飄出來，納悶地問：「澤生，大嫂好好的熬什麼藥？」

「熬催子藥呢！大嫂嫁給大哥兩年多，光吃這藥就吃了一年多。」澤生早已習慣院子裡飄著這種藥味了。

「催子藥？」小茹聽了有些不可思議。「這種藥能有效嗎？」

澤生直搖頭。「若真的有效，至於吃一年多還沒反應？也就是求個心理安慰罷了。」

小茹明白了，大嫂是心裡急。「可是大嫂才十七歲，無須那麼著急吧？孩子遲早會有的。」

澤生嘆了嘆氣，道：「爹娘著急，大哥大嫂也急，特別是見了別家成親才一年多，孩子都抱在手上了，他們就更心急。」

兩人正小聲地說著，只見瑞娘突然從屋裡跑出來，直噁心，想嘔又沒嘔出什麼來，只有一些苦酸水。

小茹見瑞娘很難受的模樣，便問：「大嫂，妳是不是哪裡不舒服？」

瑞娘撫了撫胸口，道：「沒事，可能昨晚睡覺著涼了，今早起來就嘔了兩回，身子也沒別的不舒服。」

瑞娘說完又進屋盯她的藥去了，過一會兒，她又跑出來嘔了一回。

小茹不禁納悶，她這種症狀怎麼像是懷孕了呀？以前在電視裡看這種段子簡直看得都發膩了，只要想暗示誰懷孕了，就都像瑞娘這般噁心嘔吐幾回。

眼見著瑞娘將熬好的藥端在手裡吹了吹，正要喝。

「等等！」小茹突然朝瑞娘喊道。

瑞娘聞聲嚇得差點將手裡的藥碗給摔了。

「怎麼了，茹娘？」瑞娘扶穩了藥碗。

「大嫂，我瞧著妳剛才的症狀怎麼有點像是懷了身孕？若真是有身孕了，可不能亂吃藥！」

瑞娘怔愣半晌，笑道：「怎麼可能，因為家裡最近沒錢，我都兩個月沒喝催子藥了，怎麼可能會懷有身孕呢？」

小茹呆了，瑞娘還真以為想懷孕就非得靠這個催子藥？

「妳還是先請郎中來把一把脈才行。除了噁心嘔吐，還有別的症狀嗎？比如犯睏、渾身沒勁之類的。」小茹以前有一位堂姊因為懷孕就沒上班，整天鬧著在她面前嘮叨著這些症狀，以至於她也知道了個大概。

瑞娘尋思了一下，猶疑地道：「犯睏？其實我剛才熬藥時眼皮子就打架來著，睏得要命。我也知道懷孕的女子會有噁心嘔吐的症狀，聽說也愛犯睏，可是我明明都停了兩個月的藥，怎麼可能有身孕？肯定還是睡覺著涼的原因。」

瑞娘還在糾結著她沒吃藥是不可能懷孕的事。

小茹也被瑞娘說得不確定了，便道：「妳還是找郎中把過脈，心裡有個數才好，可別瞎喝藥。女人懷孕應該是水到渠成的事，沒有誰規定非得喝藥才能懷孕呀！」

一語驚醒夢中人！瑞娘突然明白了過來。對呀，誰說非得喝藥才能懷呀？她這是喝藥喝多了，都糊塗了！她想起自己這兩日的情形，還真像一般懷孕女子該有的症狀。

瑞娘神色一愣一愣的，想要驚喜又強抑制住了，因為還是不敢肯定真的懷孕了。

稍晚，洛生回來了。瑞娘趕緊放下手裡的藥碗。

「洛生，我可能……可能懷有身孕了！」她的語氣異常興奮，隱隱之中又帶著些謹慎。

洛生先是驚愣，待反應過來瑞娘說的是什麼時，他驚喜得兩眼直冒光。「真的？」

瑞娘怕大家白白高興一場，又小心翼翼了起來。「只是症狀有些像，還不敢確定。你不是也知道我早上起來噁心發嘔的事嗎？」

「妳不是說，那是晚上沒蓋好被子嗎？」洛生也怕這只是一場空歡喜。

「可是……可是我還犯睏。」瑞娘又補了一句。

在旁的澤生見他們倆也說不出個什麼結果來，便道：「哥，你還是趕緊去找郎中來給大嫂把脈吧。」

洛生恍悟過來，立刻放下肩上的鋤頭，一句話也沒說，便快速跑出去。

方家村只有一位赤腳老郎中，醫術有限。但他一見瑞娘這氣色，又聽她說這兩日身子的狀況，再把了把脈，便斷定瑞娘是有了身孕。他的醫術雖然有限，但平日看多了孕婦，經驗還是有的，畢竟行醫了十幾年。

瑞娘與洛生見老郎中這般斷定，簡直歡喜得不知該如何是好了。瑞娘將藥包全拿了出來，塞在小茹手裡，還將剛才那碗熬好的藥也端了出來。

「茹娘，妳將這碗藥熱一下，喝了吧！」

「啊？我……我喝？」小茹有點哭笑不得，藥哪裡能隨便喝啊。

「這是催子藥，喝了有好處，說不定妳也能早點有身孕、生孩子！」瑞娘透著喜氣說，她高興得已經有些找不著東西南北了。

只是不要說催子藥了，小茹簡直想喝避子藥！她和澤生成親才一個月，兩人的感情正處於火熱的狀態，她可不想早早有了孩子，擾了甜蜜的兩人世界。何況她是十五歲小姑娘的身子，太早懷孕怕生的孩子先天不夠強壯。

無奈這裡又沒有避孕套之類的東西，倒是聽說有避子湯這種藥，可她又哪裡敢去詢問或者買這種避子藥，若是被婆婆知道了，還不知道會怎麼說她呢。

她想，還是順其自然，一切皆隨緣。若真懷孕了，就欣然接受把孩子生下來；若是能晚個幾年再懷孕，那就最好不過了。

她是絕對不會喝這種催子藥，也不會早早盼望有孩子的，且不說這種藥有沒有效，就怕吃了對人身體有副作用。

但瑞娘的好意，她又不好當面拒絕，只好接了過來，撫了撫額，道：「好，我等會兒喝。」

老郎中把了一趟脈，總不能一點錢也不賺，於是他給瑞娘開了副安胎的方子，還說這種藥他家就有得買。洛生趕緊進屋裡拿錢，跟著老郎中去他家買藥了。

澤生看著小茹將那碗藥端回了自己的屋子，支支吾吾地問道：「小茹，妳不會真的要喝這碗藥吧？」

小茹笑道：「哪能？我才不喝呢，我是不好意思拒絕大嫂的好意。怎麼，你也不希望我早早有了身孕？」

澤生撓了撓後腦勺，不好意思地道：「也不是不想，就是覺得……還是不要那麼早要孩子的好，我們成親才一個月，要是妳有身孕了，操心的事就多了，我不想讓妳那麼累。況且這種藥我也是不相信的，大嫂喝了一年多都沒反應，停兩個月反而有了。就這種藥效，可想而知！」

小茹打趣道：「這不會是避子藥吧？」

這話惹得澤生笑了好一陣。「哪怕是避子藥，也還是別喝的好。若對身子有害，那可就虧大了。」

「嗯，我知道，你放心好了，我絕對不會亂喝藥，何況還是這種苦苦的藥，聞著就難受。」

澤生隨手端起藥碗，將藥倒進了廢水桶裡。

小茹又將瑞娘給的那包藥放進了櫥櫃裡，畢竟扔了怕大嫂看見，還是收起來吧。

待張氏和方老爹回來時，瑞娘當然不會錯過這個讓婆婆對自己另眼相看的機會，她興奮地將自己有身孕之事急急地說了，還說老郎中十分斷定，絕對不會有誤。

張氏聽了，喜得直合掌拍著叫好。「老天真是開了眼，我就快要抱孫子了！方家的香火又延續一代了！」

方老爹跟著笑得直瞇眼，喜不勝收。他這兩年來的憂慮，終於可以放下了。

張氏並沒因高興而糊塗，可惦記著瑞娘的身子，直喜道：「瑞娘，妳可別再幹重活，得好好將養身子！我現在就去給妳煮兩顆雞蛋！」

瑞娘聽說婆婆要為她煮兩顆蛋，頓時感動得熱淚盈眶，這可是嫁給洛生後，第一次享有這麼好的待遇啊。

待瑞娘回屋準備做晚飯時，張氏已將兩顆煮好的雞蛋端到了瑞娘面前。

「快吃了吧！」張氏笑盈盈地看著瑞娘吃雞蛋，又對洛生說：「明日你去石鎮上割一斤豬肉回來，好給瑞娘補補，這兩年可把她苦著了。」

「哎，好勒！」洛生笑著答道，嗓音裡透著歡喜，真是人逢喜事精神爽啊。

瑞娘聽婆婆這麼一說，覺得自己這兩年確實苦著了，晶瑩的淚花又在眼裡轉著。轉念想到自己現在終於有身孕了，公婆都對她器重了，她抹了一把辛酸淚，痛快地吃著雞蛋。

吃過晚飯後，點上油燈，澤生挑了挑燈芯，屋裡稍稍明亮了一些。

兩人並肩坐在桌前。小茹手裡拿著毛筆蘸了蘸墨，澤生左手攬著她的腰身，右手握住她的手，教她寫著好看的小楷。

嘎吱一聲，門被推開了。只見張氏走了進來。

因為他們倆還沒洗臉洗腳，就沒及時拴上門。

張氏見澤生一手摟著小茹的腰，另一隻手握著小茹的手，手把手地教她寫字。小倆口親暱也就算了，澤生怎麼能教她寫字呢？

「澤生，茹娘一個婦道人家，你教她寫字做什麼？有這個閒工夫，還不如讓茹娘多縫幾雙鞋墊，多納幾雙鞋底。」

澤生臉色微紅，尷尬地笑了笑，道：「娘，小茹只是好奇，我就教她寫著玩，又不是費心思要學出什麼來。」

小茹眨巴著眼睛。婆婆的意思是嫌她學寫字不走正道？做針線活才是正道？

她暗自尋思一下，這確實也不能怪婆婆。她穿越到這裡來，可是一位地地道道的農婦。在婆婆眼裡，白日多做農活，晚上再多做針線活，這才是好兒媳的標準，農家日子都是這麼過的，就是些吃飯、穿衣的事。

此時她卻假模假樣地寫起字來，怎麼不讓婆婆生氣？

小茹自知不能和婆婆硬碰硬，便放下手裡的毛筆，拿出前兩日做了一半的鞋墊，再取出針線，接著縫了起來。

張氏見小茹知錯就改，還算懂事，便走近了些，仔細瞧著小茹的針線活。

不瞧不打緊，這一瞧，她竟然瞧傻了。那鞋墊上走的哪是針線啊，簡直就像一堆亂七八糟的螞蟻在爬！歪歪扭扭且不說，有的針腳長，有的針腳短，有的乾脆漏掉好幾針。

小茹本來是想豎著縫幾行，再橫著縫幾行，這鞋墊就結實了。可是，待她親自動手做起來，發現與自己想要的不太一樣。

張氏心裡一沈。這……這哪裡像是一位婦人手裡做出來的活兒，哪怕澤生縫的也比這齊整吧！難道小茹出閣前在娘家沒學過針線？

小茹一抬頭，見張氏那張有些傻愣的臉，頓時明白了，婆婆瞧不上她這拙劣的手藝，不由得發窘地乾笑了幾聲。「娘，我……在這方面實在沒什麼天分，不過我正在努力學。呵呵，努力學著呢！」

「熟能生巧，熟能生巧！」澤生在旁幫腔。

張氏咂了咂嘴，終於將想說的話吞下去了，回了他們倆一個無奈的笑容。她轉身正要出門，突然又折了回來。「我差點忘了，我是來為瑞娘借紅糖的，上次你們買的紅糖還有嗎？」

「還有。大嫂要紅糖做什麼？」小茹問道。

「泡著喝啊，她都有身子了，可得好好補補！」張氏一說到瑞娘懷有身孕的事，便精神百倍。

小茹哪好小氣地說不借，趕緊轉身將櫥櫃裡上次剩的一斤紅糖遞給張氏了。

張氏拿著紅糖瞧了瞧，高興地出門了。

小茹有些羨慕地說：「娘現在對大嫂可真好，又是雞蛋又是紅糖的。」

澤生聽著小茹的口氣，笑著揶揄道：「怎麼，吃醋了？妳放心，等妳有身孕了，娘對妳也會這麼好的。」

小茹想了想，那倒也是。前些日子，她明顯感覺到婆婆有些偏袒自己，對瑞娘則淡漠許多，可能是因為上次回門，自己娘家給的回禮多，後來又做多味花生能掙錢，婆婆對她就另眼相看了些。因為婆婆偏袒得太過明顯，還弄得她心裡有些過意不去。

現在瑞娘有身孕了，對方家來說可是大喜事，以前公婆都擔心瑞娘的身子有什麼問題，成親兩年了肚子都沒動靜，雖然他們沒把擔心兩字整日掛在嘴上，心裡其實很是憂慮。

這下好了，瑞娘終於有喜了，張氏覺得瑞娘可為方家立了一大功，心裡便對她喜愛得不得了，恰巧又見小茹這針線活比不上瑞娘，再想起平時小茹沒有瑞娘會仔細地過日子，幹農活更是差遠了，自然而然，她的秤桿就傾向瑞娘那兒去了。

唉，當婆婆的都很難做到一碗水端平，總會厚此薄彼的，這點小茹明白，誰都知道婆媳關係不好處。

「哎呀！嘶……」小茹咧了咧嘴，這針尖扎進食指的指肚裡，還真是鑽心疼。

「扎手了？」澤生抬起小茹的手一瞧，針扎的地方都滲出血來了。

澤生想也沒想，便含住她的食指吮了起來。

小茹覺得這種動作有些親暱，羞道：「只不過扎了一個針眼而已，你至於嗎？」

澤生吸吮了一會兒，見她指肚沒再滲出血來，才止住這種行為，心疼地說：「妳不會做針線活以後就別做了，這些都可以去市集上買的。」

「我也想花錢買，樣式還時興又好看，就怕娘知道了，說我不賢慧，不會持家，淨瞎花錢，那我可就沒話回了呀！」小茹想到婆婆剛才看自己的那種眼神，實在是渾身不舒服。

這還真是個問題，澤生撐著腦袋好好尋思了一番，最終想出了一個他認為十分可行的主意，說：「妳就說……是妳娘幫我們做的。」

小茹還以為他想出什麼好點子來了呢，原來是這種話，不禁擰眉道：「這樣也行？」

「肯定行。妳若這麼說了，娘肯定不會說妳不會持家、瞎花錢，還會順帶著誇誇我岳父、岳母，這可是一舉兩得的事。」

小茹拍了拍他的腦袋。「沒瞧出來，你還挺懂這些彎彎繞繞的。」

「那是，我懂的還有很多呢。」澤生把她手裡的鞋墊及針線拿了下來，親了親她的唇，抱著她上床了……

次日吃過早飯，小茹胳膊挽著衣籃去河邊洗衣服，發現張氏也蹲在河邊洗，她身後還放著兩籃子衣裳。

小茹隨意一瞥，喲！婆婆竟然還幫瑞娘洗衣服，這照顧得可真是周全啊。

這次小茹來得不算晚，洗衣的婦人有很多，每日這個時候的河邊最是熱鬧，聊家常、扯閒話，歡聲笑語的。當然，拌嘴、吵架的事也偶有發生。

只聽見張氏一邊用洗衣槌重重地捶著衣裳，一邊興奮地說：「妳們可不知道，瑞娘今早吃了兩大碗地瓜粥，還覺得不飽，我再給她煎了塊餅子，她才算吃飽了。孕婦能吃，將來生的孩子個頭肯定小不了！」

「哎喲！嬸子，妳家瑞娘懷的肯定是男娃！當年我懷我家小崽子那會兒也是能吃，恨不得吃下一頭牛去。」成叔的大兒媳香娘笑著說。

她這一說，一群婦人都跟著哈哈大笑起來，然後又都搶著說自己當年懷孕的事情來，左右不過都是些孕期愛吃什麼，或是聞見什麼就嘔吐的這些話。

她們見小茹也來了，便笑著問道：「茹娘，妳肚子有沒有動靜？」

小茹蹲了下來，紅著臉羞道：「哪能那麼快，才成親一個月而已。」

香娘又笑著對張氏說：「要是妳兩個兒媳婦都懷孕了，那妳可就有得忙了！」

張氏心裡有數，回道：「茹娘前幾日還來月事了呢，不會那麼快有的。」

張氏雖然來得比小茹早，但要洗的衣服多，最後和小茹同時洗完，也就搭伴一起回家了。

「茹娘，昨日我去菜地裡瞧了瞧，最近不知怎地，菜葉上生出許多蟲子來，得捉一捉。還有，我瞧著妳菜地裡還長了不少草，今兒個上午，妳就和澤生去把這些活兒做了吧。」

「捉蟲？」小茹知道種菜要勤鋤草、勤施肥，可還是第一次聽說要捉蟲，而且，怎麼聽起來就渾身起疙瘩呢！

「嗯，最近不知道怎麼回事，家家菜地裡都長了許多蟲子，若不捉一捉，冬天可就沒菜吃了。」

「好！」小茹嘴裡趕緊應著。

晾完衣服後，小茹回到屋裡，見澤生正在修鋤頭的柄桿。

「澤生，娘叫我們去菜地裡鋤草和捉蟲。那些蟲子嚇不嚇人？」小茹有些緊張地說。

澤生知道小茹怕蟲子，昨日去山上砍柴，她見到毛毛蟲，嚇得直冒汗，若讓她看到菜葉上爬著大青蟲，估計她又嚇得渾身起雞皮疙瘩，哪裡還敢捉？

澤生笑道：「妳放心，我捉蟲，妳鋤草。」

他想到若讓她鋤草，怕是會連草帶菜一起給鋤了，又道：「鋤草也由我來，妳就裝裝樣子，跟著我一起去就行了。」

他們倆來到菜地，小茹果真見到菜上都爬著蟲子，有些是小小的，有些是長長的，顏色有黃、有青的。前兩日來摘一大籃子菜時，都沒見到蟲子，怎麼突然就有了這麼多？

她遠遠看著那些蟲子就害怕，只好坐在田埂上，與正在捉蟲的澤生有一搭沒一搭地閒聊。

沒過多久，張氏也來了。

咦？婆婆家的菜地，草也鋤了，蟲子也捉了，她來幹麼？

只見張氏沒進自家的兩塊菜地，而是進了瑞娘家的，原來她是來幫瑞娘家捉蟲和鋤草。

也是！瑞娘有喜了，她說不讓瑞娘做累活，洛生又去市集上買豬肉去了，只好她來幫他們了。

小茹見婆婆來了，也不好意思再坐在旁邊玩了，趕緊拿著鋤頭跟在澤生後面鋤草。

因為澤生在前面捉蟲，她跟在後面看不見蟲子，心裡也舒坦了一些。

鋤著鋤著，小茹一聲驚叫。「啊！」

「怎麼了？」澤生緊張地回頭看，張氏也向這邊張望著。

「沒事，沒事，鋤死了……一條蟲子。」小茹用鋤頭擋著自己鋤死的那棵捲心菜，紅著臉說。

張氏隔得遠些，看不真切，以為真是蟲子，也沒在意。倒是澤生看得清清楚楚，對著她直偷笑。

小茹朝澤生瞪了一下，再對他努了努嘴，讓他別笑了，讓婆婆知道了，心裡指不定又嫌她不會幹活。

張氏是做了大半輩子農活的人，她一個人比澤生和小茹兩個人做得還快。臨近午時，她已將瑞娘的菜地都鋤出來了，蟲子也捉完了，而澤生和小茹才做完一塊地，另一廂還沒動呢。

張氏扛起鋤頭，準備回家，瞧見小茹鋤草的姿勢，實在看不下去了，便走過來幫她調整了一下姿勢，道：「茹娘，妳以前在娘家是不是沒下過地呀？」

小茹愣了愣，支支吾吾地道：「這個……因為……我娘家田少地少，都被地主圈走了，農活不多，爹娘他們倆都做好了，輪不上我去。」

張氏細心一想，也是，就她娘家那點田地，是用不著孩子下田的，難怪她不會做。她嘆了嘆氣，好在小茹賣多味花生能掙錢，否則靠種田種地，他們這一對真是沒出路了。

抬頭瞧了瞧太陽，張氏道：「你們也回家做飯吃吧，下午再來接著做完。」

當他們三人一起回到自家院門時，被眼前的景象嚇呆了！

一屋子的孩子，大大小小，各種年紀都有！

小茹愣在門口數了一數，一共有六個女孩，還有一個剛會走路的男孩。

張氏愣了半晌反應過來了，她看著這些孩子有些眼熟，原來都是瑞娘的弟弟妹妹們！

無奈之餘，張氏硬是將自己已經拉長的臉再努力笑圓一點，擠出來的笑容實在牽強。她只能忍著，因為她知道肯定是洛生把這群孩子招來的。

本來洛生要去石鎮上割豬肉，可是瑞娘想到，洛生去石鎮正好從她的娘家蔣家村路過，就讓他順路去一趟她的娘家，好把喜訊告訴她的爹娘，讓他們也跟著高興高興，這兩年來，她的爹娘為此事也憂心不少。

瑞娘又覺得讓爹娘知道這個喜訊還不盡興，又讓洛生請二妹和小弟一起來住兩日。自從嫁到方家來，還從未讓弟弟或妹妹來家裡住過，所以趁著這次機會，好讓弟弟、妹妹來玩耍。

可是瑞娘一共有六個妹妹，一個弟弟。蔣家之所以生這麼多，可能是由於這個年代避孕措施有限，而更能說服人的理由是，他們必須得生出個兒子才肯甘休。

蔣家在連生七個女兒後，終於生了一個男娃，今年才一歲多，剛會走路。本來瑞娘是讓洛生叫二妹帶小弟來的，沒想到其他幾位妹妹都想來，而洛生又是個不會拒絕的人，見她們都想來，就說想來都可以來。

這下好了，院子裡一下子多了七個孩子！

小茹看得眼都花了，六位女孩長得都挺像，滿院子玩著，讓人有一種暈眩感。而瑞娘的小弟弟還在抹著眼淚、流著鼻涕，好像是因為姊姊們玩跳格子，他不會玩，便不肯了。

瑞娘哄不住小弟，額上直冒汗，只好將他抱起來哄。她手裡抱著小弟的模樣，看上去，就好像小弟是她生的孩子，洛生在一旁看著也揪心。

張氏見瑞娘抱她的小弟，心裡頓時著急了，可是又不能擺臉色，還得裝起笑臉走了過去，說：「瑞娘，妳如今有身子了，可不能費腰力抱小孩，容易閃到腰，妳可得仔細著才是。」

瑞娘知道婆婆心裡肯定不高興了，這滿院子的孩子，她自己看著都心慌，此時又聽了張氏這話，她趕緊放下懷裡的弟弟。

「娘，我……我知道了。」

然後，她又極小聲地說：「我只是讓洛生叫二妹雪娘帶小弟來，可沒想到他……」之所以這麼小聲說，是怕妹妹們聽到了生氣，畢竟她們是第一次來她這個大姊的家。

張氏假裝豪爽地說：「妳弟弟妹妹們都來了可是件高興的事，妳身為大姊有了喜，他們來玩也是應該的。今日中午可得做一頓好飯菜招待他們，妳就別做了，由我來做吧。」

瑞娘見婆婆這般爽利的態度，心裡舒坦不少，十分感激地看著她。

洛生聽了這話，就把買來的豬肉送去張氏的屋裡。瑞娘的妹妹們聽張氏說要做一頓好飯菜招待她們，都十分高興，朝張氏直喊方家婆婆。

張氏帶著笑臉應著。「妳們玩得開心點，我去做飯了。洛生，給她們炒些花生吃。」

「哎！」洛生瞧了瞧這麼些孩子，便炒了滿滿一鍋的花生，炒少了不夠吃啊。果然，一鍋的花生炒出來後，沒過一會兒，就被吃淨了。

小茹和澤生此時蹲在屋門口挑著韭菜，瑞娘的五妹和六妹也跟著蹲在旁邊瞧著，她們一個三歲大，一個五歲大，都是髒兮兮的模樣，衣著也很破舊，都沒好好補一補，看來是孩子太多了，蔣大娘沒這麼多閒工夫吧。

只是，她們瞧的並不是小茹和澤生怎麼擇韭菜，而是瞧著籃子裡的三根黃瓜。

小茹本來是準備中午弄兩道菜，涼拌黃瓜、炒韭菜。可是這兩個小女孩這般饞樣瞧著，明明是想生吃了。

澤生與小茹對望了一下，說：「妳們倆想吃黃瓜是嗎？趕快拿去吃吧。」

她們果然聽話，挑兩個大的拿去吃了，剩下一根小的也沒法做成一道菜了，小茹只好又把這根小的遞給瑞娘的四妹吃了。

此時正在廚房忙活的張氏有些焦頭爛額，平時家裡四口人，一頓飯只要煮三碗米就夠了，這下她狠了狠心，一下煮了八碗米！

當這八碗米下了鍋，她再看了看米缸，終於明白蔣家為什麼把旱地全都換成田了，這些孩子可都是吃米的傢伙啊！既然她剛才已經說要做一頓好飯菜了，總不能一點表示都沒有，昨日給瑞娘煮了兩顆雞蛋，現在只剩八顆了。

她咬了咬牙，一下將這八顆雞蛋全都煮了！

小源和小清也一直在這裡打下手，幫著挑菜、洗菜和燒火。

張氏嘆了嘆氣，道：「小源，妳知道娘為什麼同意將妳許到李家嗎？」

小源抬頭，尋思了一下，似乎懂了。「是因為他們家就三個孩子嗎？而且另外兩個還都成了家？」

「嗯，就是因為這個。妳瞧妳大嫂娘家，那過的叫什麼日子，她娘家平時也就只能馬馬虎虎餬口，妳瞧他們身上穿的那些破衣裳。唉，這麼多孩子在眼前晃著，頭都暈了。」張氏還特意用手揉了揉腦袋，又接著說：「當年若不是妳爹著急為妳大哥說親，媒婆才指一家，妳爹就滿口答應了，若聽我的，哪裡會挑上妳大嫂。好在妳大嫂的身子沒問題，總算是懷上了，否則妳爹得懊悔不已。」

小源還沒見過未來的相公，但聽張氏這麼一比較，她似乎也對李家挺滿意的，雖然聽說李家的家境一般，好在沒什麼負擔，人少，牽扯的事也少，到時候嫁過去也能和睦相處。

當方老爹回來見家裡突然來了這麼多孩子，也是嚇了一跳。不過，他性子沈穩，畢竟活了大半輩子，並沒有表現出任何不滿的表情來，而是很客氣地和孩子們打招呼。

張氏將飯菜做好後，洛生將他屋裡的飯桌搬到院子來，再把方老爹屋裡的飯桌也搬了出來，拼成一張大桌。

一共十三個人圍成一大桌，凳子根本不夠用，只好又從澤生屋裡搬出三張凳子來，才算都坐下了。

這頓飯吃得可真夠糟心，這群孩子們也不懂得禮讓，跟搶似的。他們平時極少吃雞蛋，肉更是吃得少，估計都快一年沒沾過肉味吧！見到這一桌子的好菜，頓時胃口大開，吃得不亦樂乎。

只有瑞娘的二妹雪娘年長一點，懂事一些，吃得比較溫和，其他的都忘了吃相是怎麼回事。

瑞娘的小弟還動不動指著要這個、要那個，哪盤菜吃完了，他就哭。不要說坐在桌上的大人糟心，就連在自己屋裡吃飯的小茹和澤生聽著都糟心。

小茹心裡嘆著，這怎一個鬧字了得？

她和澤生這一頓飯只炒了盤韭菜，匆匆吃完飯，就去菜地接著幹活去了，他們實在有些受不了這種鬧騰。

張氏雖然煮了一大鍋的飯，炒了一桌子的菜，最後孩子們看上去都吃得有些撐了，她和自家老伴卻沒吃飽，沒吃飽也只能這樣了，忍到晚上再多吃點吧。

張氏已經有些頭暈腦脹了，收拾完碗筷後，立刻跟著方老爹出門幹活去了。小源也早早跑到村南頭的小月家，和小月一起繡鞋樣了，小清則去河邊放牛，院子裡只剩下瑞娘和洛生，還有一院的孩子。

瑞娘愁眉苦臉地將洛生拉進屋裡了，小聲地說：「你還是把她們都送回去吧！我瞧著娘不高興了，二弟和茹娘也嫌鬧都早早地躲開了，就連小源和小清也跑得沒影。」

洛生為難地說：「來都來了，若送回去，我怎麼向妳爹娘交代？說好是要來歇一、兩日的，才吃頓午飯就送回去，會不會說我們太小氣了？」

瑞娘也擔心她的爹娘不高興。「可是，晚上根本睡不下呀！雖然打地鋪睡也行，就怕七妹和小弟晚上睡覺哭鬧。爹娘好不容易對我器重了些，我不想讓爹娘因為這件事對我又……都怪你，說只叫二妹和小弟來，你怎麼做事都不動動腦子呢？」

洛生知道自己辦錯事，就想了個法子，說：「要不……就留二妹和小弟在這裡，其他妹妹都送回去，我就跟妳的爹娘說，家裡實在睡不下，睡地鋪若受涼就不好了。到了晚上，妳和二妹、小弟三個人睡一張床，我一個人打地鋪就行，這樣不就都解決了？」

瑞娘想了想，也只能這樣了，便點頭嘆道：「好吧。」

洛生想好了主意，就從錢袋子裡拿出二十文錢。

「你拿錢做什麼？」瑞娘納悶。

「把她們五個送回去，總得給些錢才像話吧！何況她們頭一次來我們家，本來就該給串錢的。這樣妳爹娘也不會不高興了，對不？」

瑞娘沒想到洛生思慮得還挺周全，舒眉笑道：「算你有良心。」

小茹怕像上午那樣又鋤死了菜，便蹲下來，用手拔草。

拔著拔著，她突然想到一個十分嚴峻的問題。「澤生，村裡有人喝避子湯嗎？」

澤生聽了有些驚訝。「沒有，其實避子湯我只見書裡寫過，從未聽說村裡有誰喝過，不知道城裡是不是有人喝過……」

小茹若有所思地說：「城裡的郎中應該比鄉下的強，說不定還真能配出避子湯來。」

「妳不會是想喝避子湯吧？」澤生走過來，蹲在小茹的面前，認真地看著她的臉，有些擔憂地說：「喝這種東西對身子肯定沒好處的。」

小茹見他如此認真，笑了起來。「我是想等以後生了兩個孩子後再喝，只是先打聽好了，心裡好有個數。你說，我們只生兩個孩子，好不好？」

澤生抓了抓腦袋，猶豫地說：「兩個是不是太少了，一般家裡都有四、五個孩子。」

四、五個？小茹聽了直吐舌。「四、五個太多了！都說一雙兒女最圓滿，孩子多了太鬧騰，你瞧大嫂家，我到現在腦子還嗡嗡的，若我們也生那麼多，我哪受得了，就做飯這個活兒都得累死人。」

澤生想到中午吃飯的那個場面，確實挺鬧騰的，覺得她說得也在理，便道：「行，聽妳的，到時候我們只生兩個孩子，既清靜又好養。」

小茹見澤生這麼快就同意了自己的想法，十分開心，突然轉念一想，生孩子的事還早著，怎麼就想到那麼遠了，看來是被瑞娘的妹妹們嚇壞了！

待他們把活幹完了，太陽也西斜了。

第六章

做了這半日活兒，草鋤完，蟲子也捉乾淨了。走在回家的路上，小茹發現路邊和田埂上有許多薺菜。

「澤生，你認識這個嗎？這個可是能吃的。」小茹興奮地挖著薺菜，她在前世去餐廳吃火鍋點菜時，每次都要點上這道菜。

「認識，這是地菜，炒雞蛋最香了。」澤生也蹲下來一起挖。

哦？這裡叫地菜？

「這個炒雞蛋也好吃？」小茹還從來沒這麼吃過。

澤生直點頭。「嗯，可好吃了，而且必須要和雞蛋一起炒著才好吃，單炒味道就差了許多。」

「那好，我們多弄些，做個幾大盤薺菜炒雞蛋，給大嫂的弟弟、妹妹們吃，我瞧著他們平時肯定很少吃雞蛋。」

澤生突然想起什麼事，又轉身往菜地走。「小茹，妳在這裡挖地菜，我去菜園裡摘些黃瓜給那些孩子們吃。」

小茹想起中午那幾根黃瓜讓大嫂的妹妹們饞成那樣，心情還真是複雜，這就是生多孩子的嚴重後果啊！

當兩人提著滿滿一籃子的薺菜一起回到家時，發現院子裡清靜了許多。仔細一瞧，只見瑞娘的二妹帶著小弟在玩，其他幾個妹妹都不見了。

張氏這時也回來了，見一下少了五個孩子，剛才走在路上還煩悶焦躁得很，這下忽地放鬆了下來，可她又不能表現得多麼高興，還對瑞娘說：「哎呀，妳那五個妹妹都走了？不是說好要住一、兩日，怎麼就送走了？」

瑞娘當然知道婆婆是虛情假意，只是淡淡笑著，回道：「家裡住不下，就讓洛生送她們回去了。」

這時張氏心裡突然又覺得愧疚起來，瑞娘有了喜，她的妹妹們來玩一次也沒什麼，就是自己累些，再受些鬧騰而已。她忽然想補償補償，趕緊抱起瑞娘的小弟，甜甜地哄道：「你的姊姊們都走了，那你這個小傢伙可要住個兩日。」

瑞娘的小弟被張氏哄得格格直笑，雖然他並沒聽懂張氏在說什麼。

小茹心想，這下無須做幾大盤的薺菜炒雞蛋了，就把籃子裡的薺菜分了一些給瑞娘和張氏，剩下的自家留著吃。

張氏忽然想起一事，道：「瑞娘、茹娘，明日村南頭的小月出嫁，我們三家都得送禮錢。當初你們成親，他們也都送了禮的。」

「娘，得送多少錢？」瑞娘有些緊張地問，她現在特別怕花錢。

「他們分家後也是三家，你們成親時，他們各送了八文錢。我們只要照這個數回送過去就行，無須多送。」

這裡出嫁女兒是中午宴客，因為吃完喜宴後，大家可以目睹著新娘出家門、上花轎。女兒出嫁時，請的都是女賓。一家送八文錢，請客的一方也不吃虧，還能撈回本錢，因為這頓酒席置辦多是湊合著，有的人家還能從中掙些錢。

男方迎親宴客則不一樣，待新郎官把新娘接過來後，在大家的注目下拜堂成親，這時已是傍晚，因為是晚上請客，置辦的菜餚也豐盛一些，請的都是男賓，得有酒有肉。

儘管這樣，一般人家也只是送八文錢，所以男方娶媳婦請客就得賠一些錢。只有近親會多送一些，也就十文或十二文的，濟不了什麼事。當然，也有人連八文錢都不捨得送，就乾脆待在家，找個家裡有事的藉口不去喝喜酒。

瑞娘一聽說又要花八文錢，心裡挺不是滋味，最近花的錢太多，下午洛生還拿二十文錢去了娘家，當然這事還不能讓婆婆知道。

瑞娘囁嚅著嘴說：「娘，要不……我就不送了，明日中午的喜酒我也不去吃了，我弟弟妹妹在這裡，我哪能走得開去吃喜酒。」

張氏知道瑞娘是不捨得花錢，才找藉口說她弟弟妹妹的事，便道：「這可不行啊！洛生和妳成親時，他們家可是送了禮的，妳不送會讓人笑話的。」

張氏看了看瑞娘的二妹和小弟，想到一個主意。「妳帶著妳小弟一起去吃喜宴，平時哪家有小孩的不帶去蹭吃蹭喝？明日家裡就由小源做飯，讓洛生、澤生和妳二妹都去我屋裡吃。我們婆媳三人帶著妳的小弟去吃喜宴，我們總共可是要送出二十四文錢的，不吃回來也太虧了。上次澤生和茹娘成親時，他們可是帶了兩個孩子來吃的。」

瑞娘想了想，也只能這樣，便點了點頭。

此時，鄰村賣豆腐的推著木輪車從院前走過，叫賣著：「賣豆腐了！新出鍋的豆腐，又嫩又香，還熱呼呼呢！」

一聽見賣豆腐的，張氏、瑞娘和二妹雪娘都雙眼冒光。

張氏咂了咂嘴道：「我們家可是有半年多沒吃過豆腐了吧！」

小茹聽張氏說有半年多沒吃，有些吃驚，心想，豆腐也算不上什麼高貴的東西，就道：「那就買一塊吃唄。」

張氏卻搖頭。「明日我們就去吃喜宴，有好幾道好吃的菜，今晚還吃豆腐，豈不浪費？」

她說完想到方老爹及小源、小清不能跟著去吃喜宴，又猶豫了，便朝院外問道：「多少錢一斤？沒漲價吧？」

賣豆腐的聽見有人打聽，趕緊放下了車，道：「還是十六文錢一斤！」

小茹聽說要十六文錢一斤嚇了一跳，這可比她的多味花生還要貴出許多啊！豆腐按理說頂多三、四文錢一斤足夠了吧？

「你家的豆腐怎這麼貴?」小茹上前問道。

賣豆腐的笑道:「這家娘子說笑了,豆腐一直就是這個價,我們整個石鎮的豆腐也都是這個價。豆子買來就要十三文錢一斤,要知道做豆腐可是個辛苦活,得費一整日的工夫推磨,還得跑腿出來賣。」

「十三文錢一斤豆子?」小茹納悶了。「這是什麼豆子啊,金豆嗎?」

賣豆腐的聽小茹竟然比作金豆,呵呵笑了起來。「誰叫我們這裡沒這種東西呢,這得從北方運過來賣,當然貴了。妳難道連這個都不知道?」

小茹怕自己露餡兒再沒敢問下去,倒是在一旁的澤生嘆了嘆氣道:「也不知道是怎麼回事,我們這裡一旦種豆子,就有蝗蟲來吃,吃得一株不剩,害得沒人敢再種豆子了,想吃一斤豆腐,得花相當於吃兩斤多肉的錢,太不划算了!」

可他也很想吃,畢竟這麼久沒吃過了,猶豫了一下,道:「小茹,要不我們少買點,就買半斤吧!好久沒吃過了,也別不捨得錢。」

豆腐對小茹可沒有太大的誘惑,畢竟在前世這玩意兒太普通了,平時吃得也多。但她不想讓澤生苦著,連吃塊豆腐都得下這麼大的決心,就痛快地道:「好,給我們秤半斤吧。」

賣豆腐的手準,切下一小塊,剛好半斤,八文錢。

張氏一直盯著豆腐看,最終抵不住誘惑,說:「給我也秤半斤吧。」

賣豆腐的又給張氏秤了半斤。

瑞娘見小茹和婆婆都買了半斤，她也想買些做給二妹和小弟吃，眼見著小弟盯著豆腐看已經在流口水了。在小弟的記憶裡，還從來沒吃過豆腐，看上去白白嫩嫩的，肯定好吃。

可她一直沒有開口，心裡正在盤算著家裡那點錢。分家得五十文，賣花生先跟小茹收了四十文，本來也有九十文錢，可是她買布、碗和催子藥就花了三十二文錢，上午洛生又拿了二十文錢帶給她娘家，算是給妹妹們的串錢。而明日還得送八文錢的禮，那家裡就只剩三十文錢了。她真不捨得再花八文錢來買半斤豆腐吃。

張氏見瑞娘這麼會過日子，心裡倒是高興，又想起她讓五個妹妹們都回去了，不僅清靜了，也省下不少米和菜，便對賣豆腐的說：「再秤半斤吧。」

瑞娘看著張氏。「娘，妳……」

「錢，我來給。」張氏終於肯大方一回。

瑞娘本來因張氏中午吃完飯飛快地跑得沒影，一家人也都嫌鬧躲起來了，心裡一直很不舒服。

這下見張氏要為她買豆腐，她心裡又好受了些。但她還是準備自己付錢，因為小茹和澤生也在一旁，她怕他們也想要瓜分，或是認為她厚臉皮想吃豆腐卻故意不掏錢，就是想讓婆婆買。

其實小茹與澤生根本不會那麼想，他們也知道張氏是因為心裡過意不去才想著要出錢的，可瑞娘心思細，想的難免就多一些。

「多謝娘。還是我自己來吧，我還有些錢。」瑞娘回屋拿錢去了。

張氏見瑞娘要花自己的錢，心想，這就更好了，她不必勞神多掏錢了。瑞娘這性子好，不是個愛貪別人便宜的人，當然，她也是個不肯吃虧的人。

小茹拿著豆腐與澤生進了屋，高興地問道：「澤生，豆腐怎麼做你最喜歡吃？」

澤生只吃過煎豆腐。「豆腐不就是用來煎著吃的嗎？」

「麻婆豆腐沒吃過吧？我現在就來露一手。味道很不錯哦！包準你吃了還想吃！」小茹忙活著找出辣椒粉，再切著薑末。

其實無論豆腐怎麼做，澤生都是吃了還想吃，這玩意兒太貴，一年才吃個一、兩回，讓他怎能不惦記？

半斤豆腐做出來也就那麼一小盤。澤生吃著小茹做的麻婆豆腐，直嘆這是人間最美味的東西，比肉、魚、蛋之類的都要好吃許多倍。

小茹心裡直偷笑。唉，原諒他吧！他吃過的東西太少，吃塊豆腐他就讚美成那樣。何況物以稀為貴，在這裡能吃上豆腐，應該算得上十分奢侈的事了。

張氏與瑞娘這頓做的都是油煎豆腐，用的是老方法。當然，她們也覺得香得不得了，心裡還在暗想，以後得多掙些錢才行，那樣一年就可以多買幾次豆腐吃了。

滿院子都飄著豆腐香味，一直飄到院子外，再飄到附近幾家的院子裡，引得鄰里各種羨慕嫉妒。

次日中午，張氏、小茹，還有抱著小弟的瑞娘，一起來到了小月家。

小月自家只擺得下兩桌，裡面坐的可都是貴客，所以他們四人就到隔壁家擺的兩桌去尋座位了。

進了隔壁家的門，小茹掃眼一看，有一桌很多婦人都帶了孩子，還有一桌是沒有帶孩子的。瑞娘也識趣，領著她的小弟去了帶孩子的那桌坐下，張氏與小茹則來到沒有帶孩子的一桌，尋個偏位坐下了。

小茹坐下後，才發現身邊坐的是芝娘，這讓她渾身不舒服起來，可又不好因為發現身邊是她，就和別人換座位。

芝娘還熱情地跟她打招呼。「茹娘也來了？」

「嗯。」小茹硬著頭皮應著。

圍坐一桌的婦人都瞧著小茹，雖然她嫁到方家已經有一個多月了，但終歸是新婦，比較容易引人注意。

幾位嘴甜的還直朝張氏誇她的小兒媳生得出挑，俊俏得很。張氏聽了心裡當然高興，再瞅了瞅小茹，算是配得上她的澤生。

芝娘見大家都誇小茹，心裡酸酸的，且不說她被東生打了後，臉上的傷還沒好全，哪怕她當初嫁東生那會兒，也沒幾個誇她長得好看。也怪不得別人不誇，她知道自己長得很一般，站在人堆裡沒人會多瞧她一眼。

想到澤生與小茹可謂是般配的一對漂亮人兒，芝娘心裡泛苦，她長得沒小茹好看，嫁的人不需說，更是比不上澤生。為什麼她的命就這麼不好呢？怎麼什麼好事都被小茹占去了？若東生能像澤生那般知道心疼娘子該有多好！可是她知道，這輩子東生對她也就這樣了，她可不要動什麼心思指望東生以後或許能改變、會待自己有多麼好。唉，越想她心裡越不是滋味，為什麼當初爹娘沒把她許配給澤生呢？想到澤生長得那般清俊好看，還幫過她，不禁浮想聯翩。

坐在旁邊的小茹見芝娘直發愣，表情還怪怪的，也不知她到底在想什麼。不會是在想澤生吧？小茹不禁皺起眉頭，想起芝娘犯花癡的眼神，實在是令人不舒坦！門外突然響起了鞭炮聲，打斷了她們的思緒，緊接著熱騰騰的喜菜就端上桌了。

上的第一道菜是油煎麻糬。小茹以前可從來沒吃過這種東西，她等大家都挾了一塊後，她才挾一塊嚐嚐，嗯……味道還真不錯，甜甜糯糯的。

吃完一塊後，她準備再挾一塊，卻發現盤子已經空了。

一桌上坐十個人，麻糬也就十四、五塊，待小茹吃完一塊，那些吃得快的人早就挾上第二塊了。有的人不是天生吃得快，而是為了趕緊挾第二塊，便狼吞虎嚥地吃，估計第一塊根本沒咀嚼出什麼味道來，等著吃第二塊時再來慢慢品嚐。

小茹再往旁邊一瞧，芝娘連第二塊都快吃完了。瞧她那吃相，唉……

之後上的是幾道平時極為常見的素菜，大家就沒剛才吃得那麼積極了。當端上一盤燉雞時，她們的手又極快，待小茹伸出筷子過來時，雞腿、雞脯之類的都搶沒了，只剩下雞頭，再一晃眼，連雞頭也沒了。

小茹只好收回筷子。算了，不吃了。她在前世可是經常吃雞肉，何況她本身就不是很愛吃，只不過她媽媽總催著要她吃，嫌她太瘦了。

那邊一桌的一群孩子搶得哭了起來。

唉，就一隻雞，那一桌可是十個大人、七個孩子，不搶才怪。小茹瞧著瑞娘身手不錯，竟然搶著了一隻大雞腿，正高興地餵著她的小弟吃。

吃完了雞，張氏想起一個月前為澤生娶親辦的喜酒，就說：「我家澤生娶親為了燉雞這道菜，可是把家裡養的雞都殺了。現在家裡的雞蛋全吃完了，想吃雞蛋估計還得花錢買了。」

坐在另一桌的瑞娘耳朵十分好使，聽張氏這麼一說，便回頭瞧了一眼，想起昨日中午張氏一下煮了八顆雞蛋，她心裡在想著，婆婆這意思是不是在怪妹妹們吃光了雞蛋？

喜宴一共十道菜，除了麻糬、燉雞、燒肉和燒魚這四道菜算是有些分量的，其他的都是普通的蔬菜，家家平時都能吃到。女方宴客，能做到這樣，也算是可以的了。

眼看著最後一道燒魚吃得差不多了，那群婦人開始交頭接耳地扯閒話，哪家嫁女兒連燉雞都沒捨得上，還有哪家竟然連肉都沒有。說來說去，意思就是，小月出嫁的這頓喜酒算不錯了，她們吃得還算過癮。

這時，小月的哥哥道新拿進來一壺酒，問有沒有人要喝。且不說酒貴，瞧著這些全是女賓，他也知道沒誰會要喝的，只不過客氣地問問而已。

他只給自己倒了一杯酒，說是敬大家，其實是他自己犯酒癮了。

有一位婦人笑著說：「道新，下午你要送小月去她的婆家，到了那兒少不了有人給你敬酒喝，你就給自家省一省吧。」

道新趁著酒興大笑，說：「那是、那是，去了小月婆家，我可得敞著肚子喝。」

道新說話時瞧見了小茹，見她那俊俏模樣，不禁多瞧了一眼，嘴裡還嚷道：「喲，這澤生的娘子長得可真是俊啊！前幾日我遠遠地見過，還真沒瞧出來。」

小茹立刻皺起眉頭，偏過臉去。她一聽這個人叫道新，頓時對他厭惡起來，因為她記得方老爹說道新兄弟倆也是愛打女人的。

張氏聽後，朝道新回了一句。「那是，俊也不該你瞧的。」

張氏此話一出口，惹得這群婦人哈哈大笑起來。

道新羞得沒臉，只好出門了。在出門之前，他竟然還忍不住回頭瞧了小茹一眼。

小茹心裡直罵道，這個混蛋！看來不僅是打老婆的粗魯漢，估計還是個不正經的臭東西。

十道菜的盤子都差不多空了，婦人們滿足地帶著孩子出來看新娘子有沒有出門。

小茹見小月蒙著蓋頭，和她的娘摟在一塊兒哭著，突然想起自己出嫁那日，可是一聲都沒哭，而是傻愣愣的，別人不會說她腦子缺根筋吧？自己要出嫁竟然哭都不哭一聲。

算了，不想了，反正又不能再重新成親一回。

小茹一回頭，瞧見澤生出現在此，而且朝她跑了過來。

「小茹！妳弟弟林生來找我們，讓我們趕緊去一趟妳的娘家，說爹和娘吵得很凶，都打起來了！」

「啊？」小茹懵了，趕緊跟著澤生往家裡跑。「是爹打娘，還是娘打爹？或是互相打？」

澤生被問迷糊了。「應該是互相打吧？我沒來得及問林生，就過來找妳了。」

離娘家也就三里路，當兩人和林生一路跑著回到何家時，何老爹和王氏還扭打在一起。何老爹像是喝了酒，雖然滿臉紅光，但應該也沒喝醉，只不過他沒下狠手打王氏，卻又不肯吃虧。王氏打他一下，他就回一下，還死死拽住王氏的胳膊，不讓她來扯他的頭髮。

兩人估計扭打好久了，只見屋裡的桌椅都倒在了一邊，籃筐、簸箕之類的家什踢得滿地都是，屋裡一片混亂。

妹妹小芸在一旁嚇得哇哇大哭。因為平時何老爹和王氏只是拌嘴吵架，極少動手打起來。小芸見他們這陣勢，除了哭，根本不知道該怎麼辦。

小茹和澤生趕緊上來，一人拉一個，硬是把他們倆拉開了。

王氏被拉開後，便從地上扶起一張凳子坐著大哭起來。

小茹以為何老爹是喝多了酒，耍酒瘋，才和娘打架的，十分生氣地說：「爹，你都什麼年紀了，怎麼還這麼大的酒興？你要喝酒也沒人攔你，怎麼還打娘，你就不怕別人笑話？」

何老爹氣急敗壞地說：「哪裡是我要打妳娘，是妳娘嘮嘮叨叨，從早上一直嘮叨到現在，連氣都不帶喘一下，沒完沒了，我耳朵都聽出繭子了。我才推她一下，她就上來跟我沒完，又是踢又是捶的。妳可不許偏向妳娘，光只說我的錯。」

「是不是因為你喝酒惹娘了，娘才嘮叨的？」小茹問道。

「不是。」何老爹嘟囔地說。

王氏一邊哭一邊說：「小茹、澤生，你們給評評理。我可不是碎嘴的人，若在平時我哪裡會如此嘮叨，實在是妳爹做這事太坑人。昨晚我們家的豬病死了，按理說，病死的豬就得拿板車拖到山上，怕是得了瘟病，還得深掩埋了才行。可是妳爹倒好，說是半夜拖了豬去山上掩埋，其實是偷偷地找石鎮上賣肉的陳屠夫，趁著夜裡把病豬拖去宰了，今早上陳屠夫就在肉攤上賣著呢！」

澤生聽了嚇得不輕，說：「最近聽說有很多豬發瘟，可別是得了瘟病，這種肉可不能吃啊！」

澤生這一說，何老爹臉上也有些懼色。

王氏聽澤生這麼說，又哭了起來。「澤生，你說可不是嘛！我早上見隔壁二牛去鎮上買肉回來，聽他說就是在陳屠夫的攤上買的。我當時不知情，還直誇二牛真疼他的娘子，沒想到我一回家，妳爹竟然支支吾吾地說，陳屠夫賣的是我們家的病豬肉！要知道二牛的娘子才剛生完孩子，買肉吃說是為了催奶，這要是瘟豬，豈不是連人家母子兩人都……都給害了，我能不罵妳爹嗎？」

王氏越說越怕，又開始埋怨何老爹。「你不就是為了賣了錢好買酒嗎？才得了八十文錢就買回兩壺酒，為了喝酒，你什麼事都能幹得出來。要是二牛的娘子與孩子生出什麼病來，那可如何是好？」

何老爹沈悶了一會兒，安慰王氏，其實也是安慰自己。「以前陳屠夫也賣過病豬肉，也沒聽說誰吃出病來。我們養了大半年，好不容易把豬養到一百多斤，本來能賣三百多文錢，若就這麼埋了多可惜。雖然現在只賣得八十文錢，可這好歹沒算白養啊。」

王氏怒道：「要是真吃出病來，二牛又得知是我們家的病豬，他不來找你算帳才怪！我們家窮是窮點，沒錢買酒喝，你就不能不喝嗎？為了喝酒做這傷天害理的事，你的腦子被牛頂了？」

何老爹見王氏扯得太大了，竟說是傷天害理之事，便不耐煩了。「妳又來了，人哪裡會那麼嬌貴，吃點病豬肉就能吃出病來？」

小茹聽了有些怕，若真是什麼疫病瘟病傳到人的身上那還得了，要知道前世的非典型肺炎、禽流感之類的，不都是從動物身上傳來的嗎？

小茹急道：「娘，我們現在趕緊去叫二牛家別吃這次買的肉，也別說是我們家的病豬肉，就說……最近有許多瘟豬肉，叫他們別吃！」

王氏抹著眼淚嘆道：「上午等我知道是怎麼回事後，他們家已經煮著吃了，只買一斤，吃得乾乾淨淨，連口湯都沒剩。我心裡害怕出事，才罵妳爹的，他竟然推我，還跟我打了起來。」

吃都吃了，總不能讓人家吐出來吧！小茹和澤生聽了兩兩相望，也不知如何是好了。

「聽說陳屠夫今日賣的肉價比平時便宜兩文錢一斤，很多人搶著買，才半日，肉都賣完了。我一個婦道人家，總不能把整個鎮都走遍，然後挨家挨戶去告訴人家，這豬肉是病豬肉不能吃吧？這……這都是妳爹造的孽唷！」王氏越說越後怕，怕惹出事來，被別人戳一輩子的脊梁骨，那日子該怎麼過呀。

「好了，好了，又嘮叨起來了！」何老爹煩悶得很，其實他心裡也有些不自在，可是事已至此，後悔也沒用，王氏的埋怨只會讓他更煩躁。

小茹見何老爹還沒意識到事情的嚴重性，便道：「爹，這種事可是做不得的，要是真的有什麼傳染病，吃了真的會傳給人的！搞不好還會人傳人……」

「小茹，妳可別跟妳娘一樣，說得跟天大的事似的。妳小時候也吃過病豬肉，不還是好好的嗎？」何老爹這樣說出來，也是為了讓自己心裡舒坦一些。

家裡一直很窮，很少捨得花錢買肉吃，以前何老爹也經常揀便宜的肉買。其實他當時就知道，便宜的肉不是死豬肉就是病豬肉，但他還是買回來吃了。一家人也沒吃出什麼事來，豬肉味道照樣香得很。

小茹氣急，原來她這個身子的原主也吃過病豬肉。「不怕一萬，就怕萬一嘛！澤生不是說了嗎，最近聽說有許多豬得了瘟病，誰知道我們家的病豬會不會是得了瘟病？」

這下何老爹沒再吭聲了，憋悶了一會兒，知錯地道：「妳放心，下次爹再也不敢了。妳們再埋怨也沒用啊，人家都買回去吃進肚子裡了。」

澤生道：「爹，你以後想喝點小酒，就跟我說，我給你買酒喝。為了八十文錢，要是出事了，可真不值得。」

何老爹聽說女婿要給自己買酒喝，頓時臉上有了笑容，說：「我也是一時糊塗，覺得拖山上埋了太可惜，才……」

王氏瞪了何老爹一眼，對澤生說：「澤生，你別給他買，瞧他喝得滿臉通紅，像個什麼樣子！」

澤生也為難，話都說出來了，以後若不給岳父買，豈不是食言？何況岳父一沒錢喝酒，怕又會幹出什麼糊塗事來。

「那以後就買一壺管一個月行不行？」澤生心裡盤算著，反正一壺酒也才三、四文錢，賣一斤多味花生就掙出來了。

何老爹窘迫著臉沒出聲，雖然一個月才一壺酒有點少，但總比沒有的強。

小茹見她爹應該是還算滿意的，就說：「一個月一壺酒可以了，我家公爹從來不沾酒，日子過得踏實呢！」

「就是！親家爹過日子多穩當，哪裡像你！」王氏接著話氣道。

何老爹埋下頭，沒再出聲。

澤生覺得大家把何老爹說得很沒面子了，又道：「娘，妳也別太為這件事著急，二牛家上午吃了肉，現在沒聽他們家說肚子疼或哪裡不舒服，應該沒事，妳放寬心好了。」

王氏點點頭，其實心裡還是擔心。

小茹心裡期盼，要是這頭豬得的只是普通的感冒風寒就好了，這樣至少危害性小一些。

林生和小芸見爹娘終於不打了，也說上話了，這才將屋裡的桌椅、凳子全扶了起來，再收拾散亂的家什，而小茹和澤生也幫著一起收拾。

收拾好之後，林生問小茹。「姊，明後兩日有戲班子來唱戲，妳和姊夫來不來看？」

「哦？有唱戲的？」小茹暗自欣喜，何家村還真有戲班來唱戲啊！看來她上次跟澤生扯謊說看過戲，還真是有理有據呀。

澤生從來沒看過戲，有些興奮地說：「好啊。小茹，明日我們來看吧！我長這麼大，還真想看看唱戲到底是怎麼回事。」

小茹當然同意了，她也想看看這古代的戲班子是什麼樣的。可是這病豬的事，讓她多少心裡有些擔憂，高興的心情也就減了半。

王氏也是心慌慌的，嘆著氣說：「好不容易有這個場子，你們倆就來瞧瞧熱鬧吧。戲班子都八年沒下來搭過戲臺，何家村北的那個大場子都快荒廢了。」

前些年戲班子在城裡有錢掙，就不願來鄉下了。今年掙得不如往年，想到這個時節鄉下重要的農活都做得差不多了，是農閒的時候，就想著來搭個戲臺，掙點錢。

「看兩日的戲得多少錢，貴不貴？」小茹問道。

她怕太貴了，娘家為了看戲又是一筆支出。

林生快嘴道：「不貴、不貴，一人才一文錢，就是到時候肯定會有很多人，附近好幾個村的人估計都會來看，妳得來早一些，否則會沒位子。」

小茹聽說一人只需一文錢，頓時放心不少，好歹家裡今日得了八十文錢。可一想到那是賣病豬肉的錢，她又擔心起來。

見爹娘這場架平息了，小茹和澤生安慰了他們幾句，就要回家。

反正待在這裡，也去不了那心病，只能等二牛家人沒有什麼不舒服，還有今日買肉的其他人都沒什麼事，這心病才能放下。再說，明日他們還都要來。

走在回家的路上，澤生尋思著什麼，道：「小茹，明日我們身上可得多帶些錢，我怕二牛家的誰突然肚子疼或身上不舒服什麼的，我們得趕緊為他們請郎中。我瞧著爹把錢攥得緊，估計不捨得花這個錢。」

小茹見澤生不僅考慮得周全，還這麼大方，願意花錢為她爹承擔事情，有些小感動。

「澤生，你怎麼可以這麼好？」

澤生被她誇得有些害羞了。「哪裡是我好，這是做女婿的本該考慮到的。」

「就是你好，別不好意思承認了。要是我嫁的是像東生那樣的人，估計也只有挨打的分了。」小茹是由衷感激，覺得自己嫁了個好男人。

澤生打趣地笑道：「還真有可能。若妳嫁了像東生和道新兄弟倆那樣的人，指不定真的要挨打，因為……妳不太會做農活，也不會針線……」

「討厭，剛說你好，你就揭我的短！」小茹直掐他的胳膊。

澤生突然想起什麼，擰著眉頭，納悶地問：「咦？娘說何家村都八年沒搭過戲臺了，妳上次說聽了向、留二王相爭的戲，那時妳才七歲多，怎麼記得那麼清楚，又怎麼能聽得懂？」

小茹被問住了，只好呵呵笑著掩飾了一陣。笑完了，她也想出應答的話。「我的記憶力從小就好，而且懂事早，我娘平時就是這麼誇我的。」

澤生聽了直點頭。「妳娘誇得沒錯，若妳出生在簪纓世家，肯定會是那些貴族公子哥兒們傾慕的大才女！」

小茹聽了差點笑噴。好吧，就讓澤生這麼抬舉自己吧！她可不能多解釋，越解釋會越亂。

回到家後，澤生把何家村有戲班子來唱兩日戲的事跟家人說了，小源、小清興奮地直歡跳，嚷著一定要去看戲，她們都從來沒看過。瑞娘和洛生也是滿臉的興奮，對明後兩日充滿了期待。

古代農村沒什麼娛樂項目，幾年才能看一場戲，若不興奮就不太正常了，小茹是這麼想的。

張氏自然也高興。「我剛才去菜地裡摘菜，就聽到不少人在說了，我還以為是謠傳呢，沒想到是真的。對了，你們打聽到得花多少錢嗎？」她最關心的當然還是錢的事。

瑞娘聽張氏這麼一問，才想起看戲還得花錢，又緊張起來，若真的很貴，那她和洛生還去不去？再說了，太貴的話，她真的掏不起啊。

「一人只需一文錢，便宜！」澤生笑著答道。

張氏聽了有些驚喜。「才一文錢？那好，那好！」

方老爹坐在桌旁悠閒說道：「我活了這大半輩子也只聽過一回戲，這次可不要錯過了，一家子都去吧。記得都要帶上凳子，早點起床，若是去晚了，坐在後面就什麼也瞧不著、聽不見了。」

方老爹忽然想起小茹去娘家的事，問道：「妳爹娘吵架吵得不凶吧，是為什麼事吵？」

澤生怕小茹直接說了出來，畢竟賣病豬這種事不太光彩，便輕輕碰了一下她。

小茹當然懂他的意思，若無其事地說：「沒事，就是我爹喝了點酒，與我娘拌了幾句嘴，現在已經好了。」

「沒事就好，一家人講的就是和氣。明日我去看戲，正好可以與親家閒聊。既然是親戚了，總得常走動才是。」

方老爹的這番話讓小茹聽了很舒坦，她對公爹不得不佩服又恭敬，難怪澤生性子那麼好，原來是有這樣的爹做榜樣！

因為想明日早早起床，去趕戲場。一家子都是吃過晚飯就洗漱，也不做什麼針線活了，收拾妥當後，便趕緊上床睡覺。

翌日，天色才剛泛白，一家子都吃過了早飯，每人手裡拿著一張凳子去趕場。

走到大路上，他們發現，著急去趕場的可不止他們一家。眼見著一群又一群人結伴著向何家村走去，有說有笑。孩子們都是頭一回去看戲，一路亢奮地嬉戲，好不熱鬧。

小茹不得不驚訝，雖然說這個時代是靠口耳相傳這種最質樸的通訊方式，比現代網路的秒傳差遠了。可眼前這熱鬧景象，她不得不承認，口耳相傳的力量也是相當大的。

來到何家村的北頭大空場時，小茹又驚訝了。

戲臺子還沒開始搭，只是劃了一個圈，但這個圈前已經坐了六排老婦、老漢，還有許多孩童滿場跑著玩。看來，看戲這種事，對老人與小孩子有著特別的吸引力。

他們一家子以為起了個大早，肯定能搶到前三排，沒想到現在卻只能坐在第七排了。

方老爹細瞧了瞧，道：「這個位置也行，離那個圈不是太遠。待戲子們登臺唱戲時，我們應該能看得見他們的面相，戲子們都練就了一副大嗓門，估計這麼遠也能聽得見唱什麼。

若來晚了，再往後幾排可能就不行了。」
小茹和澤生朝村口張望著，正在著急，娘家人這麼近便，怎麼都還沒來？
澤生把帶來的凳子擺放得很開，說：「我們先這樣占著地方，待他們來了，也有地方坐了。」
話音剛落，小茹就瞧見娘家人朝這邊走來。「他們來了，來了。」
「娘！」小茹迎了上去，然後小聲地問：「二牛家昨晚沒出什麼事吧？」
王氏左右瞧了瞧，確定沒有外人在聽，壓低嗓子說：「應該沒事，我剛才出門時，見他們家人都在吃早飯，精神都好著呢！」
何老爹在旁聽了，得意地說：「我說妳們就是瞎擔心，哪裡那麼容易……」
「你小聲點，別再說了！」王氏打斷他的話，又狠狠地瞪了他一眼。
何老爹閉上嘴，乖乖地拿著凳子占地方去了。
方老爹與何老爹一見面就「親家爹」互相叫著，聽上去可是挺熱絡得很。張氏與王氏也相鄰著坐了下來，寒暄一陣。
才一會兒工夫，後面就黑壓壓地坐了二十多排。小茹往後瞧了瞧，不禁感嘆起來。「人這麼多，估計有好幾百人吧。等會兒戲唱起來了，後面的人肯定是聽不見也看不清了，好在我們來得算早。」
澤生也往後瞧了瞧。「這場面可是比趕集要熱鬧多了。後面的那些人指不定不聽戲的，權當來湊個熱鬧吧。」

村民們都來好幾百了，可是……戲班子卻連個影子也沒見著。

等了好一會兒，澤生與小茹有些不耐煩了。這都什麼時辰了，連個戲臺子都還沒開始搭。要等真正看戲，至少要到巳時吧。

看著前面的那個大圈，大家都有些著急，可戲班子就是不來，沒辦法，只能就這麼坐著乾等。

「澤生，這個戲班子到底還來不來呀，真是浪費大家的感情！」小茹不禁埋怨道。

澤生還是頭一回聽「浪費感情」這種措詞，忍不住一陣笑。

小茹拍了拍他的腦袋。「笑什麼，本來就是嘛！」

她在拍澤生的腦袋時，忽然發現芝娘竟然坐在澤生的左邊。

芝娘？她什麼時候來的，怎麼不聲不響地坐到了澤生旁邊？澤生旁邊明明坐的是一位老漢呀！

小茹往那邊瞅了一眼，原來是芝娘硬塞進來的，那位老漢被她擠到邊上去了。芝娘這麼有心思地坐在澤生身邊，不會是想多瞧他幾眼吧？或者來個近身接觸什麼的？

她再朝四周掃了幾眼，發現東生及東生娘都沒坐在一起。他們一家子估計不愛湊在一起，都是分散著坐的。

這可不行啊，可不能讓芝娘生出什麼歪心思！

「澤生、茹娘，你們來得可真早，搶到了這麼好的位子。」芝娘見小茹已經瞧見了自己，便主動打招呼。

澤生忽地聽見芝娘的聲音，嚇了一跳。他瞥了一眼芝娘，沒理她。

小茹笑道：「來得早有什麼用，妳來得晚，不照樣得了這個好位子？」

芝娘知道小茹是在嘲笑她硬塞進來的，臉色微紅，不知該怎麼接小茹的話，便硬擠了點笑容，沒說什麼。

小茹突然騰地一下站了起來，對澤生說：「澤生，我們換一下位子吧，我前面的這個人太高，擋著我了。」

澤生起身，與她換了位子，他也討厭芝娘坐在他的身邊。小茹這麼一換，正合他意。

芝娘用餘光瞧了瞧前面，前面那個人明明是中等個頭，哪裡高了？不可能擋得住小茹的。於是她側臉看了看小茹，見小茹臉上帶著一種得逞的笑意，她就知道小茹是故意的。一想到澤生剛才斜瞥自己那冷冷的眼神，唉，算了，還是不坐這裡了。坐在這裡，隔著小茹，她沒法看澤生不說，還惹人厭。

芝娘往後瞧了瞧，見香娘身邊空隙較大，應該能擠得下，便笑著對小茹說：「我還是坐到香娘那邊去吧，正好問問她，孩子晚上睡覺哭鬧該怎麼辦。」

小茹當然是求之不得。「嗯，去吧。」

芝娘悻悻然搬起自己的凳子往後面去了。小茹心裡偷著樂，終於把芝娘給弄走了，沒想到，她還沒樂完，一個粗魯漢子趕緊搶下芝娘空出來的位子。

小茹側臉一瞧，是道新！她頓時心裡直犯噁心。

道新貪婪的目光在小茹的臉上停留了三秒鐘才收回去，然後放下凳子坐下，得意地朝他們倆打招呼：「澤生、茹娘！」

小茹眉頭一皺，偏過臉看著澤生這邊。

澤生探出腦袋往這兒一瞧，見是道新，心裡也不舒服，他平時不愛與道新打交道。可是人家跟他打招呼，他又不好不理人家，便客氣地回道：「道新哥也來了，嫂子怎麼沒有跟著一起來？」

「她磨磨蹭蹭的，誰知道幾時能來。」道新一想起自己的娘子，跟想到瘟神一般，頓時整個臉都垮塌塌的，沒一點勁頭。

澤生見他隻身一人，隨口問道：「你怎麼不給嫂子占個地方？」

「給她占地方，和她膩歪地坐在一起？你當是和你們小倆口一樣肉麻啊?!」道新說完哈哈大笑，笑得臉上肌肉都橫了起來。

澤生不好意思地跟著笑了一聲，回過身來，沒再說話。

「戲班子來了！戲班子來了！」一群孩子興奮地嚷了起來。小茹本來想著要和澤生再換位子的事，聽孩子們這麼一嚷，她也急著看戲班子去了。

第七章

眾人皆朝路口看去，不遠處駛來了兩輛破馬車，車上坐了十來個人，外加一堆髒亂的戲布，還有一些破舊的道具。哪怕就這些，也足以讓大家興奮，都高興得一陣歡呼。

待戲子們跳下馬車，大家看清了他們的相貌後，都有些失望起來。

一共有五個中年婦人、六個中年男人，長得都有些歪瓜裂棗不說，還個個都是一臉憔悴樣，估計他們昨日在別的地方唱戲累著了，還沒緩過勁來。

戲子們受到如此眾多目光的注視，可能感受到大家的熱情，便強打著精神，向大家揮手打著招呼，笑了笑，然後趕緊卸道具、搭戲臺，這才是他們最緊要的事，因為他們知道，大家都等得很心急了。

本來有些好心的人準備上去幫忙一起搭戲臺，走過去後才發現，根本用不上幫忙。因為戲臺太簡單，就是十幾個大木格箱子一擺就好了。

小茹看著這些破舊的道具及簡陋的戲臺，就預感他們唱的戲不會太好，感覺他們完全在糊弄。如此糊弄的架式，又怎麼可能會認認真真地唱好戲？

果然，當一個中年婦人把臉抹得大紅大白走上臺唱戲時，小茹徹底失望了。且不說因為太嘈雜，她聽不太清楚聲音，哪怕再安靜，能聽得清清楚楚，她也聽不懂。

真不知這個旦角唱的是哪兒的方言，聽起來不像京劇、越劇、川劇，也不像豫劇、昆曲，更不像黃梅戲。

身為一個穿越過來的現代人，小茹表示，自己真的不懂戲啊。她本以為土生土長的澤生和村民們能聽得懂，可她瞧了瞧，發現澤生和她一樣迷茫，完全不知道人家在唱什麼。

小茹再看看周邊的人，都是一臉的迷茫，卻仍然十分認真地聽著。當然，也有些人還不懂裝懂，做出搖頭晃腦、再點點頭那種很享受的假姿勢來。

這整個戲班子沒有一個俊男俊女，沒有唱功又沒有演技，再加上硬是把應該是如花美眷的女主角演成長了一張喪門星臉的怨婦。

雖然大家很想一直保持認真聽的姿勢，很想聽懂這個戲，但是……事實上是，這樣硬撐地坐著聽下去，實在讓人屁股疼。開始有人撐不住了，扭頭擺尾地鬆鬆筋骨。

這時，住在何家村賣瓜子的婦人見這戲實在沒看頭，就跑回家，端著一盆瓜子過來賣。

本來大家這麼煎熬著實在無聊，見有賣瓜子的，都來買。這個喊一句、那個嚷一句的，吵吵鬧鬧，更是聽不到臺上到底唱的是什麼了。

小茹邊嗑瓜子，邊看著無聊的戲。這時上來的是一位丑角，他採用的是比較超前的說唱方式，用的還是本地方言，再做一些搞笑動作，終於把大家逗樂了。看來，還是看丑角耍寶比較有意思，臺下響起一陣又一陣哄笑聲。

小茹見澤生笑得前俯後仰，她也跟著樂起來。可是……她怎麼感覺自己的凳子不停地在晃動，於是低頭一瞧，見一隻男人的腳踩著她的凳腳，悠閒地晃著。

小茹明白了，這是道新的腳。她側臉斜眼瞪了道新一眼，道新卻是一臉的色相，盯著她嘿嘿直笑。她把凳子往澤生這邊挪了挪，才過一會兒，道新又把腳伸了過來，又碰著她的凳腳直晃動。

當小茹準備回頭再狠狠地瞪他一眼時，她感覺一隻粗糙大手往自己腰上摸了一把。她怒了，這個淫、賊，竟敢在自己身上揩油！於是她扭過身子，抬起手就給了道新一個大耳摑子。

「啪」的一記響亮清脆的聲音，驚得周邊所有的人都看了過來。

澤生根本不知道怎麼回事，聽見響聲側過臉來看，只見小茹怒氣沖沖地瞪著道新，掌摑的手還沒來得及放下來。

道新則是一隻手捂著臉，還咬牙切齒地抬起另一隻手，原想回小茹一耳光，但見澤生那樣驚愕地看著他，想想還是把手放下了，當這麼多人的面，他不想惹事，畢竟做出丟人事的是他。

澤生對道新的品性早已知曉，見到這一幕，大概也猜出是怎麼回事。他生氣得橫了道新一眼，對小茹說：「我們倆換一下位子。」

小茹怒氣仍未消，氣哼哼地站起來換了位子。

周邊的人大多都瞭解道新的臭德性，不用猜就知道，他肯定是占了小茹便宜。可是能像小茹這般出手打人，還是當著這麼多人的面，他們可是頭一回見。

這場掌摑淫賊的戲可比臺上的戲要好看得多。而且他們心裡都在驚嘆，澤生的娘子可真是個狠角色！一般女子遇到這種事，都是忍氣吞聲，哪裡敢如此張揚。

道新的妻子荷娘聽到動靜也往那邊瞧。見到如此場景，再聽到旁邊人都在小聲嘲笑道新肯定又是偷摸別家的娘子了，嘲笑時還偷瞄荷娘的臉色。

荷娘氣得臉色鐵青，她的男人丟臉，不就是丟她的臉嗎？可她又管不了道新，多嘴一句，就遭毒打。她咬了咬唇，就當道新這個人與自己毫無關係，仍然繼續看她的戲。

小茹這一巴掌引起了一陣小騷動，待大家回過神再去看戲時，那位丑角已經下去了，接著上來的是一位掛著大黑鬍子的淨角。這位淨角唱得倒還算賣力，咿咿呀呀、哼哼哈哈，可是大家都聽不懂。

小茹早上喝的是粥，這又坐了大半個上午，想去小解了。「澤生，我去小解一下。」

澤生在這之前已經去小解過一次，聽小茹這般說，就起了身，道：「我陪妳一起去吧。」

「不用，這有什麼好陪的。哪有女人小解，男人也要跟著去的，豈不讓人笑話。」

小茹說完，就小跑著往娘家去。

她小解完後才走出茅廁，就見一個人影竄到面前，嚇得她直後退。「你……你想幹什麼？」

道新瞇著眼，一臉的下流模樣，哼笑著說：「小娘子，剛才妳給了爺一巴掌，現在總得補償爺一下，才算扯平吧？」

「你……你敢再過來，我就喊人了！」小茹連連後退，後背一下撞到一棵大樹上。她心裡一陣緊張，沒想到來古代，竟然也能碰到大流氓，而且還在光天化日之下調戲她！

道新得意地淫笑道：「喊人？所有的人都看戲去了，妳喊誰？喊呀，快喊呀！」

小茹心臟怦怦直跳，她想逃，可知道自己跑不過他。若被他一把抓住，對她下狠手，她的清白可就毀了。

古代女人沒了清白，就等於這輩子都毀了！這是她穿越到這裡，第一次心生恐懼感。

忽然，她靈機一動，好歹她也是一位從現代來的人，對付流氓的手段也知道一些。如此緊要關頭，她能動用的只有一招了，那就是……

道新見小茹沒有喊人，也沒有罵人，更沒有抵抗的意思，而且一臉恐懼地看著他，感覺自己這次要得逞了，頓時心花怒放。

「嘖嘖嘖……這張小臉長得真是俊啊，我的乖乖……」道新簡直口水都要流出來了，他伸過手來，就要摸上小茹的臉。

小茹突然抬起腿，猛踢了一下他的命根子。

「啊！」道新痛苦的一聲大叫，彎著腰，雙腿夾緊，雙手護著他的命根子，疼得齜牙咧嘴。

小茹見這招靈驗了，又抬腿狠狠地連踢了二下！

「啊！啊！妳……妳這個臭娘們！」道新咬牙切齒地抬頭看著小茹，疼得渾身直痙攣。

「呸！你個下流胚子，敢欺負到老娘頭上來，這次只是給你點顏色看看，下次再敢色膽包天，我就取了你的狗命！」

小茹撂下狠話，就一溜煙跑了。

道新疼得一下坐在地上，恨恨地罵道：「這個臭娘們，竟然還有兩下子，哎喲……哎喲……」

小茹猛跑了一陣，知曉道新不會再追上來了，才鬆了口氣，放慢腳步，朝前走去。不經意中，瞧見一棵大榆樹下站著一男一女，男的深情款款，女的羞羞答答。

咦？那不是小源嗎？

小茹止住了腳步，不敢往前走了，她一走過去，豈不是讓他們倆難看？只是，這個男的到底是不是小源的未婚夫？可別是……

當這個男的開口說話，小茹才舒了口氣，原來是自己想多了。

「本來還以為得等到成親那日才能認識妳，沒想到因為這場戲，讓我們提前兩個月認識了。」李家三郎認真地看著小源，柔聲細語地說。

小源一直低著頭，根本不敢抬頭看他，只是小聲地問：「你怎麼知道我是……」

「剛才我聽見有人叫妳方小源，又見妳和妳爹坐在一起，我就知道了。上次送節禮時，我見過妳爹的。」李家三郎溫柔地解釋道。

小茹雖然聽得不太真切，但足以看出李三郎的柔情來。聽張氏說，李三郎也讀過兩年書，看來沾染了一些書生氣，褪去了一些莊稼漢的粗獷。

小源一直低頭捏著自己的小手，嬌羞道：「我……我要看戲去了，要是爹娘見我這麼久沒回去，問起來，我不知該怎麼回答了。」

李三郎也不想小源為難，更不想給她惹出閒話，便道：「好，妳先去，我等會兒再去。」他當然不敢和她一起走回去，被人瞧見了，還不知要怎麼笑話他們呢。

小源才走出幾步，李三郎突然說：「我就坐在妳的後兩排，妳回頭就能看見我的。」

小源回頭瞧了他一眼，微微一笑，跑開了。李三郎可是被她這般清秀淡雅的笑容，迷得怔愣了好一會兒，才回過神來。

小茹忍不住偷笑，這一對竟然提前搭上了。如此也好，先培養感情，免得入洞房時太慌亂。

待小源跑得早沒影了，李三郎才跟著慢慢走去。小茹遠遠地跟在後面走著，他毫無知覺。

直到快接近戲場，小茹迎面碰見澤生東張西望地朝自己走了過來。

一見到小茹，澤生急道：「小茹，妳怎麼去了這麼久？」

小茹並不想提道新的事，免得給他心裡添堵。但總得有一個理由吧！她想起小源的事，便神秘地笑道：「我剛才瞧見小源與她的未婚夫提前碰上面了。」

「啊？不會吧？他們並不認識呀，小源和李三郎怎麼……」澤生驚得聲音有些大，因為這完全出乎他的想像啊。

小茹趕緊打斷他。「噓……你小聲點！別讓人家聽去了，這可是關乎小源的清白。你也別告訴爹娘，自己知道就行了。」

澤生這才警惕了起來，看了看周邊並沒有人，便放下心來，道：「我知道分寸，妳放心好了。那位丑角又上臺了，我們趕緊看戲去吧。」

臨近午時，戲班子也唱累了，要緩緩勁，歇一歇，說下午未時再接著唱。

家離得遠的人們，乾脆不回去，有的來之前就已帶了乾糧和水，準備得很充足。沒帶乾糧的打算餓一頓。

澤生一家離得近，都準備回家做飯吃。

小茹的爹娘拚命拉著方家幾口人去何家吃午飯。方老爹掃了一眼方家三個小家，足足八口人，哪能去親家那兒鬧騰，便執意要回自家做飯。

何老爹和王氏拉不動親家，就讓小茹和澤生留下來吃飯。沒想到小茹也直搖頭。

「爹、娘，我得回家做幾斤多味花生來賣，妳瞧這麼多人，買賣肯定好著呢！我得趕緊回去，沒辦法在這裡閒聊了。」小茹說完就和澤生快步回家。

王氏看著小茹和澤生的背影，欣慰地道：「我怎麼瞧著小茹比以前機靈多了，竟然自己弄出個什麼多味花生來，把買賣做得有聲有色。以前她多傻氣啊，做什麼事都不會拐個彎的，也不愛說笑，整日發愣。」

何老爹得意地笑道：「那是因為我給她找的婆家好，自從她跟了澤生，整個人都變了，愛說笑，腦子也變得靈光了，會掙錢了，哈哈。」

說到這裡，他話鋒突轉。「就是那張嘴也厲害了，連我這個當爹的，她也敢挑毛病！」

「哼！就你這個沒譜的爹，閨女挑毛病是應該的！」王氏氣哼哼地回家做飯去了。

小茹和澤生回到家後，澤生負責做飯，小茹做多味花生，兩人都忙得不亦樂乎。

「小茹，妳秤了十斤？那麼多能賣得完嗎？」澤生有些不看好，看戲只需花一文錢，應該沒有多少人願意花十一文錢買零嘴吃吧。

小茹卻信心滿滿。「趕集的時候也就這麼些人，不照樣賣得了十斤。你瞧大家坐著看那無聊的戲，多寡味呀！買點零嘴吃，才算有點味道，好打發時間。」

澤生點點頭，說：「也是，我瞧著賣瓜子的買賣好著呢，不過瓜子便宜，才四文錢一斤。」

「既然是出來看戲，來了就是想好好玩，花錢也大方一些。有些人眼熱，見別人買也都跟著買。你放心，肯定能都賣完了。」小茹將做好且熱呼呼的多味花生倒出來晾著，和澤生一起擺碗吃飯。

當他們趕到戲場時，戲已經開唱了。小茹穿梭在人群裡，一手端著裝了多味花生的小碗讓大家品嚐，一手提著秤桿，澤生則端著木盆跟在後面走著。

誰嚐了覺得好吃說要買，澤生就趕緊放下木盆，給客人秤好，再包上。

來到自家人和娘家人面前，小茹包了好一些給他們吃，當然這是不用錢的。

張氏是個有眼力的人，在王氏面前直誇小茹精明能幹，順帶著誇親家母教女有方，親家母本人肯定也不賴之類的話。

王氏見張氏對女兒滿意，心裡說不出的高興。自己的女兒在婆家不受欺負，這算得上是大喜事一樁了。要知道，哪個女人沒被婆婆挑過毛病，挑毛病這根本算不了什麼。那些受婆婆和相公欺負、三天兩頭挨打的小媳婦們，日子不也得照常過下去？只能每每回娘家哭訴一番罷了。

看張氏這樣子，哪怕想挑小茹的毛病，估計也不會說得太難聽。至於夥同兒子一起打罵兒媳婦的那種作惡之事，張氏肯定是做不出來的。再瞧著女婿乖乖跟在小茹後面，十分聽話的模樣，王氏是越想心裡越舒坦，也跟著大大誇讚張氏和澤生一番，這個馬屁不拍白不拍，可是對自己女兒有好處的。

都說婆婆遇上媽，會有許多麻煩，她們卻在這樣互相戴高帽，和和睦睦地相處過來了。

因為有很多人離家遠，沒吃午飯，一直在這裡待著，都餓得不行。因此，凡是賣吃的買賣都好。那些賣燒餅和春捲的婦人，一會兒就將手裡的貨賣空了。小茹的多味花生雖然沒有主食那麼好賣，但也在一個時辰內賣淨了。

「澤生，我說得沒錯吧，一定能賣得完的。走，我們現在好好去看戲。」小茹和澤生揣好賣來的錢，高高興興地回位子上看戲去了。

小茹瞅了瞅自己身邊，那個道新沒敢再現身，應該是疼怕了。

雖然這戲實在沒什麼看頭，除了丑角能逗個樂，其他的都實在無趣，但好幾年才碰到這麼一回，大家都不肯放棄，能偶爾聽清楚幾句，也算不錯的了。

眼見著太陽快要落山了，戲班子開始收場，等明日再來吧。

戲臺下一群人開始各喊各娘、各喊各娃，場面混亂了一會兒，然後各自都找到了想找的人，很快就散場回家去了。

回到家後，澤生與小茹正在院子裡打水洗菜，兩位鄉吏裝扮的人突然跨進院子來了。小茹抬頭一瞧，似乎見過他們，下午在戲場時，他們還買過她的多味花生呢！

澤生趕緊起身，恭敬地過來行禮，並叫道：「里正、戶長！」

方老爹和洛生聽見澤生叫里正、戶長，都趕忙從屋裡出來了。

「里正、戶長，進屋喝杯茶吧。」方老爹出來滿臉帶笑招呼著，心裡卻有些不安，家裡沒出什麼事，怎麼惹得里正和戶長都來了？

他們這兩人一出現，一般不會有什麼好事。

只見里正、戶長擺著一副官架子，不愛搭理的模樣，也不願進屋喝茶。

方老爹見兩人的臉色有些嚴肅，心裡開始緊張了，小心翼翼地問道：「不知里正和戶長來……有何事要吩咐？」

里正看了看洛生，又看了看澤生，然後毫無表情地問：「方老爹，你家洛生今年二十一，澤生十八，沒錯吧？」

方老爹不知里正此話有何意圖，點頭道：「沒錯，沒想到里正記得這麼清楚。」

里正哼了一聲，冷笑道：「那是，否則我這個里正豈不是白當了？朝廷下達政令，最近西北邊塞守衛軍人員吃緊，各鎮的里正、戶長要負責從十六至二十二歲青年男子中挑選精壯者投軍，編入衛兵籍。你家的洛生與澤生都符合條件，這幾日好好做準備吧，十日後就要整裝出發！」

此話一出，方老爹和剛從屋裡出來的張氏嚇愣了，瑞娘睜大一雙恐懼的眼盯著里正，而洛生恍惚地看著瑞娘。此時，澤生手裡拿著一把剛洗好的小蔥，「啪」一聲也掉在地上。

小茹驚慌地走過來，緊攥著澤生的手，語無倫次地說：「澤生，這不會是真的吧？你……你不能去啊！」

里正和戶長對這幾種驚愕的表情已司空見慣。他們不願再多說一句，就轉身要出院子。

方老爹突然回過神來，趕緊追上幾步，拉了拉里正的衣袖，點頭哈腰地說：「里正大人，里正大人！我家洛生的娘子剛有了身孕，洛生若去了，瑞娘母子可怎麼過呀？而澤生，你也是知道的，他哪裡算得上精壯的男子，這些年他一直讀書，在家連農活都做不來，何況他才剛成親……」

剛才一直在旁未說話的戶長突然回過身，黑著一張肥臉，打著官腔道：「這是朝廷的旨意，難道你敢違抗朝廷的政令？你膽子也太大了！大兒子不能去，二兒子也不能去？哼，哪家沒個事，家家都像你這樣，豈不是一個兵丁也徵不上？」

方老爹央求道：「戶長、戶長大人！我們平民百姓對朝廷的政令自是不敢違，我家歷年來都是頭一批繳納稅糧，對朝廷可謂忠心耿耿，但是……我家這境況真的是艱難啊，我一共才兩個兒子，若都去做了兵丁，家裡的田地豈不是荒廢了？」

「方老爹，我瞧著你身子還健壯，再多的田地，你也是做得來的！」戶長冷著臉回道，然後再次轉身，走出了院子。

里正剛才並沒注意到小茹，此時趁戶長與方老爹說話時，他對方家人全都掃了一圈，最後目光停留在小茹的身上，忍不住多瞧了幾眼那張俊俏的臉龐和曼妙的身段。

戶長回頭見里正又顧看女人忘了走路，便催道：「你還愣在那裡幹麼？還有好多家沒通知呢！」

里正窘紅著臉，笑呵呵地跟著戶長出去了。

他們一走，瑞娘便大哭了起來。「爹、娘，可不能讓洛生去，我才有了身子，他若走了，連我什麼時候生下孩子他都不知道。而且西北邊塞苦寒，那可是吃苦受罪的地方啊！」

方老爹六神無主，嘆道：「這幾年朝廷一直沒有徵過兵，本以為能躲過這一劫，沒想到……終究還是躲不過去。」

小茹以微顫的嗓音問：「澤生，守衛邊塞的兵丁一般得多久才能回來？」

澤生有些失魂落魄。「至少都得三年。有的邊塞兵員不足，八年沒有回過家的人都有。」

小茹嚇得臉都蒼白了。至少三年？多則八年，或許還不止？那她還過什麼日子啊！

瑞娘聽澤生這麼一說，此時更是嚎哭起來。小源、小清也跟著在一旁抹淚。

張氏老淚縱橫，哽咽道：「不行！等到了晚上，我去給里正和戶長送禮，讓他們放過洛生和澤生。」

「妳能想到要去送禮，人家也會想到送禮。六年前那次徵兵，不就是家家都搶著送嗎？最後除了幾位有當官親戚或地主罩著，還有幾位是家財豐厚送了大半家產的，其他的……還不是全都去了。」方老爹啞著嗓子道。

「爹，我們把家裡的錢和值錢的東西全都偷偷地送給他們也不行嗎？」小茹急道。

哪朝哪代的官都離不了一個貪字，現在看來要拚的是財力。

「可是我們的家境就這麼個情況，全都送出去，只怕也是入不了他們的眼。」方老爹長嘆一氣，接著道：「但是……送了總比不送好。不送，那必定要去，若送了，或許還有一絲希望。你們都把自家的錢拿出來吧。」

大家都悲戚地回屋拿錢去了。小茹和澤生有二百多文錢，本來是打算還給瑞娘和婆婆的。瑞娘才二十多文，張氏九十文。

張氏、瑞娘和小茹三人都自覺地將各自手上的銀鐲子也取了下來。

方老爹看著這三百多文錢及三只銀鐲子，又是一陣嘆氣，這點錢和東西實在是太少了，頂不上什麼用。

他看了看小源，說：「爹打算把妳的陪嫁壓箱錢拿出來，妳不會怨爹吧？」

小源含著淚水直搖頭，說：「還陪什麼嫁呀！就怕……就怕……就怕李三郎也要被徵召去了……」她一說話，眼淚跟水簾子似地往下直淌。

方老爹與張氏頓時傻眼了，現在不僅要為兩個兒子著急，還得為女兒著急。若李三郎真的也被徵走，女兒的婚事就只能等了，還不知等到何年何月。

「小源啊，妳先別急，李家肯定也正在想辦法，說不定他不會被徵走呢？李家村不歸我們村的里正管，聽說那位李里正比較好說話，也許好打理一點。」張氏安慰著小源，其實她也心急如焚，若李三郎被徵走又好幾年不回來，小源只能乾等又不能另嫁，這可是耽誤小源的一生啊。

一家子都陷入了悲痛之中，盯著桌上的這一點東西，個個淚眼婆娑。

小茹抹了把淚，道：「我們把家裡的三頭豬和剩下的花生也都送去吧。」

方老爹臉色灰暗，將小茹的話略思慮了一下。「就怕豬太鬧，動靜太大，他們未必敢收。何況三頭豬加起來，也只值五、六百文錢，所有湊起來還不夠一千文。那些家底厚實的，可是動輒十幾兩紋銀，我們拚不過啊。」

張氏騰地一下站了起來，發狠地說：「拚不過也要拚，洛生、澤生，快裝花生，捆豬！」

瑞娘見所有值錢的家當都要送出去，只能換來一個渺茫的希望，心肝疼得都發顫，憤憤地說：「看來那個鄒寡婦是一文錢都不需花就可以保住她兒子了！」

她此話一出，大家都怔住了，這跟村裡的鄒寡婦有什麼關係？

小茹想起里正剛才走之前那色迷迷地盯著她看的臭德性，身上的吏裝也是髒兮兮的，看上去都好久沒換洗過了，便疑惑地問：「他是不是沒有娘子？」

張氏道：「三個月前他的娘子突然染病死了，留下四個孩子。只不過，瑞娘，他與鄒寡婦有什麼關係？難不成他娘子才死不久，他就勾搭上了鄒寡婦？」

瑞娘撇嘴說：「可不是嘛！還未有身孕前，有一回，我在山上箍松叢，竟然見到他跟鄒寡婦躲在樹林裡摟摟抱抱，我當時嚇得大氣都不敢出，趕緊跑開了，誰知道他們還要幹什麼見不得人的事？」

張氏愣神地道：「如此說來，鄒寡婦還真是得了福，她的大兒子今年已十七歲，這次肯定是能躲過去了。」

聽到這些，小茹忽然感覺眼前有了一絲曙光。貪官總是與女人有扯不清的關係，哪朝哪代都脫離不了這框架。在現代社會中，貪官敗在女人手上的例子多得數不清！

小茹一掃剛才的恐懼與失落，有些異樣的興奮，道：「里正有了把柄在我們手裡，看來事情或許有轉機！」

把柄？一家人都怔住了！

「茹娘，難道妳想捅破里正與鄒寡婦的勾搭之事？」張氏驚問。「和他們這些村吏硬碰硬，對我們家可沒有好處啊！」

「娘，妳別擔心，先不和里正硬碰硬，我們去找鄒寡婦周旋！她的家境怎麼樣？」

張氏見茹娘似乎有了主意，她找出手帕子拭淨臉上的淚痕，坐下後慢慢道來：「鄒寡婦膝下有兩個兒子、四個女兒，全靠她一個人撐著，家裡窮得叮噹響，大兒子都十七了，也沒錢去找媒婆說親。大女兒也十五了，快要嫁人了，還整日穿著一身破爛衣裳。不過……今日去看戲，我見她還捨得花錢買瓜子吃，肯定是里正私下給她錢了！」

小茹知道，對於一名有六個孩子的寡婦來說，她自己的名聲十分重要，因為這關乎著孩子們一生的清譽。她若惹得一身臭名，她的六個孩子該怎麼娶妻嫁人？

看來得先用錢財來哄著她向里正求情，若她不吃這一套，再稍稍提及一下她的齷齪之事，她恐怕不得不幫這個忙了。

小茹又警惕地問瑞娘。「大嫂，里正和鄒寡婦的事沒有別人看到吧？」

瑞娘仔細回想了一下那日的事，然後搖了搖頭，道：「應該沒有人看見，我也沒到處亂嚼舌根，只和洛生說過。」

小茹竊喜。「那就好，只有我們一家知道，那就更有把握了。爹、娘，我們把這些錢送給鄒寡婦吧！今夜裡偷偷地送去。」

張氏聽了這個主意，眼裡直放光。「這個主意……說不定可行！男人最怕的就是枕邊風。」

瑞娘也開了竅，道：「要是鄒寡婦不肯幫忙，我們就拿她和里正不正當的關係嚇唬嚇唬她。她有六個孩子，為了孩子也得保住名聲。」

張氏提醒道：「我們也別太急著捅出那種事，得先哄著說。她見我們去找她，心裡就一清二楚了，根本不用我們多說什麼，她心裡就有分寸了。」

薑還是老的辣，張氏一下就看得透澈呢！鄒寡婦若是見方家人去找她幫忙，不就是擺明著知道她的醜事嗎？哪裡還需多說一個字。

澤生剛才一直萎靡不振，他好怕與小茹就此分開，從此天涯兩隔，若真是那樣，他感覺自己不能活了。此時聽小茹想出了這麼個主意，感覺事情能有轉機，於是他鄭重地說：「娘、大嫂、小茹，今晚就看妳們的了！」

張氏琢磨了一下，道：「我們別去那麼多人，讓人碰見了可不好。我和小茹兩個人去就行，瑞娘有身子就別去寡婦家，怕沾染了晦氣，前些日子還聽人說，她家那房子的風水不好。」

「哦，好。」瑞娘雖然沒想到晦氣不晦氣的，但她還真想去，因為她想在鄒寡婦面前多提醒洛生的事。

她好怕到時候若里正提出兄弟倆去一個，家裡人可能會偏向澤生而讓洛生去，因為洛生比澤生體格健壯，能吃得了邊塞之苦。可是，總不能什麼便宜都讓澤生占了吧！

張氏見瑞娘不太高興的樣子，立刻領會到她的意思，哄道：「妳放心好了，洛生和澤生都是我的兒子，手心手背都是肉，我當然是要為兩個兒子求情，他們倆誰都不能去！」

這下瑞娘才稍稍放了心，不去就不去吧。

方老爹一直在旁低著頭，仔細思慮著這件事，思來忖去，也覺得這個辦法可行，便道：「這件事就這麼定了，你們趕緊回屋做飯吃。等天黑了再去，別讓人瞧見了。萬一被人瞧見了，就說是去閒聊。反正別人又不知道里正和鄒寡婦的關係，不太會引起懷疑。」

一家子趕緊做晚飯吃了，然後等著天色變得漆黑。

張氏與小茹將湊好的三百多文錢和三只銀鐲子，還有給小源的壓箱錢，全都揣在了身上。

再看了看旁邊捆起來的一頭大豬、兩頭小豬，還有幾袋花生，張氏道：「這些就不用抬過去了。我們家與鄒寡婦家離得近，動靜大且不說，她家若平白無故多了三頭豬，別人又認出是我們家的，豈不是叫人懷疑？不像里正家，離得遠，沒人認識。」

於是，澤生和洛生立刻將豬抬回了豬欄，解了繩。

張氏與小茹走在去鄒寡婦家的路上，聽到不少人家屋裡傳出一陣陣哭聲。此時凡是有適齡男丁的家庭，估計都在為此事憂愁。

沒錢的人家只能哭了，稍富裕一點的人家，肯定也在想著怎麼賄賂里正和戶長，只有地主或有當官的親戚做後臺的這些人，才會不當回事。

張氏與小茹來到鄒寡婦門前，見她家的燈都熄了，看來她和孩子們已經睡下了。

咚咚咚！小茹小聲地敲著門，張氏一直四處張望，生怕被人撞見了。

等了好一會兒，屋裡才有了一陣輕輕的腳步聲。

嘎吱一聲，門輕輕地打開了。

因為此時漆黑一片，鄒寡婦根本看不清人，若在平時這個時辰來她家的，怕是只有一個人了，她想也沒想就道：「你個冤家，昨夜來了，怎地今夜裡又來？」

張氏和小茹先是一怔，然後很快地明白了過來，鄒寡婦以為是里正來找她。

鄒寡婦見來人並沒有應聲，再仔細地瞅了瞅，好像是兩個黑人影，她嚇了一跳。

「啊！……」

「鄒妹子，我是澤生的娘，妳別怕……」張氏及時阻止她大叫，怕招了鄰居過來。

鄒寡婦嚇得冷汗涔涔，聽見張氏發話了，猶疑地問：「是澤生娘？」

「是我、是我，後面這位是我小兒媳，我們找妳有點事。」張氏壓低著嗓音說。

「鄒嬸子，我是小茹。」小茹也用極小的聲音跟她打了個招呼。

鄒寡婦雖然不知道她們為何深夜來找她，但是也不好拒人於門外，便回屋點上油燈，看清了是張氏和小茹，就讓她們進屋來了。

張氏和小茹為了不吵醒她家的孩子，都是躡手躡腳地進屋。

鄒寡婦見她們倆像是有要事找她，她一頭霧水，實在想不出她與方家到底有何瓜葛，擰眉納悶地問：「妳們婆媳兩人怎麼想到這麼晚來找我？」

張氏先是看了看她的屋子，覺得比幾個月前收拾得要整齊一些，還添置了幾樣家用，於是微笑著寒暄道：「鄒妹子真是能幹，一個女人帶著六個孩子，也能將日子過得有模有樣，要放在別的女人身上，估計只能整日以淚洗面了。」

鄒寡婦微窘著臉回道：「再難也得過，總得讓孩子吃飽。我現在正為大兒子強子的親事發愁呢！十七歲了，該說門親事了，如今哪家說親事都得先訂上兩、三年。再拖下去，怕是二十歲也娶不了媳婦過門了。」

張氏見鄒寡婦提到了她的大兒子，立刻接話道：「里正沒有通知妳家說徵召兵丁的事嗎？說是朝廷下了令，妳家強子怕是也要去的。」

鄒寡婦身子一僵，看了看張氏，又看了看坐在旁邊的小茹，窘了好一陣，才想到怎麼回話。「可能……里正知道我這個寡婦不容易，沒有男人撐家，便不忍心讓強子去吧。強子若去了，家裡可真是沒個人能做勞力了。」

「其實我家也艱難，瑞娘剛有了身孕，洛生哪能離開了？澤生的情況妳也是知道的，從小沒吃過什麼苦，身子也不強壯，若去西北邊塞，恐怕是……撐不住。」張氏邊說邊抹淚。

「他和茹娘才成親一個多月，剛過上好一點的日子，這要是……」

張氏說著說著就泣不成聲了。小茹見張氏說得如此動情，眼淚也跟著嘩啦地流下，她無法想像若是澤生真去了西北邊塞，自己會變成什麼樣子。

鄒寡婦見她們婆媳哭得如此傷心，安撫道：「里正說了他們兄弟倆都要去嗎？好歹妳們向他求求情，少去一個也好啊。」

張氏突然抓住鄒寡婦的手。「鄒妹子，雖然平時我們交情不算深，但至少算得上相處不錯的，從來沒鬧過彆扭。今日我家有了難處，妳能不能幫幫忙，幫我們在里正面前求個情？」

鄒寡婦的手忽然微顫起來，讓她去里正面前求情？她們怎麼知道她與里正交情深？難道……

小茹趕緊從懷裡拿出錢袋子，將錢全倒了出來，然後又將三只銀鐲子遞到鄒寡婦面前，可憐巴巴地望著她，哽咽地道：「嬸子，妳幫幫我們吧？」

鄒寡婦現在能肯定了，她們絕對是知道了什麼！她羞得滿臉通紅，真想找個地洞鑽進去，此時她真覺得無地自容啊。

她並非對里正有什麼深厚的感情，完全是里正勾搭她，而她守寡多年，身體裡的慾望確實需要釋放，何況里正還答應過她，一定會幫襯她。

她想到自己這些年過著這種苦哈哈的日子，孩子也跟著受了許多罪，實在煎熬得很。就在前陣子，她終於放下矜持，接受了里正。而里正在她這裡嚐到了滋味，便隔三差五趁夜裡來。

張氏和小茹見鄒寡婦臉色脹紅，眼神慌亂，就知道她心裡已是很明白了。

小茹見驚著了她，怕她的心理負擔太大，便想安慰她，柔聲細語道：「其實我很能理解孀子，哪怕再嫁也是可以的，為了孩子，總得找個人靠一靠才好，沒有什麼見不得人的。」

鄒寡婦驚愕地抬頭看著小茹，一般人知道了，應該會認為她多麼不要臉，或朝她臉上吐唾沫吧，怎麼小茹竟然還說這沒有什麼？

張氏趕緊趁此加一把火。「是啊，鄒妹子，妳要看開點，這根本沒什麼。不過，妳放心，我們口風把得緊，是絕對不會外傳的。何況妳苦了這麼些年，一直恪守自己，我們哪裡忍心見妳被別人說三道四？」

鄒寡婦見自己的行為能被她們理解，心裡溫熱溫熱的，似乎一下子找到了一吐真心話的人，頓時眼淚一大把，感動地說：「妳們不罵我，我都不知道該怎麼感謝妳們，沒想到妳們還能理解我，我也是被這苦日子所迫，我……我……」

張氏趕緊找出手帕子，給鄒寡婦擦淚。「瞧妳這麼多年過得多苦，我們當然能理解。要不是為了洛生和澤生，我們如何都會把這件事爛在肚子裡的，根本不會讓妳知道，怕惹妳心裡不痛快。」

鄒寡婦才擦淨眼淚，這時眼淚又淌了出來。「若妳們能一直為我保守這個秘密，我真是感恩戴德……」

「瞧妳說哪裡去了，要感謝的應該是我們！」張氏特意強調後面那句話，意思是讓鄒寡婦記著，這次是她們來求她辦事的。

小茹朝張氏使了個眼色，意思是點到為止，別說得太露骨讓鄒寡婦認為她們別有用心。其實，她真心覺得一個寡婦找男人完全可以理解，只是這個里正人不怎麼樣，怕是對鄒寡婦不能長久了。

小茹起了身，道：「嬸子，時辰已晚，我和我娘就不打擾妳歇息了。」

張氏也起了身，準備和小茹一起出門。

鄒寡婦已知道她們是來求情的，而且怕自己難看，只是點到為止。她突然攏了攏桌上的那些錢和銀鐲子，追到門口。「這些東西，我是如何也不能要妳們的，我會儘量在他面前為洛生和澤生說話，但可不能保證能說得動他。」

張氏做了個手勢。「噓……別把屋裡的孩子們給鬧醒了。這些東西一共也值不了多少錢。能說動最好，實在不行，我們也認了。但這些妳一定得收下，妳和孩子們日子過得這麼難，我們幫襯一下也是應該的。」

張氏一說完，就和小茹打開門，飛快地走了。鄒寡婦又不敢追上去，怕把鄰居給擾醒了。她低頭看了看這幾百文錢和三只銀鐲子，的確是能幫襯家裡不少，比里正給她的多得多。里正這些日子來，一共才給她一百文錢。

她此時心裡擔憂著，里正會不會給她這個面子，能不能幫上洛生和澤生？

另一邊廂，小茹和張氏把禮送出去，話也點到了，現在能做的就是耐心等待。兩人回來後，一家人都圍著她們倆問情況。

張氏將剛才和鄒寡婦的整個談話過程向他們敘述了一遍，然後沈悶地說：「鄒寡婦應該會為我們求情的，怕就怕……里正不給這個人情。」想到里正平時那副得色，她真的擔心鄒寡婦也說不動他。

方老爹聽了後，臉上卻有了些許笑意，似乎對此事很有把握，道：「只要鄒寡婦肯開這個口，這事應該就能成了。里正身為村吏，管著我們方家村、鄭家村、嚴家村，官職雖不大，但他從中能得不少利。他把這村吏官位看得重著呢，肯定怕這種不光彩的事傳出去，會慎重考慮的，我們的成算還是比較大。要知道，這種事若傳了出去，他這個小官也做不成了。」

張氏忽然手拍大腿。「對呀！他把這個里正的官可當回事呢，動不動耀武揚威地耍橫，說話就像從鼻孔裡出氣。」

瑞娘卻憂愁了起來。「爹、娘，里正若知道我們得知他的這種醜事，以後會不會處處為難我們？」

方老爹似乎胸有成竹，沈穩道：「不用怕，我們先把眼前的急事解決了。以後的事以後再說，我們只要不做什麼擾亂綱紀之事，也不做損別人清白名譽之事，再積極繳納公糧，他也找不出什麼碴來。」

方老爹這般分析確實有道理，大家都放心了些，各自回房睡覺。只有小源臉色呆滯，默默地回房了。

其實小源的心思，大家都明白。可是他們管不了李家的事，對李家村的那個李里正又不熟悉。何況小源還沒嫁到李家，李三郎的事當然由他自家解決，哪裡能輪到方家來插手，哪怕想插手也沒那個能耐！

方老爹與張氏知道相勸也無用，就由著小源去。

「明日我去一趟李家，看他們家是眼睜睜地看著李三郎走，還是在想著對策。」方老爹嘆了嘆氣說。

張氏鼻子有些發酸。「嗯，你去看看吧。我猜想著，他家估摸著想不出什麼好對策。家境一般，跟我們家差不多，靠拚錢財是根本拚不過人家的，又沒有其他捷徑可走。」

方老爹也知道是這個理，可又能怎樣，只能眼睜睜地等著結果罷了。想到小源的未來甚是堪憂，他們當爹娘的卻無能為力，心裡怎能不難受。

小茹和澤生回自己的屋內後，匆匆洗漱完，趕緊上床睡覺。

澤生緊緊摟著她，感覺怎麼摟著都還嫌不夠，他好想將她揉進自己的身體裡，那樣就不用擔心會分開了。

「澤生，你摟得我骨頭都要散架了。」小茹嬌聲道。

澤生鬆了鬆胳膊，惆悵地問：「小茹，假如我真的要去從軍，到遙遠的西北邊塞，妳一個人在家該怎麼辦？」

小茹很迷茫，幽幽地道：「我也不知道，我都不敢去想。是不是有個詞叫行屍走肉？若你真的會離開我，我估計就會過那種行屍走肉的生活，再也笑不起來。」

「妳會等我嗎？」澤生幽望著小茹的眼眸。「一定不會將我忘了而喜歡上別人，是嗎？」

小茹湊過來，輕咬了他一口，撒嬌道：「瞎想什麼呢，我怎麼可能會喜歡上別人？我一定會一直等你，日日想著你，夜夜念著你！不過……我相信你肯定不須去的，我的預感都很靈的，你別太憂心。」

澤生翻身過來，一下封住她的唇，兩片溫熱在她的臉上與唇上重重碾過，是那麼的火熱，又那麼沈重。他將內心的害怕與深深的留戀，狠狠地印在一個又一個熱吻裡。含舌纏吮到窒息，兩人終於鬆開了。

前些日子小茹還一直想改變澤生的既有思維，讓他知道交歡的姿勢還有許多種。只是現在心裡極為憂慮，他們也沒有心情做夫妻歡愉之事。雖然澤生能留下的成算比較大，可仍然沒有百分百的把握。

深吻過後，兩人緊緊相擁入睡，只是，很久很久之後，他們才能真正地睡著。

次日，戲班子還要唱戲一日，等戲班子來到戲場時，發現臺下的人連昨日一半都不到。

凡是家裡被通知要徵召入邊塞守衛軍的，哪裡還有心情來看戲，都在家想辦法的想辦法、乾著急的乾著急，大多數是窩在家裡抹淚。

就連昨日來賣吃食的小販也只剩一個了，其他的人都沒心情來。

戲班子見臺下冷清，唱得更是無精打采，臺下的村民們也是邊看邊直打哈欠。

鄒寡婦倒是來了，她知道里正會來，所以特地來會一會里正。

趁大家都在看戲時，鄒寡婦裝作若無其事地從里正面前走過，朝他使了個曖昧的眼色，然後快步走開了。

里正當然懂得她的意思，這是叫他今夜裡去她家尋歡呢！

第八章

到了夜間，里正如約而至。鄒寡婦顯然是早早做好了準備，她在桌上擺好四道小菜，有酒有肉。里正恰巧晚飯沒吃好，見這一桌子的好飯菜，竟然還有酒，不禁興奮了起來，坐下來便大吃大喝。

他喝了幾盅酒後，雙眼迷離地看著鄒寡婦，淫笑地問道：「妳這麼厚待我，是不是想我想得耐不住了，巴不得我夜夜來？」

鄒寡婦真想朝他臉上吐一口唾沫，雖然她也需要男人的慰藉，但也沒有飢渴到這種分上！他這麼說她，好像她多麼犯賤似的。

里正見她沒吭聲，也沒當回事，他才不會花心思去揣摩她開不開心，對他說的話中不中意。

吃飽喝足了，他就挪到了鄒寡婦的身邊，一下將她摟在了懷裡，雙手在她胸前又抓又捏，一張帶油的嘴在她的臉上吻了起來。

鄒寡婦也不敢皺眉嫌棄他髒，只是默默地遞給他一塊帕子，意思是讓他擦淨了嘴再吻也不遲。

里正接過手帕子，突然疑惑起來。「這一頓好酒好肉怎麼也得花去近二十文錢，妳哪來的錢？不會是背著我，又勾引別的男人來了吧？」

鄒寡婦嗔道：「胡說什麼呢，這錢不是你給我的嘛！我還能去招哪個男人？」

「我給妳的錢，妳不是給家裡添置了東西，花得差不多了嗎？」里正仍然心存懷疑。

「就剩二十文，我全買酒肉伺候你了，你還在這兒胡言亂語，那你以後不要再來了，免得總是疑神疑鬼，鬧心！」鄒寡婦噘著嘴，掙扎著要從里正的懷裡出來。

里正怕攪了興，她生氣不願上床伺候自己，那可就虧了。「好啦、好啦！只是說笑而已，這麼認真做什麼？」

鄒寡婦還在扭扭捏捏，里正哪裡顧得她的心情，一把將她整個人抱起，直接上了床。扯衣脫褲只需片刻，兩人很快赤裸裸地交纏在一起。

這是最原始的交歡，體內本能慾望的噴發而已，也許正因為這樣，無須顧忌感情的得與失，來得也就更瘋狂、更肆無忌憚吧！

他們都是盡自己的興來，身子能受得了怎樣的折騰就怎麼折騰，完全不會花心思去多想一下對方是否舒服，心裡是否樂意，只要自己舒坦了就行。

當這一場暴風驟雨終於停息後，里正光裸著趴在鄒寡婦身上，整個身子癱軟無力，慵懶地閉眼休息。

鄒寡婦心裡還惦記著事，便假裝柔情似水地道：「冤家，以後我們恐怕是不能再這樣了。」

里正本來正昏昏欲睡，聽她這麼一說，有些清醒了。「什麼？為什麼？」

鄒寡婦早就想好了周旋的話，故作委屈地道：「我一個寡婦，名譽最重要了，哪怕不為自己著想，也得為孩子著想。今日早上我與方家嫂子在河邊洗衣，見她看我的眼神怪怪的，還說什麼我若想找個男人再嫁也是應該的。她這般說，明明是知道了些什麼。不過她這個人倒是安穩得很，從不亂嚼舌根，不會到處亂說。」

里正舒了一口氣，道：「那不就得了，她不會說出去，妳怕什麼？」

「她此時不說，並不能保證她以後不說。聽說她的兩個兒子，你要他們都去從軍。方家嫂子在河邊抹了好一頓淚呢，直說捨不得兩個兒子去，怕一去再也回不來了，哭得那叫一個傷心。要不……你還是別讓她兩個兒子去了，免得方家記恨你，哪日將你告發了，你的官就當不成了，我這一輩子的清譽也沒了，你又何必做這吃虧不討好的事？反正你管轄的三個村子，青年男丁比較多，少他們家兩個又不是不行。」

里正被她說得有些害怕了，若真得罪了方家，惹出事來，他這個小官還真是保不住了，上面的官若知道他行為不端，行淫亂之事，那可是非同小可的事啊！

「可是有好些人家有背景，得罪不起，還有就是送得銀兩多的，難道有錢不收？」里正細想又覺得若是白白給兩個名額出來，實在有些虧。

「是錢重要，還是你的官位與我的清譽重要？你就退掉兩家送禮少的，頂替洛生和澤生去不就得了？」鄒寡婦早就想好這種對付的話，然後又趁熱打鐵。「若你還硬是要讓方家兩個兒子去，我可不敢再讓你來了。」

里正聽說她不敢讓他再來了，也就鬆了口。「好吧，不就是兩個名額嘛！說起來也好辦，也就少收十幾兩銀子的事，只是便宜洛生和澤生兩小子了。」

說到澤生，他忽然想到澤生的娘子，不禁浮想聯翩。想著想著，他淫意頓起，邪笑了兩聲道：「方家兩個兒子，總得去一個吧。既然洛生的娘子有了身孕，就讓澤生去。反正給了方家一個名額，他們也應該感激才是。」

鄒寡婦一愣，皺眉納悶地問：「為何就不捨得多給一個名額？」

里正的小眼睛滴溜溜地轉著，一會兒便想出應對的話來。「這種事哪能我一人說了算，還得與戶長商量商量。我瞧著……戶長怕是看上了茹娘，他可能還想趁這個機會嚐嚐腥味呢，嘿嘿。」

鄒寡婦見里正臉上泛起貪婪的淫色，疑惑地問：「戶長都五十多歲了，還惦記茹娘這種十五歲的小媳婦？」

「妳瞧他老了，骨子裡色著呢！」里正有些心虛地說。平時戶長可是都不大看女人的，這話說出來，多少讓人覺得不可信。

鄒寡婦不是個糊塗人，一眼就瞧出了名堂。「恐怕你說的是自己吧？你想讓澤生去，就是為了想吃茹娘這棵嫩草？」

里正被惹怒了，臉憋得通紅。「是又怎樣？難不成我還要在妳這殘花敗柳上耗一輩子？」

鄒寡婦氣得臉色頓時煞白，低頭見自己渾身還是光光的，她顫抖著伸出手，一把將他推了出去，然後渾渾噩噩地穿衣。

里正瞥了一眼她那德行，道：「我能瞧上妳，妳該知足了，別給臉不要臉，還玩什麼吃醋這一套！」

鄒寡婦冷笑起來。「我吃醋？我是覺得噁心！我竟然和你這種噁心下賤的人睡在一起，是我瞎了狗眼！」

里正抬手狠狠甩了鄒寡婦一巴掌，凶神惡煞般道：「妳個賤婦，竟然敢罵我，妳還真把自己當回事了？妳幾斤幾兩自己會不知道？不就是一個三十好幾的破爛鞋嘛！」

鄒寡婦捂著疼痛的臉，恨恨地看著他，淚如泉湧。她守了多年的寡，一朝失足，敗在這個骯髒男人身上，如今竟然還要挨這個人的打罵！她悔恨萬分，這真是自作孽不可活啊！

里正氣哼哼地穿好衣服，朝她扔下一句話。「妳幫我轉達給茹娘，讓她後日深夜裡去我家，我得好好會會她。妳若不去，那麼澤生就……」接著，他連冷笑三聲，得意極了。

鄒寡婦憤怒至極，卻也只能極力忍住，譏笑道：「你就不怕丟了官？」

里正猖狂地道：「我怕什麼！嘿嘿，她若為了澤生，怎敢不去？她要是失身於我，難不成還敢說出去，讓自己一輩子抬不起頭，世上沒有這麼傻的女人吧？」

鄒寡婦雙眼失神，沮喪無措。看著里正得意地出門，她不禁直噁心，這個混帳男人，可真是既骯髒無恥又圓滑至極！

儘管這樣，她還是得把這事轉達給小茹，反正她該做的都做了，到底該如何作決定只能由小茹自己了。

眼看已是半夜時分，鄒寡婦強忍著心裡的傷痛，盡力不去想剛才被侮辱、被打罵的事。她在黑夜裡跌跌撞撞地走著，神情恍惚，憑著平日熟門熟路的記憶，摸到了方家的院門。

方家人都在焦慮著等待結果，此時雖然都就寢，但沒有誰能夠真正睡著。

小茹聽到院門有聲響，立即起床，匆匆趿拉著鞋去開門，澤生則緊跟其後。

藉著極淡的月光，小茹依稀辨認出對方，應該是鄒寡婦。

「嬸子，是妳嗎？」小茹壓低聲音問。

「是我，茹娘。」鄒寡婦帶著淒涼的嗓音回答著。

小茹和澤生聽到她這般淒涼的腔調，慌得六神無主。難道此事沒辦成？

鄒寡婦有氣無力地說：「我進你們屋去說吧，在外面說話不方便。」

「好好好，嬸子快進來吧。」小茹和澤生急忙將鄒寡婦迎進自己的屋裡。

家裡其他人都起了床，想過來聽一聽，但鄒寡婦進的是澤生和小茹的屋子，此時又是深夜，只有張氏和瑞娘方便進去。何況此事涉及鄒寡婦不光彩的事，還是不要讓她太有壓力才好，若她知道方家人個個都知道她的醜事，就沒法敞開心懷，好好說事了。

方老爹和洛生都是明理之人，此時就在各自屋裡等著。

澤生將屋裡的油燈點上，儘管仍然不明亮，但鄒寡婦那雙哭過的紅眼，還有那張被打的腫臉，在場的人都看得真真切切。

「里正他……他打妳了？」小茹驚慌地說。「是因為妳提了這件事，他才如此嗎？」

鄒寡婦搖了搖頭，神色呆滯地說：「是我瞎了眼，沒看清他是個下流無恥之徒。他本來已經同意了不讓洛生和澤生去，可是……」

她看了看小茹，不知該怎麼將那齷齪的話說出來。

「可是」兩個字一出口，整個屋子的空氣似乎都要凝滯了。幾個人都緊張得心臟怦怦直跳，卻還都極力壓抑著焦急，默不作聲，認真等待著鄒寡婦說下文。

誰都知道，「可是」就是事情有轉折，剛說已經同意了，為何後面還要來句「可是」啊？

眼見著鄒寡婦半晌說不出口，小茹再也忍不住了。

「可是……什麼？」她的聲音有些發顫。

鄒寡婦低下頭，不敢再看小茹的眼睛，囁嚅地說：「里正這個淫惡賊子，他……他見妳生得好看，動了色心，讓妳後日夜裡去他家，否則……否則就讓澤生去當兵丁。」

「什麼?!」張氏和瑞娘異口同聲驚問。

小茹和澤生頓時呆若木雞，什麼也說不出來了。

一種莫大的恥辱感使澤生再也保持不了平時的斯文，只見他的腦門青筋突起，牙關咬得作響，兩眼怒火中燒，憤憤地暗忖，這個里正也太不把他當人看了，竟然敢提這種無恥的要求，以這種骯髒事來威脅他！

澤生怒氣沖沖地出了屋子，嚇得張氏與瑞娘趕緊追上去拉住他。

張氏抓住他的胳膊哭道：「澤生，你可不要行魯莽之事啊，這樣於事無補，反而會將事弄得更糟！」

「娘！他欺人太甚，我要跟他拚了，否則我枉為男人！」澤生撈起牆角的鋤頭，掙脫張氏與瑞娘，想要直接衝到里正家，與他拚個你死我活。

張氏與瑞娘死命拉他，奈何怎麼都拉不住，好在這時方老爹與洛生聽到動靜都從屋裡跑了出來，雖然不知到底發生了什麼事，見澤生這般架式還真是嚇著了，他何時這般暴躁過？

方老爹與洛生都是平時使慣了力氣的人，很快將澤生治得服服帖帖。

方老爹喝斥道：「就憑你這身力氣，想去和人家拚命？」

張氏哭哭啼啼地說：「兒啊，你好歹是個讀過書的人，遇到難事就應該想辦法，而不是動蠻力，動蠻力你也動不過人家呀！」

可是澤生此時焦躁又憤怒，根本無法冷靜下來。

方老爹從澤生手裡將鋤頭奪了下來，把他拽進了屋，然後問清楚到底是怎麼回事。當張氏將事情全盤托出時，方老爹也氣得直罵里正他娘的！對澤生剛才的舉動也能理解了。

小茹一直坐在桌前發怔，臉色由脹紅變成淺青色，再由淺青色變成脹紅，此時已呈蒼白色。她的腦袋一直在嗡嗡作響，渾身氣得直哆嗦。
她雖然一直在發怔，氣得哆嗦，但心裡也沒停止罵人。臭無賴！臭流氓！竟然想用這種卑劣的手段來占她的便宜！竟然以澤生的事來脅迫她，想讓她就這麼從了他這個下賤胚子！
這種色膽包天的傢伙只不過是一個芝麻大的村吏，竟敢以職權行如此天理不容的荒淫行徑！他媽的，竟然玩起了潛規則！
現代社會的各種潛規則她聽過不少，只是自己沒經歷過而已。沒想到穿越到這裡了，卻遇到這種想讓她遵從潛規則，乘機占便宜的下三濫！
自從到了這裡，本來她一直是開開心心的，日子過得很平穩。這件事是她遇到的第一件棘手的事，她不能軟弱，不能讓澤生就這麼被逼著去了西北邊塞。
她絕對不要讓這種惡人得逞！
小茹突然站了起來，神色凜然，走到澤生的面前，正色道：「澤生，我們要想不被這種無賴欺負，不讓這種惡人魚肉鄉民，就得將他扳倒，讓他當不成這個里正，讓他受人唾棄，將他的惡行傳遍全鎮，讓他一輩子都翻不了身！」
在場眾人，包含一直坐在旁邊的鄒寡婦，都睜大了眼睛看著小茹。
他們知道小茹這個想法倒是不錯，可這也只能幻想一下吧，怎麼能做得到？
鄒寡婦剛才受了里正那般羞辱，恨不得將他千刀萬剮，可是她一個軟弱無依靠的寡婦，怎能對付得了他？

澤生牽過小茹的手，拉她好好坐下，說：「小茹，妳別擔心，我是不會讓他欺負妳的，大不了我去從軍好了，只要不出狀況，三年就能回來，妳在家好好等著我就行。」

「澤生，你怎麼就不明白呢！你以為你去西北了，他就能放過我？他也許會趁你不在，正好來欺負我！你讀了那麼多年的書，應該懂得一些謀略，你要用你的聰明才智來解決這件事，而不是退而求其次。只有將里正這個人扳倒，他才再也不能欺壓村民胡亂行惡了！」

聽了小茹這番話，澤生如醍醐灌頂。是啊，他讀了那麼多年的書，學了那麼些東西，到頭來難道如此受一個村吏擺布，竟然束手無措？看來他是氣糊塗了，他連兵書都看過，何懼一個小小村吏的威脅？

澤生讓鄒寡婦先回家歇息，也讓家人都回屋睡覺。之後，他與小茹挑燈籌謀了一晚上，將所有的事都思慮得十分周全，最終謀劃了一個上策。

這兩日，他們將一切鋪墊都做好了，並讓鄒寡婦告訴里正，小茹到時候一定會去，還說只要不讓澤生應徵入伍，她自當是什麼都樂意，哪裡敢說一個不字，而且她還想指望里正以後能一直幫襯方家呢！

里正樂得忘我，心裡忖道：茹娘一介村婦，恐怕也是想巴結著他，就像鄒寡婦一樣，若不是看著他手裡那點權勢，怎肯委身於他？

想到鄒寡婦平時是那麼聽話，他想怎麼弄就怎麼弄，再想想茹娘應該也相當乖巧。想到能將茹娘壓在自己身下，他這一整日都精神抖擻。

看著眼前那份應徵名冊，他想也沒想，就把洛生和澤生的名字劃掉了，再換上另外兩個人的名字，後來覺得有劃線不太好看，又重新抄上了一份，再蓋好印章，放進了抽屜裡。

只要今夜這茹娘肯聽他的話，讓他如願以償，他明日就會將這份冊子與戶長手上的那份一起交給上級。

他與戶長一人負責五十個名額，互不干擾，這五十個名額可以由著他自己作主。

到了深夜，靜謐無聲。里正在自家裡煎熬地等著，他怕小茹不敢敲門，索性連門都不關，等著小茹如約而來。

他還真沒想到，小茹不但按約來了，還帶來了她做的招牌多味花生和一壺小酒，不可思議的是，她滿臉帶著恭維的笑意，沒有絲毫地扭捏與害羞。

在他看來，小茹這樣可謂是天生豪爽，為了利益，絲毫不介意與他發生男女之事。

小茹臉上帶著笑，心裡卻像一把刀，恨不得一下將他的命給了結！

「里正，你平時也吃過我做的多味花生，喜歡吃嗎？」小茹假裝甜甜地問。

里正被她如花似玉的嬌容和這般甜如蜜的聲音迷得七葷八素，直道：「喜歡！喜歡！」

小茹再給他倒上酒，盈盈微笑。「吃多味花生，再喝上幾杯小酒，才是最舒暢的呢。」

「那是，那是！」里正看小茹都看得有些癡了，呆呆地端起酒來喝，酒從他嘴角漏出來了都不知道，滴到胸前濕了一片。

他心裡只是在想著：這個茹娘，夜裡看上去可比白日還要美上好幾倍。

小茹用餘光一掃里正那色癡相，她身上直起雞皮疙瘩，還是趕緊說正事吧！

「里正大人，不知你定下徵召守衛軍的名單了嗎？」

里正的眼睛一直沒離開過小茹的臉與身子。「定了，定了。明日就要與戶長會合，然後送去石鎮上，妳放心吧。」

「小女子都來了，肯定是誠心誠意的，如今已是你嘴邊的肉了，你可別哄我唷！」小茹嬌聲道。

里正聽了渾身酥麻。「哪能哄妳呢，是真的定下了。」為了證實此話不假，他趕緊從抽屜裡拿出那份名冊給小茹看。

他還怕小茹不識字，硬是把名冊上所有的名字都當面唸了一遍。「妳聽清楚了吧，沒有洛生和澤生的。」

她瞄了瞄那份冊子上已經蓋上紅印，確實不假，總算放心了。當她聽到最後一個名字是道新，不禁心裡偷樂，看來他讓道新頂替了澤生，這簡直是太好了，這下不但可以扳倒里正，就連道新那個無賴也被送到邊塞去了，真是一舉兩得！但前提是，這次行事，必須得成功！

里正見小茹十分滿意，便有些猴急了，訕訕地道：「吃也吃了，喝也喝了，是不是……可以幹正事了？」他掩不住滿臉得意的淫笑。

小茹一直聽著外面的動靜，此時已聽到一陣雞叫聲，她便爽快地答道：「那是自然，你幫了我家的忙，我總得回饋你才是。」

她故意大大方方地朝床前走去，假裝解著衣扣，嘴裡重重咳了一聲。

里正見她用那雙纖細白嫩的手慢慢解著衣扣，他已是春心蕩漾，不知所以然了。

就在此時，外面突然響起一陣腳步聲，緊接著門哐噹一下被人踢開了，小茹立刻扯開嗓門大哭了起來，哭得那個撕心裂肺，好不淒慘。只是眼淚不太聽話，硬擠了好久，才擠出了幾滴淚來。

里正簡直是丈二金剛摸不著頭腦，根本沒明白這是怎麼回事，正要朝踢門進來的人喝斥，卻發現來者是戶長和石鎮德高望重的楊先生，還有管著集鎮的田吏長，官階比里正大一級。最後頭跟著的是澤生、洛生兩人。

剛才小茹還乖順得很，突然哭得這麼淒慘，里正終於明白過來了，自己被下了套！再瞧著楊先生，他就更能確定了。澤生可是楊先生的學生啊！

這時里正害怕起來，膽戰心驚。完了、完了！戶長平時雖然也貪點小財，但他絕對不近女色，而且最痛恨這種事。楊先生不必說，不僅在石鎮是個有名望的人物，就是到了知縣面前，他都能說上話，知縣也會給他面子。而田吏長掌管著全鎮風俗教化，而且負責監督各位里正的德行。

他的腦袋要炸了，瞪著小茹。「妳！妳……」

楊先生負手走到里正面前，痛斥道：「如此邪惡淫亂之徒，有何德、何能、何面目為村民謀福？以徵召兵丁之名義強逼村婦獻身，罪大惡極！」

田吏長斜眼看了看里正，道：「平時見你辦事還算勤快，沒想到私下竟行如此骯髒之事，現在就跟我走，我要連夜將你送到知縣面前，由知縣來處置你！」

里正咚一下跪在地上，哀求道：「求您放過小的吧，我……我可是什麼事也沒幹呀！你瞧她，不還是好好的嗎？」

見楊先生與田吏長都嫌惡又氣憤地瞪著他，恨不得剮了他，只好轉向戶長。「戶長、戶長，看在我們共事十幾年的情分上，你就幫我求求情吧！」

戶長最見不得這種淫色之事了，何況他比里正長十幾歲，一直以長輩自居，厲聲道：「你行這種天理不容之事，還有臉求情？還是趕緊想想在知縣大人面前如何應對，好讓知縣大人對你從輕處置吧！」

田吏長朝外喊了一聲，手下的兩位保長就進屋將跪在地上的里正給架了出去。他看到桌上的那份名冊，走過去仔細看了一遍，又轉頭拿給戶長。「這份名冊有何不妥嗎？」

戶長接過來看了看，這名冊上的人幾乎都是一些家境不好的男丁，還有就是沒有後臺、沒送大禮的，但他不敢說有問題，因為他自己的名冊也是這種情況。其實，幾乎所有里正和戶長手上的名冊都差不多。

戶長假裝看得十分認真，然後舒了一口氣道：「這倒沒什麼不妥，他本來想以澤生的事來要脅他的娘子，看來他以為必定能達到目的，已將澤生的名字去掉了。」

田吏長看了看哭得慘兮兮的小茹，想到澤生也是受害人，便沒作聲，拿起那份名冊就轉身出門走了。

楊先生一直緊繃著一張嚴肅的臉，他雖然是澤生的恩師，卻一句話也沒與澤生說，跟著田吏長一起走了。小茹以為楊先生只是礙於場面，覺得不便與澤生多說話而已。

待他們走後，小茹一下撲在澤生的懷裡，喜極而泣。「澤生，我們終於成功了，這幾日可把我急死了！」

澤生感同身受，說：「我也是，都快急出病來了。剛才在外面等妳咳聲時，我都緊張得快不會呼吸了。」

小茹聽他這麼說，又噗哧一聲笑了出來，哭哭笑笑的，眼淚還在嘩啦啦地往下淌。

澤生找出帕子給她擦眼淚，笑道：「剛才我們踢門闖進來時，我見妳哭得好委屈，可是眼淚才掉那麼幾滴，現在事成了，妳怎麼哭得像河水決堤似的。」

在旁的洛生見此景象，欣慰地轉身先回去了，他得趕緊將這個好消息告訴家人。

澤生見大哥洛生已離開，便拉起小茹。「我們趕緊回家吧！這裡可是里正的家，待在這裡憋悶得慌。」

一回到家後，方家自是歡喜得不行，這個難關終於挺過去了，壓抑了幾日的緊繃神經，總算可以放鬆了下來。

歡喜一陣後，各自回了屋。

小茹與澤生兩人躺在床上，甜蜜地緊緊相擁，越想心裡越暢快，這下可是把里正給治住了，還為鄒寡婦出了一口氣。

「澤生，這次完全靠你的恩師楊先生幫忙，他竟然有那麼大能耐能請來田吏長，我們可得好好感謝他才是，不能讓他白幫一回。」小茹一直有些小興奮，因為澤生不會離開她了。不但她是得了好處不忘回報的人，想到楊先生剛才那般義憤填膺，斥責里正，她真是感激得不行。

澤生略思忖了一下，道：「不行，越是這樣，越不能去感謝我的恩師。他是最不願授受人情的人，否則最開始我就會去找他幫忙，而不找鄒寡婦了。我知道他平日裡最容不得這種強逼百姓之事，何況還是里正的荒淫之事，所以我才想到找他。若我們去感謝他，他還以為這是他的私心偏袒了我，反而不高興，或者以後都不理我了。」

「哦？」原來這個楊先生竟然是個如此古板之人，看來剛才他不是因為礙於場面不和澤生說話，而是壓根兒就沒想到這是在幫澤生的忙，只不過在做他看不順眼的事。

小茹開心笑道：「你的恩師真是古板得太好了，簡直就是咱們的福星，想起他剛才那副嚴肅的樣子，我還以為他是裝出來的，原來是本就肅穆呀！」

說起楊先生，澤生滿臉敬意。「恩師可不會偽裝，他是真正的仁人義士，對我們這些學生從來不偏不倚，也不讓我們去他家拜訪，謝絕一切外客，就是怕糾纏那些人情世故。」

小茹高興地在床上滾來滾去，這時她一下撲在澤生的身上，摟著他的脖子，陶醉地道：

「看來你還挺有福氣的，有這麼好的一位恩師，他雖然不會為你說情，可是他歪打正著地圓了你的心意，你不需去那個只能喝西北風的邊塞啦！」

兩人簡直是開心得不知該怎麼表達了，摟著說說笑笑，打情罵俏。

忽然，澤生一下冷靜了，因為他想到剛才小源那複雜的表情，她可是自己的親妹妹呀！自己是高興了，可不能忘了妹妹還處在水深火熱之中。

澤生微蹙眉頭，憂愁地道：「小茹，剛才妳看見了嗎？小源也很想為我和大哥高興，可她又在為自己的事而傷懷，那種想高興又難受的樣子，真的讓人心酸。」

小茹收斂了剛才的欣喜，嘆道：「怎麼會沒看到，可是……我們能幫到她嗎？嗯，我們是不是也該為她的那個李三郎出個主意？」

澤生犯難。「能想出什麼主意？爹那日從李家回來後，就說李三郎十之有九是要去了。李里正管的那三個村的適齡男丁不多，就連那些有錢財可送的人估計都躲不過，更遑論李家。李三郎的娘哭著跟爹說，要耽誤小源三年了，希望小源能安心等著李三郎，因為這一去至少得三年才能回來。」

小茹側躺在床上，撐著腦袋，眼珠子飛快地轉著，突然想出一個餿主意。「要不……讓李三郎走之前裝病？」

澤生戳一下小茹的腦袋。「妳瞎想什麼，那樣行不通的，六年前那次徵兵就有裝病的。那些里正可沒那麼好糊弄，當時找來行醫多年的老郎中來瞧，一瞧一個準，那些做出來的假症狀根本瞞不過郎中的法眼，最後個個都得去且不說，還因為詐病被里正又打又罵。」
小茹又暗自思忖了一下。「那就裝得像一點！比如……疫病，會傳染的那種，嚇死那些里正，郎中也都不敢來診斷，或者診斷不出來。」
澤生聽了嚇得坐起來。「疫病？」
「對啊，要知道行軍在外，最怕的就是兵卒得疫病，因為他們整日吃住在一起，一旦傳開了，那可是不得了的事，後果會十分嚴重，所以在徵兵丁時，應該都要檢查身體，若得了疫病，哪裡還敢要！以前那些裝病的沒有裝得了疫病吧？」
澤生頓時一個激靈，正了正身。「小茹，妳這個主意倒是不錯。可是……這個疫病怎麼裝得出來？」
小茹對著床頂仰望了半晌，說：「我也不知道，我們一起好好想想。」
兩人就這麼冥思苦想起來。
正感覺有些絞盡腦汁的時候，小茹臉上漾起了一個驚喜的笑容！因為她突然想起以前上班時，辦公桌上放了一盆綠蘿，她見蘿藤太長，就用手折斷兩根，汁液染在手上，她也沒在意。等回到家後，她發現自己的手背和手掌都起了好多紅疹子，奇癢無比，被她抓得紅腫紅腫的。後來去醫院開了藥，敷了整整兩個星期，才恢復了原狀。
「澤生，你知道綠蘿嗎？」小茹興奮地問。
「知道啊，池塘邊長了很多，難道吃這個會讓人看上去像得了疫病？」澤生琢磨不明白。

「它的汁液有輕微毒性，癢起來真要命，還會長許多紅疹子，抓了就會紅腫紅腫的！而且至少得半個月才能好。若讓李家所有的人都將它塗在身上、臉上，那麼長時間又好不了，說是得了疫病，肯定有人信！」

澤生疑惑地說：「真的？」

「真的！以前我的手就被綠蘿的汁液染過，紅腫了半個月才好。若李家人個個起了紅疹子，都抓得紅腫，說是疫病，可讓那些里正因為害怕而不敢近身瞧。」

澤生與小茹越說越覺得可行，兩人迫不及待從床上爬了起來，來敲方老爹和張氏的房門。這時他們才剛睡下，見澤生和小茹這麼興沖沖地過來，他們還以為又出了什麼大事，被嚇得不輕。

待他們聽說這小倆口竟然想出了這麼一個主意，簡直喜出望外。

高興歸高興，張氏還是有些憂慮。「就怕這個綠蘿使人長的紅疹不夠多，或是紅腫得不明顯。這樣李里正肯定會找郎中來看，查出來了怎麼辦？」

方老爹回答得爽利得很。「大不了就是挨打罵，有什麼了不得的。不能因為怕這個，就白白錯過了機會。我明日再去李家，無論行不行也得讓他們試一試，再說了，願不願試還是李家自己說了算，我們只是告訴李家，可以嘗試一下而已。」

此事說定了，大家才都安心睡覺去了。

次日一早，方老爹就去了李家，把這個主意告訴他們。李家聽了如獲救命稻草，不管成不成功，都要試一試。

李家人趁夜裡去池塘邊扯來了許多綠蘿，全家人都塗得滿身。他們怕還不夠紅腫，起的紅疹子不夠多，塗完後，渾身沾著汁液也不洗，認為這樣染著汁液睡一覺，隔日早上起來再洗，症狀會明顯一些，才好矇混里正的眼睛。

可等早上起來洗時，已經晚了，一家人都有些慌了。個個起了一身的紅疹子，癢得鑽心，本來他們臉上都忘了塗，沒想到現在已蔓延到臉上了。

這下驚動了左右鄰居，都問李家人吃了什麼，或是觸碰了什麼，怎麼長紅疹子長得那麼嚇人，臉都花了！

李家哪裡想到這個綠蘿塗多了毒性會這麼大，李三郎的娘哭著向鄰居說：「我們也不知道是怎麼回事，先是他爹一人身上起疹子，還說癢。我們一家子也沒放在心上，平時有誰起了些紅疹子，也沒哪個當回事。後來不知怎地，一家人都長了起來，鑽心的癢。」她邊說邊撓，渾身撓著，胳膊、腿、脖頸……處處撓得紅腫。

李家村的村民聽說他家開始只是李老爹一人長這個，然後才全家人都長，看來是會傳染的！

再過一日，只見李三郎全家人身上和臉上都紅腫紅腫的，沒有精神，恍恍惚惚的。村裡人都不敢靠近李家，這種事不消半日就傳遍了整個村，當然也就傳到了里正的耳朵裡。

李里正聽說後也不敢靠近他家的人，只是遠遠地看著，也嚇得趕緊跑了。他去找了好幾位郎中，郎中都不敢來。

還有一位郎中說：「最近很多豬得了瘟病，不會是這種病傳到人的身上了吧？」

這麼一說，誰還敢來？李里正本來已將名冊交到田吏長手上了，硬是又跑去把名冊上的名字改了，換上別人。

因為他知道，若往守衛軍裡送去一個得疫病的人，擾亂了全軍，他的罪名可不小。這種危險的事，當然得慎重又慎重。

很多人知道了這件事，都羨慕他們家得了這種疫病，反正暫時沒死人，說不定能好得了呢！他們羨慕歸羨慕，但還是不敢接近李家人，若真是會死人的疫病，那豈不是更慘？去西北從軍好歹有回來的一日，若死了，這一生就沒了。

當李三郎一家人得知修改名冊這個好消息時，高興歸高興，可全家都是渾身奇癢無比，滿身滿臉的紅疹子，個個都顯得很浮腫，又免不了擔憂起來。這樣不會死人吧？

李三郎畢竟懂得一些知識，心裡有些發慌了，見爹娘這兩日吃飯也吃不下，頭還發暈，真擔心這樣下去，會出人命。

他跑去石鎮上買消腫去癢的藥，藥鋪的人都離他遠遠的，只是把藥扔到他的面前。就連他付的錢，藥鋪的夥計都是用紙包起來，扔進沸水裡煮了又煮才敢用。

李三郎讓全家人趕緊敷藥，可是藥效並不佳，只讓病情沒有惡化而已，根本沒有好轉。既然沒有惡化下去，李三郎便稍稍放下心來，至少以目前的狀況來看，性命應該暫時無憂。

再過三日，名冊上有名字的男子全都被送走了。

李家人終於舒了一口氣。李三郎又買來許多藥，讓全家人大量往身上抹，足足抹了十日，才算有了些好轉。畢竟這種藥效比不上小茹前世用的西藥那麼見效，何況他們的症狀都太重了，最後硬是接連抹了一個月，症狀才算消失了。不過臉上、身上還都留有淺淺的黑印，估計這得等半年後，才能完全消去。

見情況好轉，這下李三郎終於安心了。

另一邊廂，得知李家人逐漸痊癒了，小源也綻開了羞澀的笑顏。她和李三郎的婚事可以如期舉行了。

小茹在這其間可嚇得不輕，生怕李家人因為這件事弄出人命來，那她可成了千古罪人啊！她哪裡想到李家人會那麼實誠，叫他們抹綠蘿汁液，卻抹得渾身都是，這也就算了，竟然還沾著汁液睡一晚上。

「澤生，下次我再也不敢亂出餿主意了，太嚇人了！」小茹有些後怕地說。

「這不是沒出事嘛！妳別自責了，反正以後也不會再遇到這揪心的事，吸取這次教訓，將來行事皆謹慎一些。」澤生攬過她的肩，安撫著她，她這次是真的有些嚇壞了。

經過這件事，小茹發現自己穿越過來後，有好多事做得不夠好，還經常辦錯事、辦糊塗事，一點兒也不謹慎，思考問題也不成熟。

她必須要對得起穿越大神呀，以後可不能再這麼稀裡糊塗地過下去了。好在她嫁給了澤生，要是嫁給了別人，她這麼糊塗、沒心眼，還不知要吃多少虧、遭多少罪呢！難道是傻人有傻福，總算沒讓她做出不可挽回的錯事來？

自己前世就是因為過得稀裡糊塗，凡事都沒個計劃與深慮，以至於到了二十八歲還沒能有個正經男朋友。上了個國立大學，讀的是中文系，最後只是在一個不起眼的公司裡混個職員。

痛定思痛之後，她打算以後凡事一定要三思而後行！好在穿越到這裡，她還不滿十六歲，處於大好年華，將來的路還長著呢！

當李家人來感謝方家出的好主意時，小茹簡直不敢抬頭。她不讓澤生說出這是自己想出來的主意，這次雖然幫上了李三郎的忙，但也害人不淺。

澤生紅著臉扯謊，說是他以前在書上看到過此類的事情，知道綠蘿有一定的毒性，能讓人發癢、起疹子。

李家人因心想事成了，儘管遭了不少罪，也不會怪澤生這個主意出得不好，還是千恩萬謝的。

過了幾日，小茹來河邊洗衣，婦人們都在談論著一個新得來的消息。以前的里正被知縣革了職，搜淨家裡的錢財，現在他只是一介普通的莊稼漢，如今可是家徒四壁，可憐得很。然後她們又在討論里正到底因為何事被革職。有的人說是因為收了太多的錢財，被人告發了，否則知縣派人來他家搜錢財做什麼？也有人說是因為亂招惹女人，被人知曉了，畢竟里正的品性還是有不少人知道的，這群婦人當中就有人被他勾搭過。

那日深夜小茹去里正家的事，這些人並不知情。鄒寡婦自然不會說出來，她自己被里正濺了一身污水，巴不得早早洗淨呢！戶長平時是不苟言笑的人，那種污穢之事，又怎麼可能會從他嘴裡出來，而楊先生與田吏長更是沒有可能。

小茹心裡暗暗慶幸，這種事好在沒有多少人知道，否則這群婦人們還不知要將此事謠傳成什麼樣子，肯定會各種混淆視聽，讓她陷入輿論的泥潭裡再也起不來。

芝娘也在洗衣服，而且偏偏蹲在小茹的身邊。

她一邊搓洗著衣裳，一邊忍不住好奇地問：「茹娘，聽說一開始里正已經通知洛生和澤生了，怎麼後來沒去？不會是……妳家送大禮了吧？」

小茹低著頭，一門心思洗著衣服，在芝娘等得都焦急了，她才回了一句。「我家什麼情況，妳還不清楚？哪裡有什麼大禮可送。」

芝娘就更加納悶了，有種要打破砂鍋問到底的架式。「那是為什麼？里正跟妳家一向也只是普通的交情，為什麼……」

小茹打斷了她的疑問，乾脆俐落地回答道：「他通知了那麼多人，最後不去的有十幾個，又不是我們一家，有什麼好奇怪的？」

「可是那些人家都是送過厚禮的！」芝娘緊跟著說。

「妳怎麼知道人家送了厚禮，妳親眼見到了？沒親眼見到的事可不能瞎說！」

芝娘被小茹反駁，一時想不出應對的話來。

「還有，他已經不是里正了，現在的里正姓羅，是羅里正！」小茹已經洗完衣服，她晃了晃蹲麻的雙腿，將衣籃子持在胳膊上，頭也不回地走了。

回家後，小茹在院子裡晾衣服，見澤生手腳麻利地剝花生，她盈盈笑道：「明日是趕集的日子，你著急讓我做多味花生去賣吧？」

澤生聽了嘿嘿直笑。「那是，這段時間一直為那件事煩惱，都耽誤了好幾次市集。家裡的錢全送了出去，現在全家人個個身上都摸不出一個銅板來。」

小茹慶幸地嘆道：「幸好花生沒有送出去，否則家裡真是一窮二白了！」

「爹和大哥都去嚴家村做幫工了，妳偏不讓我去。做一日能掙二十五文錢，還能做四日，那可有一百文錢呢！」澤生有些心動，現在能掙一文是一文啊。

小茹知道澤生心動，但她絕不同意讓他去，錢雖然重要，但命更重要，何況澤生根本不是重勞力的好手，便道：「那是打水井的活兒，辛苦且不說，還很危險。前段日子，不就聽說有一戶人家打水井足足挖了十米，都沒挖到井水，有一個人從井底上來時，繩子突然斷了，腿摔得受了重傷，在家躺了三個月才能下床走路！爹和大哥要去，我不敢攔，你要去的話，我總能管一管吧？」

「好，我聽妳的，不去就不去。只要明日能賣掉十斤多味花生，也能掙個三、四十文。」澤生很滿足地說。

這時張氏提著一籃子豬草回來了。「小茹、澤生，趕緊去山上，聽說冬筍這幾日冒出來了，好些人家都在搶著挖呢！」

小茹驚喜道：「山上有冬筍？」她在前世時，認為冬筍可是很難吃到的東西，貴自是不必說，在超市裡買到也就那麼十幾天，看來是貨源不足。

「是啊，再不去，怕是被人家搶光了！」張氏著急地從屋裡找來鐘子，再喊上小源，準備一齊上陣。

張氏還往瑞娘屋裡一瞧，沒見著人，問：「瑞娘呢？這個時候她跑哪裡去了？還有小清怎麼也不見了？」

澤生放下手裡的花生，也從屋裡找來兩把鐘子和籃子。「大嫂好像去菜園摘菜去了，小清不是放牛去了嗎？」

「這個時候怎麼都變得勤快了？」張氏急道。「不管她們了，我們趕緊走吧！」

小茹匆匆晾了衣服，跟著張氏一起出院門，恰巧碰到瑞娘回來。

張氏見是瑞娘，急道：「瑞娘，趕緊回屋拿鐘子和籃子，山上的冬筍都快被人搶光了！」

瑞娘聽說快被搶光，頓時腳下生風，跑進了院子。雖然她已有兩個多月的身孕，但可能因為還沒到顯懷的時候，加上她打小身子就皮實，行動舉止絲毫不受影響。

待瑞娘持著空籃子跟上來後，張氏一邊疾步快走著，一邊道：「冬筍這幾日才剛從地皮裡鑽出來，正嫩著呢！大家就都搶著挖，要是留著多長幾日，那該多好。」張氏有些憐惜地說，可是她若不去搶，就會被別人搶光。

瑞娘回味著每年吃冬筍的情景，咂著嘴道：「冬筍可真鮮，和雪裡紅一起炒，我能一口氣吃下三碗飯！若能多挖些回來曬成筍乾，等過年時有肉了，那一道筍乾炒肉可是我吃過最美味的菜了，比豆腐還要好吃。」瑞娘說得口水都要出來了。

張氏瞄了一眼她那饞樣，嘴角抽動幾下，忍不住笑了一聲。孕婦都比較饞嘴，張氏也能理解。

小茹也被瑞娘說得直吞口水，前世的她還特別愛吃滷筍乾。可惜她不會做，哪怕想做，也沒有多少材料，婆婆不是說了嘛！再去晚了，估計快要被搶光。

待他們五人到了山上的那片竹林，果然見好幾十個人蹲在地上忙活著。

這些人都是地道的農家人，懂得看竹子生長的方向找尋冬筍的位置，每個人手上都拿著鏟子小心翼翼地挖著，因為冬筍是長在土裡的，必須挖出來才行。無論男女老幼，個個眼疾手快，生怕比旁人手腳慢了，畢竟狼多肉少。

小茹見大家那狂熱的架式，感嘆著這場面可比超市打折時，一群婆婆媽媽的那股勁兒要瘋狂多了。

張氏見瑞娘那拚命的模樣，囑咐一句。「妳悠著點，別閃到腰。」

瑞娘抬頭呵呵笑了一聲。「娘，我知道，心裡有數呢。」然後趕緊低頭挖著，生怕耽誤了時間。

小茹以前沒幹過這活，手腳自然比旁人要慢些，不過，好歹她和澤生兩人一起合力，挖到的也不比旁人少。

第九章

挖了一個時辰左右，就很難再找到冬筍了，整個竹林被挖得千瘡百孔。

小茹抖了抖大半籃子的冬筍，有些不滿足，嘆道：「看來就只能挖到這麼些了。」

澤生朝另一頭走去。「我再去那邊尋一尋，看是不是還能多挖幾個。」

瑞娘畢竟是一個人做，見自己籃子裡的比小茹的少，羨慕地道：「茹娘，你們這些夠吃幾頓呢。」

小茹還沒來得及回答，瑞娘又瞧見張氏與小源兩人挖了滿滿一籃，不禁感嘆道：「還是人多好幹活。」

這時成叔的大兒媳香娘滿足地提著滿滿一籃子冬筍走了過來，問道：「瑞娘，妳家洛生那個打水井的活兒什麼時候能做完？聽說李家村後面的那個石頭山被李地主包了下來，過兩日就要開採了，正在到處拉人去幹活，一日三十六文錢！我可是頭一回聽說有這麼高的工錢！」

瑞娘也聽說了這件事，她站了起來，看著香娘籃子裡滿滿的冬筍，看了好幾眼，才慢慢道來：「不是說那個李地主很摳門嗎？大家怕他押著工錢不給，沒有多少人願意去的。」

香娘滿臉紅潤，兩眼直放光，興奮地道：「今兒個早上李地主放話了，只要有人願意去，他會當日結工錢，虧不了大家！那可是每日都能結到現成的銅錢啊，妳家洛生做那打水井的活兒，聽說工錢還要拖到過年，錢才能給。妳可得趁早打定主意，我家那口子和我公爹這時已去李家村報名了！」

當日結工錢？瑞娘心動了。

張氏在旁聽著也十分心動，就連在另一頭尋冬筍的澤生聽了個大概也跑了過來。

大家前兩日都聽說過要開採石頭山的事，但基於對李地主這個人的瞭解，認為他說的三十六文錢只不過是個噱頭，到時候肯定給不了那麼高的工錢，所以村民們聽了都沒當回事，更沒什麼動靜。

這時聽香娘這麼一說，他們都不太相信，一下子圍上來許多人。

「真的？有這麼好的事？」一群人七嘴八舌地問起來。

香娘一下被這麼多人關注，更來勁頭了。「當然是真的，我家那口子和我公爹這時都去李家村了，還能有假？若不相信，等他們回來，你們就知道了。」

男女老少們聽了這個好消息，便圍在一起興奮地談論著這件事。大部分人都發話了，說家裡的男人肯定都要去，這麼掙錢的活兒哪能錯過。窮了這麼些年，個個都想翻身呢。

瑞娘被大家說得也跟著激動起來，對張氏說：「娘，待爹和洛生做完打水井的活兒，是不是也讓他們去？」

張氏痛快地應著：「肯定要去的，就算我們不讓他們去，他們也是要去的。好不容易有個來錢的路，哪裡能錯過？」

瑞娘聽得喜孜孜的，心裡在盤算著，一日三十六文錢，那一個月至少也能掙上一千文錢，這些錢在她的眼裡，可算得上好一大筆錢啊。

澤生聽了這些，眼眸也變得黑亮起來。他知道那座石頭山，若真要開採，夠開採好幾年的，還聽有些人說，這種石頭光滑亮澤，比那些送到京城各個侯府建院造園的石頭都不差。

若這種活兒長期有得做，一個月能掙上一千文錢，那樣就能存上不少錢了，小茹跟著他也不用再那麼苦了，可以給她買花布、做新衣裳，買好看的頭花和簪子，還可以經常買肉吃，小茹做的醬爆回鍋肉可香了。

再想到以後兩人還會有孩子，一間屋子住不下，還得蓋幾間新房。他越想越多，越想越覺得他必須得去。

他見小茹還一直在那塊被人尋過好幾遍的地方搜尋著冬筍，似乎對這些人說得口沫橫飛、興奮異常的事並不感興趣。

他蹲在小茹的旁邊，碰了碰她的胳膊。「小茹，妳怎麼都不聽大家說的事？這可是件大好事，我下午也去報名吧。」

小茹全神貫注地尋著藏在土裡的冬筍，突然眼前一亮，然後找到一處開始挖。「這裡應該還有一個！」

皇天不負苦心人，她如此執著，終於尋到了一個被大家遺漏的冬筍。她邊挖邊說：「澤生，不行，你不要去。」

澤生急了。「為什麼不行？我還怕人多了，到時候輪不上我呢！小茹，妳剛才是不是沒聽清楚？當日結錢，一日三十六文！」他重申吸引自己的兩個條件。

小茹頭也不抬，仔細地挖著她的冬筍，慢條斯理地說：「一日三十六文錢，還當日結錢？哪有那麼好的事，地主不是專門負責剝削老百姓的嗎？」

「話是那麼說，可也不是所有的地主都那樣。何況李地主正在發愁沒人去才發下這話。他若說話不算數，大家不肯幹了，他豈不是白搭？大家做了一日，他敢不結錢，第二日就都不去了，那也只是吃一日的虧，怕什麼？」澤生將事情說得透澈，為了試水溫，他並不怕吃一日的虧。

小茹見澤生那麼心急著想去，就把自己的擔憂說給他聽。「那可是石頭山，做得累死累活且不說，最關鍵的是人身安全沒有保障，這個年代又沒有安全可控的火藥，用的都是土炮，土炮若沒放好，會出人命的！」

澤生聽小茹這番話說得很艱澀，用的詞都不是平時聽慣的，不過他也沒有在意，只道：「妳放心，我的力氣雖然比不上那些做了多年農活的男人，但好歹反應快，點土炮時，我準會躲得遠遠的。」

「有些石頭被炸得飛起來時，可不是你想躲就能躲的！」小茹態度很堅決。「你說過要聽我的話，現在可不許耍賴不聽。」

「小茹……」澤生仍不死心。「等晚上爹和大哥都回來了，一起商量商量行嗎？」

「不行。」小茹心裡明白，這些人以前肯定沒聽說過開採石頭的危險，只聽到能掙錢就心癢癢的。哪怕和公爹、大哥商量，說不定他們也同意澤生去。

「小茹，」澤生央求道。「商量一下也不行嗎？」

「不行，我不同意。」小茹將挖出來的冬筍扔進籃子裡。「現在真是一個也挖不到了，我們回家吧。」

澤生跟在她後面跟唸經似的。「小茹，妳就讓我去吧，讓我去吧……」

小茹就是不理他，這可是件大事，可不能心軟由著他來。她絕對不能讓自己心愛的人去冒那個險。

瑞娘和張氏在那群人堆裡閒聊了好一會兒，才相伴著回家。小源不愛在人堆裡，更不愛聊閒話，早早提著籃子先回家了。

張氏與瑞娘跟在澤生和小茹的後面走著，聽到澤生一遍又一遍地唸叨著要去，張氏就問：「澤生，茹娘不想讓你去？」

澤生停住腳步，等著張氏，苦著臉道：「娘，我好說歹說，小茹就是不同意讓我去，這可是個大好的掙錢機會，怎麼能不去呢？一年能掙一萬多文錢哩！」

張氏只怕澤生吃不了那個苦，對於開採石頭的危險並無認知，便朝前面的小茹說：「茹娘，要不妳讓澤生先試試，實在太累做不下來，到時候不去不就得了？」

「娘，妳還不瞭解澤生嗎？再累他也會硬扛著的。我不讓他去，不只是累的原因，我擔心的是點土炮時太危險，被炸起來的石頭可是不長眼睛的。而且開採石頭時，人會吸入很多石頭粉末，對肺不好。」

張氏見小茹反對也是為了澤生好，她便不再說話了。小茹能這麼心疼澤生可是好事，掙不掙錢，日子也總能過得下去。

瑞娘在旁打趣笑道：「茹娘，妳還真是會心疼澤生。妳若總不讓澤生做粗活，澤生會被妳慣得懶散的。」

小茹聽了卻沒當回事，回笑道：「大嫂，澤生不是那塊靠做粗活來掙錢的料，得量力而行才是。」

澤生聽了瑞娘和小茹這番對話，臉上不禁脹紅，他可不想變得懶散，讓人笑話自己不夠硬氣。而小茹好像也認為他不是做粗活的料，他有些不服氣，便又央求道：「小茹，妳就讓我去試個一、兩日吧？」

小茹死活不鬆口，她知道，他說是去試個一、兩日，到時候肯定會去了還要去。

最後張氏打斷了澤生唸經般的央求，對兩人說：「你們先別爭來爭去的，等回去後問問你爹吧。」

小茹心裡可不想讓公爹作主，以公爹的性子，肯定同意讓澤生去磨練磨練，如今澤生已另立門戶，讓他吃些苦也是應該的，總得做個頂天立地的掌家男人才好。可是婆婆都發話了，要聽公爹的，她哪裡還會再多說什麼。

到了晚上，果然不出小茹所料，方老爹是同意讓澤生去的，還說這次石頭山開採，說不定以後整個石鎮都會靠此發家致富，順便展望一下會越來越紅火的日子。

小茹坐在旁邊一聲不吭，她不好當著公爹的面說反對的話，哪怕心裡一千個、一萬個不願意。

方老爹不是個眼拙的人，瞧出小茹的不樂意來，他又沈思了一會兒，對澤生說：「去不去，你還是聽聽茹娘的意思，爹的話你只作個參考而已。日子是你們倆一起過，得商量著來，別為這事鬧彆扭。」

「哦。」澤生嘴裡應著，心裡卻很糾結。他知道自己怎麼說，小茹都不會同意。

可是他真的太想去了，總不能整日靠著與小茹趕集賣多味花生來養家，他想自己能獨當一面。一個月才趕九次集，只能掙二百多文，還沒個定數。而去開採石頭，一個月可有一千文錢。再說，他去石頭山，也不耽誤趕集的事，小茹自己一人也能做得來。

方老爹與洛生怕報名晚了，會輪不上他們，晚飯都不吃，先要去李家村報名。澤生想來個一不做、二不休，就要跟著他們一起去，方老爹見小茹也沒上前制止，便隨著澤生，沒說什麼。

眼見澤生低著頭，不跟她商量，就直接跟著他們一起出了院門。小茹氣得直咬唇，可是當著公婆的面，她又不好與澤生吵架。本想跟上去拉住他，可兩人這麼拉拉扯扯地鬧事，又覺得這種行為實在讓人看了笑話。

眼睜睜看著澤生出門了，小茹回到自己的屋裡，氣得直跺腳，自言自語道：「這個澤生，竟然開始不聽我的話了。聽老婆的話才有飯吃，他懂不懂啊！」

沒辦法，她還是先做晚飯吧。

她刨了兩個馬鈴薯，準備炒個酸辣馬鈴薯絲，另外再炒一盤青菜。想到澤生很愛吃她做的酸辣馬鈴薯絲，便又把它放在一邊。

不聽我的話，不給你做酸辣馬鈴薯絲！

可在屋裡找了找，又沒其他的菜可煮，光炒一盤青菜也不夠呀！算了，還是炒酸辣馬鈴薯絲吧。

小茹嘟著嘴將飯菜做好了，再等了許久後，澤生才回來。

澤生見她生氣地緊繃著臉、噘著嘴，根本不理他，也不敢多說什麼，趕緊將那些已經放涼的菜重新倒進鍋裡熱一熱。

待他將兩盤菜熱好後，見小茹仍不理他，就笑著哄她。「飯總是要吃的嘛！」

小茹斜眼瞪著他。「報上名了？」

「嗯。妳都不知道，等我們去李地主家時，他家門前可是擠了滿滿當當的人。這附近幾個村的人只要身體不病不殘不弱，都去報名了，聽說今日天黑前就有三百多人報上名了，還有不少六、七十歲的老頭子都去報名，但被李地主拒絕了。他們還說，估計從明日開始，離得遠的那幾個村，甚至不屬於我們石鎮的好些村，可能都要來呢！」

小茹見澤生說得越來越帶勁，不禁皺眉道：「我都說過好幾遍了，這個活又累又危險！長期吸入濃重的粉塵對肺不好，會得病的，你怎麼就不聽呢！」

「我從小到大都很少生病，身子雖然算不上健壯，但至少是健健康康的，妳不用太擔心。人人都想著去幹活掙錢，我哪能落於人後。就連李三郎都報名了，前些時間人家還以為他得疫病快要死了，這次報名他可是頭幾個！」

澤生現在正處於興奮狀態，一味地想著幹活掙大錢的事。小茹跟他說的那些大道理，他根本聽不進去。

他也知道小茹是心疼他，可他一個大男人，總不能被女人慣得太不像話。

小茹被澤生氣得都不知道該怎麼回話了，只是低頭沈悶地扒飯菜吃。

澤生見她沈悶地吃飯，很不開心。成親以來，他們倆一直過著蜜裡調油一般的溫馨日子，後來遇到難事，也是兩人一起想辦法，一起面對，從來沒有分歧過，更沒有拌過嘴。

這次是小茹第一次跟他生氣。

澤生不停地給小茹挾菜，知道她是因為擔心他才這樣的，因而心裡很不好受。「小茹，我知道妳是為了我好。可我是一個大男人，現在家裡又沒有什麼農活，我總得找些事做才行。打水井的活兒，妳不讓我做，去開採石頭妳又不讓我去，難不成我要像個女人日日待在家裡，這樣會被旁人笑話的。」

見小茹仍然不理他，眉頭還緊鎖著，澤生又說：「妳放心，我白日做完活兒，晚上再回來和妳一起剝花生，不耽誤妳趕集賣多味花生的。以後凡是趕集的日子，我就早早幫妳挑著貨和凳子去市集上，妳一個人賣也能忙得過來。」

小茹一直在沈思，在想著該怎樣才能說服他，讓他去不成才好。可是苦於腦袋空空，實在想不出好點子來。

「快吃吧！再不吃，又得涼了。」澤生催著她。

小茹沒滋沒味地吃了一小碗，就放下了碗筷。她剛起身，突然一跺腳，大拍腦袋。「哎呀！明日趕集，多味花生忘了做。」

澤生趕緊吃完碗裡的飯，和小茹忙活起來。小茹一直在灶上忙活，都不看一眼坐在灶下燒火的澤生，當然，這時她也沒那個空閒，只是她一直不肯和他說一句話，這讓澤生心裡很不安。

待多味花生做好，已經到了戌時，澤生從李家村回來時就已經很晚了，又折騰這麼長時間。按照這裡的生活習慣，別人這時估計都睡上一個時辰，早作夢去了。

兩人趕緊燒水洗漱，上床睡覺。

爬上了床，澤生心裡不安，根本睡不著覺。他想好好哄一哄小茹，都說床頭吵床尾和，他不想讓她心裡不痛快，得把她哄好才行。

見她背對著自己，澤生就伸手緊緊摟著她的腰，用一種低沈而又帶有磁性的聲音說：

「小茹，妳別不理我好不好？」

他這般帶著渾厚性感的聲音，讓小茹有些心癢癢，但她可不能這麼輕易就範，故作生硬地道：「不好！等你什麼時候說不去了，我再理你。」

澤生更加用力緊摟著她，胸前貼著她的後背，用臉摩著她的耳鬢。看他這種架式，是打算上演美男計了。

「小茹，我的好小茹，妳乖嘛，就讓我作一回主，行不行？」

小茹聽了渾身直酥麻，她怕自己就這麼淪陷了，趕緊從他懷裡掙脫出來，裝作絲毫沒被勾引到的樣子，淡然地道：「美男計對我不管用，你還是省省心吧。」

澤生當然不肯甘休，見小茹從他的懷裡掙了出來，他乾脆一下翻身壓在她的身上。「妳就聽我一回，以後凡事我都聽妳的，好不好？」

「不好。」小茹被他壓得喘不過氣來，紅著臉羞道：「你什麼時候學會耍賴了？你快下來。」

「妳說我耍賴，那我就耍賴了，妳不同意的話，我就不下來。」澤生壓在她身上撒嬌道，還朝她臉上親過去。

男人撒嬌起來，比女人撒嬌更讓人受不了。

「哎呀，你……你肉麻死了。說不行就是不行，來這一套沒用。」小茹有些受不了。

「不許親我，你快下來！」

「就不下來，妳同意了我才下來。」澤生接著撒嬌道：「這些日子我們一直煩惱憂心著，我都好久沒親過妳了。」

「不行不行，就不讓你親。你若聽我的話，答應不去，我才讓你親！」小茹下定決心要堅守陣地。

「不要嘛，我一直都很聽話的。妳要知道，我也是希望家裡能過上好日子，不想讓妳跟著我吃苦。到時候家家日子都好過了，就我們一家窮，也會被人笑話的。說我懶，不肯吃苦，還讓妳跟著受罪。」

「你瞎想什麼呢？誰敢這麼說，我們過自己的日子，不要管別人。我寧願窮，也不想讓你吃苦受罪，何況還很危險。金錢誠可貴，生命價更高！」小茹揚著聲調說。

澤生聽了噗哧一笑。「瞧妳說的，哪裡有那麼嚴重，妳無須擔憂性命之事，李地主說了，安全得很。」

小茹知道怎麼說，他都意識不到危險，便道：「若我能想出一個好主意，讓你做別的活兒也能掙錢，你是不是就同意不去石頭山了？」

澤生親了親她的唇。「好啊，只要有更好的主意，我就不去。」

「嗯……你別親，先讓我好好想想。」小茹眼珠子骨碌碌地轉。

其實在吃飯時，她就想過好幾個點子——要種溫室蔬菜，可沒有薄膜和溫室；去城裡開飯館子也不行，沒有本錢；做滷菜什麼的，她又不會。

「澤生，我總覺得還是做買賣好一些。你不是做重勞力的那塊料，何必受那個罪？做買賣可比做苦力來錢快。」

「妳說得有道理，可是能做什麼買賣？我們又沒有本錢。」澤生先從她身上下來了，怕真把她給壓壞了。

「你見過挑貨郎嗎？」小茹突然驚喜地問道。她想起自己小時候最期待的就是挑貨郎了，能買到各種吃的、玩的，還有女孩子戴的頭花，也有大人喜歡買的一些家什及各種衣襪之類的。

據說挑貨郎掙的也不少，養家沒問題。

「什麼叫挑貨郎？」澤生只見過有人來門前賣豆腐，偶爾也會有人來賣魚。「妳是說和那個賣豆腐的一樣去賣東西嗎？可是我們不知道該賣什麼呀。」

小茹有些興奮，臉泛紅光。「就是挑著擔子去各個村賣些吃食、小玩意兒，還有一些日常家什，也可以賣女人戴的頭花。可以賣的東西很多，凡是老百姓需要的，我們都可以賣。對了，還可以順帶著賣我們的多味花生。」

澤生聽了卻沒多大信心。「這樣也能掙錢？大家想買什麼都會去趕集的，會有人買嗎？」

小茹卻信心滿滿。「若能在家門口買到，誰還費勁兒去趕集，趕集還要走那麼遠的路，耽誤幹活。你不是說大家都要去石頭山幹活嗎？以後能趕集的空閒就越來越少了。」

見澤生還在猶豫，小茹又道：「做這個還自由，天氣好的話我們就去賣，天氣不好我們就在家歇息，又沒人管得了你。你若去石頭山，稍歇息一下，肯定就會有人催，或遭罵，那種錢可不是那麼好賺的。」

澤生聽完沈思了一下。「這個……可以一試。」

小茹見他有些心動了，再火上添油，細細分析道：「過幾日家裡還得種上半畝地的小麥，到明年開春，還得種穀子、花生、西瓜，忙著呢！閒時我們就去賣賣東西，忙時，就在家種田種地。」

這下澤生悟了過來。「是啊！若去石頭山，平時農忙時，李地主也不肯讓大家停工，那可是會耽誤農活，要是家裡沒收成，可是連飯都沒得吃，難不成還要花錢去買米、買油、買麵？」

小茹樂了，附和道：「就是！還是這種挑貨擔的買賣適合我們做。你別小瞧賣的都是些小東西，其實很來錢的。再說了，現在大家都要去石頭山，一日能掙不少錢，他們花錢也能大方些，我們的買賣估計也不差。我們不僅在石鎮各個村子裡賣，還可以去別的鎮子賣，路上我們帶足吃的、喝的就行。」

澤生被小茹說得服服帖帖。「小茹，還是妳腦子靈光，我簡直就是一根筋。」

小茹樂呵得不行，這一晚上的憂愁頓時煙消雲散，歡喜地說：「這才乖嘛！到時候你負責挑擔子，我負責吆喝！明日趕集掙出來的錢，就可以拿去進貨，先少量進，能掙一文是一文。」

澤生聽了直點頭。「嗯，我都聽妳的！」

「那你現在不想去石頭山了？」小茹笑著問道。

澤生高興得又翻身過來，壓在小茹的身上，乖乖地說：「不去了，以後妳讓我往東，我就不往西。」

「哼，說得好聽，怕是遇到什麼事，你又自作主張了！」小茹嗔道。

「不會，不會！」澤生堵上她的唇，纏纏綿綿地好一番親吻。

吻到渾身慾望不能自抑時，澤生喘著氣息，雙眼迷離地看著她說：「小茹，妳上次往我身上爬，是不是……想……換個姿勢？妳若想換，我就聽妳的！」

小茹本來沈醉在他時而輕柔、時而發力的纏舌深吻裡，聽他這麼一說，她頓時腦袋清醒了三分，羞得滿臉飛著紅暈，支支吾吾地說：「你……想換嗎？」

「我聽妳的。」澤生慾意升騰，含糊地說。

「討厭，這個你也……」小茹話未說完，澤生忽然一把將她抱起，坐在自己的腰身上。

咦？他也懂這個？小茹有些驚愕，她還以為他在這方面木訥得無藥可救呢！

小茹坐在他的腰身上，伸手解他裡衣的衣扣，好在這時燈光昏暗，澤生看不清她那張緋紅的臉，否則她羞得真想把頭埋進脖子裡去。

澤生的動作不像小茹那般輕柔，他是快速又霸道地將她的衣扣解開，再用力往後一褪，小茹滑嫩的香肩被昏暗燈光照得瑩潤發亮，一對飽滿挺立的渾圓此時微微顫動著。

澤生雙手握住她的柔柳細腰，將她的身子往他胸前一帶，她的上身便向前傾了下來。

他一下含住她粉嫩的乳尖，像小孩子吃奶般貪婪地吃著，情到深處時，忍不住偶爾會咬重了些。

「唔……你輕點。」小茹被他吮得感覺自己要被他吞了下去似的。

澤生無師自通地托起她的臀部，然後將腰部一挺。

「啊……」小茹被他這麼突然一貫入，有些愕然，更多的卻是舒暢。

他將她填得滿滿的，而她將他包裹得緊緊的，這種密實緊致的感覺讓他們渾身激昂得直顫抖。

「小茹，妳喜歡這樣嗎？」澤生還忍不住問了這麼一句。

「嗯……喜歡，傻瓜……不要問……啊！」小茹禁不住一陣陣嬌吟，這種甜膩的聲音若讓她平時聽見了，還不知要羞赧成什麼樣子，好在此時她自己的注意力完全不在聲音上，因為澤生給她的暢快已占滿她的大腦。

她想要更多，想要一直享受這美妙的感覺，情不自禁扭動著腰臀。一波又一波恣意暢快的浪潮將她淹沒到快要死去。

以前用女下男上的姿勢時，是澤生拚盡全力，而小茹並不需太用勁，只要配合著他就行。而這種女人在上的坐腰式，小茹就很費體力了。但她此時一點也不覺得累，感覺自己渾身有著使不完的勁頭。

如此盡興酣戰，到彼此的興致釋放到極致時，兩人終於停了下來，饜足地慢慢喘息。

小茹倒下身子，舒舒服服地伏在澤生的胸膛上，平復著剛才的激烈與蕩漾，懶懶地問：「這個姿勢你喜歡不喜歡？」

澤生雙手環抱著她，用手輕撫著她的後背，滿足地微微笑道：「喜歡。以後我們還可以想出別的姿勢，經常換著來，才更美妙……」

「啊？」小茹戳了戳他的腦袋。「沒想到你這裡裝的全是壞水！」

澤生羞澀地笑道：「只壞給妳看，沒人知道，不打緊。」

小茹心裡直偷笑，她的相公可是個悶騷男啊。

澤生見小茹剛才出了一身汗，怕她會著涼。因為此時已臨近冬季，一冷一熱，很容易得風寒的。他找出乾淨的巾子將兩人的下半身擦淨，又趕緊起身找來大汗巾，將小茹全身的細汗拭去，之後也把自己身上的汗擦了擦，再吹滅床前的油燈，摟著她安心地歇息。

小茹賴在他的懷裡，慵懶地道：「澤生，你真好。」

澤生親了親她的額頭，溫柔地道：「我會對妳好一輩子的。」

小茹聽了後，帶著幸福的笑容，閉上眼睛，舒舒服服地睡覺。

興許是他們剛才太累了，或是全身得到了釋放，此時渾身輕爽。兩人相擁著很快就睡著了，而且睡得十分香甜、安穩。

一夜無夢。他們一覺睡到天亮，睡到自然醒。

澤生醒來，睜開雙眼，看到窗外的太陽光已經斜射到灶臺上了。哎呀，天色不早了，今日還得趕集，估計這時攤位都被別人占了。

小茹這時也已經睡飽了，她慢慢地坐了起來，說：「別急，我上次用白石灰在地上寫了一個『占』字，等我們去了，別人自然讓位。」

澤生上次還笑她挺會想辦法的，別人見了這個「占」都走開了，他邊穿衣邊道：「我們這都好幾次沒去了，估計『占』字都被別人家踩沒了。」

小茹嘻嘻笑說：「別擔心，村民們都知道那是我賣多味花生的攤，周邊的幾個攤主也知道。估計我一去，人家就乖乖地挪位了。」

澤生將床尾的衣服遞給小茹。「那倒有可能！妳現在可是我們鎮的名人了，個個都知道妳做的多味花生好吃，同時……也招來不少男人偷偷瞅妳，那些人真是夠討厭的，不過，他們看得著，摸不著。嘿嘿，還是我有福氣。」

「難道你不知道也有不少年輕婦人愛瞧你？」小茹打趣道。

「啊？」澤生皺眉道，他平時可沒注意到這個，很不理解地問：「既然她們是婦人，都是有相公的，怎麼能瞅別家的男人呢？看來這些女子也忒不規矩了。」

「你放心，我不偷看別的男人，只看你。」小茹笑著拍了拍他的腦袋，下床了。

「嗯，這是必須的！」澤生也下了床，來到灶上洗鍋。

待他們吃完早飯，澤生趕緊將裝花生的木盆放進籮筐裡，然後放進兩張小凳子，挑起擔子就走。

小茹梳好頭髮，帶上錢袋子，跟在後面走著。走到村口時，澤生突然停住了腳步。

「哎呀，忘記帶秤桿了。」

小茹聽了一跺腳，真是忙乎忘了，她趕緊往回跑，回家拿秤，沒有秤就沒法賣了。

等他們趕到集上，發現他們的攤位果真被人占了，是一個老頭在賣著自家梨。這個老頭倒是認得小茹和澤生，見他們小倆口來了，他趕緊挪位，挑著擔子就走。

澤生見他年紀大了，鬍子都白了，也很不容易。這時已經沒有空攤位了，怕他這是要白來一趟。

澤生朝他溫和地笑道：「大爺，你不必挪了，你也就一擔梨，占不了多大地方，我們兩家擠擠吧。」

老頭聽澤生這麼說，高興得放下擔子，眼睛笑咪咪，白鬍子跟著直顫顫，他仔細瞧了瞧小茹和澤生。「你們倆可真是一對姻緣良配，長得好，心也善！」

哎喲，這個老大爺，才給他一點好處，他就誇得讓人受不了。

小茹和澤生只是傻傻笑著。

老大爺放下擔子，從籮裡挑了兩顆大梨放進澤生的籮裡。「這是我家老梨樹結的，甜滋滋的，好吃得很。」

澤生連忙拒絕。「大爺，你還是留著賣吧，我們不能要你的梨。」

老大爺朝澤生直瞪眼睛，鬍子直吹。「你這個後生，怎麼不給個人情哩！你不要，我就不在這裡擺攤了。」

澤生沒再吭聲了。好吧！盛情難卻，這梨給小茹嚐嚐也不錯。

兩家就這樣擺在一起，雖然有些擠，顧客多了會有些混亂，不過影響不算太大，買賣進行得很順利。

有不少人家以前不捨得買小茹做的多味花生吃，心裡一直惦記著，現在想著以後去石頭山每日能掙到三十六文錢，便狠下心來買個一斤或幾兩的，總算解了一回饞。

眼見著盆裡剩下的貨不多了，小茹欣喜地對澤生說：「我們明日就帶著這些錢去縣城進貨，借成叔家的牛車去！」

「好！」澤生答得乾脆俐落，幹勁十足。

穿越來這裡兩個多月了，她還從來沒去過縣城，明日就去瞧個新鮮吧！小茹喜孜孜地想著。

趕集回來後，小茹和澤生在院子裡剝著昨日上午挖回來的冬筍，看起來是有大半籃，也就四斤左右。

小茹拿出約一斤的冬筍洗一下，留著中午和晚上炒菜吃。剩下的就攤放在簸箕裡曬著，她昨日聽瑞娘說筍乾炒肉那麼香，怎麼樣也得曬一點，這樣過年就有好吃的了。

瑞娘蹲在旁邊挑菜，瞧了瞧小茹放在簸箕裡的冬筍，羨慕地道：「茹娘，妳這些看上去有三斤多，曬乾後也能有一斤多，很多人家都是留著過年，來了貴客就做這道菜，可有面子了。我家挖得太少，曬乾就沒了，所以只能都留著炒菜吃。對了，澤生到底去不去石頭山？」

小茹爽快說道：「不去了，我們想做點小買賣。」

「又做小買賣？你們不是已經在趕集做買賣了嗎？」瑞娘抬頭，好奇地問道。

小茹嘿嘿笑道：「大嫂，為了不讓澤生去石頭山，我就又想出一個買賣，掙多掙少無所謂，有個活兒做就行。澤生心裡老惦記著趕集沒有去石頭山掙得多，可不能讓他有時間閒下來。」

瑞娘當然不能理解小茹為什麼非要阻止澤生去石頭山掙錢，實在費解，又問：「什麼買賣，能掙過當日結錢三十六文？」

她心裡忖道：如今好不容易有了掙錢的路子，妳不讓澤生去，竟瞎折騰什麼呢？

小茹故作神秘道：「呃……明日妳就知道了。」

瑞娘怔了怔。鬧什麼，還玩什麼神秘，非要等到明日才說？

小茹想等明日去縣城把貨進回來，再告訴家裡人，什麼事等有了點譜再說，這樣顯得人踏實一點，不是嗎？嘿嘿，她是這麼想的。

小茹想到上次收瑞娘的花生錢還有一大部分沒有還，心裡有些過意不去。「大嫂，欠妳的錢我們可能……要過一段日子才能還妳了，我們手裡這點錢得留著做本錢。」

「哦，那倒不急。」瑞娘痛快地答道。

這時張氏手裡拿著幾幅鞋樣回來了。她知道瑞娘手藝不錯，就遞給她兩幅，說：「瑞娘，小源還有一個月就要出閣了，妳為她做兩雙嫁鞋吧！我和小源兩人做的還不夠，還差好幾雙。布料和線，我等會兒找給妳。」

瑞娘接了過來，看了看鞋樣，這些樣子都是她會做的，便答道：「好，我會趕在小源出嫁前給她做好的。」

張氏再看看小茹，想起她那拙劣的手藝，實在是入不了眼，所以壓根兒沒打算讓她幫著做，手裡拿著剩下的兩幅鞋樣，進自己屋去了。

小茹吐了吐舌。婆婆瞧不上她的手藝，直接繞過她，都懶得提了，這樣也好，免得自己到時候做出來的奇葩鞋丟人現眼。

瑞娘見張氏只讓她幫著做，沒有找小茹，心裡有些不痛快了。看來，手藝好有時候也並不是什麼好事，得費時間做，還累眼睛。別人還會說，妳手藝好，若不給小姑子做兩雙嫁鞋也說不過去的。

小茹倒好，反正不會做，也沒有人這麼要求她，她就落得個清閒。

瑞娘此時竟然羨慕起小茹不會做針線活來，這個不會，那個不會，日子照樣過得滋潤。她想得心裡有些不是滋味，這時菜也挑好了，便悶悶地回屋做飯去了。

的。

小茹當然能感覺到瑞娘的那點小心思，可她能說什麼呢？她是真的不會做呀！又不是裝

思來忖去，小姑子要出嫁，她這個當嫂子的既然不能幫小姑子做嫁鞋，那就好好做買賣，到時候多送些禮錢給她，比什麼都強。

小茹想好這些，端著菜盆子回屋，見澤生已經在灶下燒火，鍋裡還上了半鍋水，已經快要燒沸了。

「咦？澤生，大中午的又不洗臉洗腳，你燒這麼多水幹麼？」

「汆燙冬筍呀，不水煮一下就會麻嘴，味道不好。汆燙過後，味道才會鮮美。」澤生很有經驗地說。每年家裡挖來冬筍，他見娘都要汆燙一遍。

「噢，我想起來了，好像是有這麼回事。」小茹趕緊把留下來要炒的冬筍倒進了鍋裡，用鍋鏟攪動著。

汆燙過的冬筍再和鹹菜一起炒著吃，味道還真是不錯。這頓午飯小茹可是吃了滿滿兩大碗，胃口大開！

下午澤生要去犁地，因為過幾日想種半畝地的小麥。南方種的小麥產量低，所以家家都種得少，夠家裡吃就行了。

可是澤生只看過別人犁地，自己還沒親手上陣過。而今日他爹和大哥仍然在嚴家村打水井，中午都是在別人的家裡吃午飯，還沒有回來。沒有人教他，他還真有些手足無措。

但做什麼事總得有個第一次，說不定沒有人手把手地教他，他憑著平時熟悉所見的那種樣子去做，也許也沒問題。

小茹原要跟著他一起去，看他怎麼犁地。澤生怕她見自己那笨模樣會笑話，怎麼都不肯讓她去，還硬說自己都會，叫她回家剝花生，為下次的市集好做準備。

小茹以為他是真的會，也就隨他去了。

沒能預料的是，澤生剛到地裡才套好牛，牛突然掙脫頸上的犁繩跑了，難道牛也知道這是要牠幹活，所以逃跑？

好在這時成叔也在不遠處的地間犁地，他見到這陣勢，趕緊上前幫著澤生追上去了。幸好牛鼻子上的繩子沒掙掉，否則這牛想要抓住，沒有十個、八個青壯年一起幫忙是不行的。

這可把澤生嚇出了汗，當他跑上去時，成叔已牢牢抓住了牛繩。

成叔見他實在不行，就在旁耐心地教他。澤生算是腦子靈光的，來回學了幾趟，也能像模像樣了，只是犁出來的行路有些歪而已。

「成叔，明日你能把你家裡的牛車借我用用嗎？我用自家的牛，就是需要借用一下你家的輪車。」

「好，明日我就要去石頭山開工，也不需要用牛車。咦？你不去石頭山幹活嗎？要牛車幹什麼？」

澤生抓了抓腦袋，原想實話實說。不過，一想到中午小茹跟大嫂說，要等到明日再告訴她，怕去了縣城沒進到想要的貨，空手回來會讓人笑話。

「我明日想帶娘子去一趟縣城，她說她長這麼大還從來沒去過，就想著帶她去看看，順便……順便買些東西。」澤生扯謊臉就紅。

成叔倒沒注意到他的神色，只笑道：「讀過書的人就是不一樣，日子過得可比我們這些粗人有趣味，我們就知道吃飯、睡覺和幹活，哪裡想著要去玩耍。」

成叔說著就哈哈大笑起來，澤生也跟著笑。其實若是澤生他自己，日子過得與成叔說的那樣並沒有不同，也是枯燥得很，可是自從有了小茹，他就覺得自己的日子豐富許多，感覺每一日都是有聲有色的。

犁完地回到家後，澤生繫好自家的牛，就去成叔家借來了套牛的木輪車。

次日清晨，澤生將牛車繩套在自家的牛上。他揮著鞭坐在牛車前，小茹悠閒自在地坐在後面，她手裡還拿著昨日上午老大爺給的梨，吃得津津有味，再一路上欣賞著兩旁山清水秀、自成一色的風景，不禁胸襟開闊，心情大好。

她還時不時伸過手來餵澤生吃兩口梨，此情此景，真是舒服愜意得很啊。

在這裡生活，不需擔心霧霾傷身，不需擔心車禍索命，不需擔心吃下灑了農藥的蔬菜而得慢性病，不需擔心房地產公司漫天要價，不需擔心被炒魷魚，不需憂慮每個月的銀行貸款……

雖然沒有多少錢，沒有多少可享受的娛樂與美食，但是，比起前世的生活壓力真是好太多啊。

吃完梨，小茹嘴裡哼起了歌。「走在鄉間的小路上，暮歸的老牛是我同伴，藍天配朵夕陽在胸膛，繽紛的雲彩是晚霞的衣裳……」

「唱得真好聽！」澤生回頭誇道。「詞也達意，走在鄉間的路上沒錯，有老牛也沒錯。就是……現在是上午，沒有晚霞的。」

「討厭啦！我就抒發一下情懷而已，管他晚霞早霞，反正我開心。」小茹笑道，然後雙手作喇叭狀，對著路旁的大山，高興地喊道：「真的好開心啊！好開心！」

這時從山上探出一個中年婦人的腦袋，估計是砍柴的。小茹這般豪爽的大喊，在她眼裡跟發瘋差不多。她愕然地遠遠瞧了一眼小茹，然後又鑽進山裡去了。

小茹捂著嘴偷笑。「澤生，我剛才把那位大嬸可給嚇著了！」

「嗯，她還以為妳喝多了，或是腦子不正常。」澤生打趣道。「咦，小茹，妳剛才唱的歌哪兒學來的，我怎麼從來沒聽過？」

「你沒聽過的還多著呢！我還會唱很多英文歌，你想不想聽？」說到這裡小茹突然打住了，別一興奮什麼都忘了，自己穿越的身分可不能讓澤生知道，會嚇著他的，她又擺了擺手。「算了，唱了你也聽不懂。」

「什麼是英文歌？」澤生大有好奇心。

「呃……就是像鸚鵡唱歌。」小茹說出這句話後，不禁額頭上擰出好幾條黑線。

我的媽呀，這個解釋得實在離譜。

澤生竟然相信了，點頭道：「噢，我知道了，有會說話的鸚鵡，但是鸚鵡唱歌能好聽嗎？」

小茹忍不住哂笑，鸚鵡唱歌估計不會好聽吧。她不想再跟他討論鸚鵡的事，便轉移話題。「澤生，以後晚上睡覺前你教我下圍棋好不好？否則每晚吃了飯後，就是洗漱睡覺，總覺得少了點什麼。」

「好啊！」澤生讀了幾年書，也跟著楊先生學會了下圍棋。「妳若經常輸可不許耍賴！」

「呿，誰輸誰贏還不一定呢！」小茹坐在澤生的背後，拍著他的肩膀笑道。

第十章

雖然方家村離縣城並沒有太遠，但這牛車其實比人徒步走路也沒快多少，就是省省腳力罷了。從早上開始趕路，直到臨近午時，他們倆才趕到縣城。

兩人在路上吃了梨，還吃了早上帶的烙餅，中午不用吃飯，就已經很飽了。

小茹瞧著這個古樸的縣城，的確覺得有些新鮮。

主街路上鋪了崎嶇不平的石板路，比石鎮那土路可要好多了。石鎮的土路一到下雨天就成了一灘泥，弄得沒地方下腳，一走一腳泥，再走就連鞋子都被泥裹住了。一抬腳，腳是起來了，鞋子還留在泥巴裡呢！

讓小茹奇怪的是，這街道上竟然可以趕著牛車，沒有人攔著不讓他們進。這樣挺好，方便，可就是……這樣街道就會不乾淨呀！果然，牛車往前走著，小茹坐在上面就瞧到遠處的地上有一坨乾牛糞，可能是別人的牛車經過時留下的。

好吧，還是視而不見的好。

雖然一排排鋪子看上去也都很寒酸，但至少比石鎮的強上許多。主要是門鋪多了，街上來往行人也多。

看著他們的穿著打扮比農村居民們少了些泥土氣息，當然也就多了小市民那股氣息。

小茹見他們買東西時那般挑挑揀揀的模樣，還有犀利的討價還價，可比趕集時那些村民顧客要難纏多了。

澤生以前來過縣城幾次，識得路，他將牛車趕到一條小街的路口旁，找到一棵大樹，把牛繫上了，然後手推著輪車，帶著小茹走進一條小街。這條街雖然窄破，但是人不少。

「小茹，整個縣城就數這裡的東西便宜，聽說鎮上的不少鋪主都是來這裡進貨的。」澤生朝左右看著鋪面，並沒有太認真注意來往的行人。

小茹突然將澤生往邊上一拉，令他懵然不知所措。「怎麼了？」

她回頭看了看剛才走過去的那個神色異樣的猥瑣男人，壓低聲音說：「我瞧著那個男的有點像扒手。」

「扒手？」澤生一頭霧水。

「就是賊，可能是想摸你身上的錢。路雖然不寬，他至於要緊挨著你走嗎？一雙賊溜溜的眼睛還直往你身上瞟！」小茹懷疑地說。

澤生聽了好奇，再回頭仔細瞧一眼那個男人，還真沒瞧出此人與普通市民有什麼不同。只是，澤生瞧著他這時又挨著一個穿著綢布衣衫且渾身乾淨爽利的小夥子走過去，並與他輕輕撞了一下。

那個小夥子立刻回頭罵道：「瞎了你的狗眼！」

猥瑣男人像是受了驚嚇，一溜煙跑了。

小茹見了這情景，感覺有點問題。但她才懶得管這種事，反正這個小夥子看上去也是家境不錯的人，吃點虧也不打緊。

才往前走了幾步，就聽到後面的小夥子大叫起來。「我的荷包！我的荷包呢？」他感覺不對勁在身上摸了摸，才發現荷包不見了！

他飛快地回頭去追剛才那個與自己相撞的人，但人家早跑得沒影了。

澤生驚愕地看著這一幕。「還真是賊啊！」

「我沒看錯吧！這種人一看神情就不對。」小茹在前世坐公車時，就被人扒過。她當時感覺有人碰了一下她的包，等她低頭看時，包被劃了一道口子，錢包也沒了。從那以後，她就對扒手特別警惕。

澤生摸了摸身上的錢袋子，幸好還在，有些後怕地說：「平時趕集，人也多，擠來擠去的，可從來沒聽說有人用這種辦法偷錢的，看來以後來縣城可得注意些！」

「若你身上的錢袋子被摸走了，我們今日可真是白來一趟了，昨日賣一上午的多味花生也白搭了，連收花生的錢都賠進去了。好在我火眼金睛，嘿嘿！」小茹僥倖地笑道。

接著，來到一家賣雜貨的鋪面，澤生就和小茹走進去了。

小茹見了什麼都新鮮。「澤生，這幾個盤子挺漂亮。哎呀，這裡還有掛畫呢，可是……怎麼上面畫的都是觀音菩薩呀？」

店主是一位中年男人，身形明顯發福了。他走過來，老練地笑道：「這位娘子，老百姓都想求菩薩保佑，香火延綿或升官發財、生意興隆，鄉下人也想求個好收成，這畫賣得可不賴！」

「多少錢一幅？」小茹關心的是價格。

店主不假思索地道：「五文錢一幅。」

「別逗了，老闆，我們是來進貨的，你就說個批發價。我們這是頭一回進貨，雖然要的不多，但只要你價格便宜，以後我們就一直在你這裡拿貨。」小茹手裡拿這個看看，又拿那個瞧瞧。

店主雖然沒聽過「批發價」這個詞，但也明白她說的是進貨價。聽小茹這說話口氣，是真像做買賣的人。

他見店裡此時也沒有其他顧客，不怕被普通顧客知道了最低價，就說了實價。「那好吧！就三文一幅，這真的是最低價了，平時凡是來進貨的，都是這個價。除了這畫，妳還想進點別的什麼？我都按最低價給妳。」

「好，店主是個爽快人！」小茹便仔細挑起貨物來。

澤生一直在旁呆愣，平時賣五文錢的東西，三文錢就能買來？這其中的利頭也真多！

小茹畢竟身上的錢不多，又是第一次，兩人在這家進的貨也不多——觀音菩薩掛畫五幅，小孩子愛玩且能吹出鳥叫聲的瓷鳥五個，還有一些碗盤。

然後他們再到另外幾家進一些女孩和婦人愛戴的頭花、耳環和髮簪，最後再去了小吃食店進了一些吃食，有些都是平時極少吃到的。

當然，他們每樣進的數量都很少。待身上的錢花得差不多了，也只剩下八文錢。

「澤生，我們回家吧！」小茹將買來的貨物放上牛車，自己也坐了上去。

看到太陽已朝西斜了，澤生趕緊套牛車，有些著急地說：「我們得將牛車趕快點，還不知天黑之前能不能趕到家。」

當澤生和小茹趕牛車回到方家村時，夜幕早已降臨，大部分人家都吃過晚飯了。

好在有滿天星斗閃耀，一路上又有澤生陪伴，否則在這個沒有路燈的古代，走這種只能聽見車輪聲的夜路，小茹還真是有些害怕。

「小茹，以後我們去縣城可得再起早一點，而且不能在縣城待得太久，否則走夜路不安全。雖然我們整個鎮從來沒聽過有劫匪之事，但還是小心為上。」

「嗯，下次可不能再這麼晚回來了。咦？爹娘怎麼在院門口，在等著我們嗎？」小茹遠遠地就見方老爹和張氏向路口張望。

澤生仔細朝前一瞅。可不是嘛！「爹娘肯定是為我們擔心了。」

方老爹和張氏見他們倆終於回來了，總算鬆了一口氣。張氏還往前走幾步迎接他們。

「你們倆怎麼這麼晚才回來，瑞娘說你們又要做買賣，到底是什麼買賣？」

方老爹遠遠地說了一聲。「等他們進了院子再問，別瞎嚷嚷。」

張氏閉嘴沒再問。

進了院子後，澤生將一擔還算輕便的籮從牛車上搬了下來。「爹、娘，我先去把牛繫上，再把牛車還給成叔。」

「快去吧！再晚了，他家都要上床睡覺了。」方老爹說。

澤生趕緊小跑著出了院子。

張氏看著籮裡的這些東西，臉色不太好看，嘟囔道：「這些能賣得掉嗎？花了多少本錢？」

見張氏對這些東西不太感興趣，小茹心裡開始打起鼓來，難道這些真的不吸引人？她小聲地道：「花了……花了一百多文錢。」

張氏頓時將臉拉得老長，不禁為小茹憂心起來。要是這些賣不出去，豈不是冤枉花了一百多文錢？這些東西許多人家裡也用不上，何況都是可有可無的東西，沒了這些又不是不能過日子。

方老爹隨手拿起掛畫來，仔細瞧了瞧。「我瞧著這畫還不錯，說不定有人買，妳先別潑冷水，弄得他們都沒信心去賣了。」

張氏放下剛才拿在手裡端詳的一只大碗，心裡直嘆氣。

這時瑞娘與洛生好奇地從屋裡出來了。

瑞娘在籮筐裡翻了翻，每樣拿在手裡都喜歡得不得了，掛畫好，頭花、髮簪和頭繩都好看，就連小孩玩的瓷鳥，都很是喜歡。她已經開始為肚子裡的孩子打算了。

「茹娘，我現在是手裡沒錢，若是有了錢，我可都想買。」瑞娘看了這個又看那個，十分有興致。

小茹見瑞娘那般愛不釋手的樣子，又有了些信心。要是別人都能像瑞娘這麼喜歡，就不愁賣不出去了。

張氏朝瑞娘瞧了幾眼，心裡又嘆著氣。一直以為瑞娘可是個會過日子的人，原來她只是因為沒錢，若是有了錢，也是個能花的主啊。

接著小源和小清也都跟著出來了，自然也感到十分新鮮。她們喜歡的都是女孩子用的頭花、髮簪和頭繩之類的。

小茹見她們倆也都喜歡，這下心裡更有譜了。「小源，若嫂子掙了錢，給妳備一份禮錢，意思意思一下。」

小源聽了有些害羞，紅著臉兒道：「好啊，謝謝二嫂。」

這下瑞娘急了，她可不能落於人後呀！雖然她正在為小源做嫁鞋，但這時可不能輸給小茹，便緊跟著道：「小源，等過幾日妳大哥掙了錢回來，大嫂也給妳備一份。」

小源更不好意思了。「嗯，謝謝大嫂。」

張氏聽後笑著回屋了，這兩位兒媳婦是在比較誰對小源好嗎？難道是在暗下較勁？

澤生回來後，見爹和大哥正在商量著明日是先去犁地種麥子，還是先去石頭山，因為嚴家村的那口井已經打好了，工錢等過年前才能拿到。

「爹、大哥，我剛才從成叔家回來，聽他說今日在石頭山做一日，還真不輕快。雖然天黑之前收了工，領了三十多文錢很開心，但不少年紀大一些的、身子弱的都累得夠喘。要日日這麼做下去，還不知能不能扛得住。而且他們都是家裡麥子種好了，才去石頭山的。你們還是先種麥子吧！怕是先去石頭山幹活了，李地主到時不給假，耽誤家裡種麥子就不好了。」

方老爹聽了直稱是。「澤生說得對。洛生，明日我們兩家犁地種小麥，後日再去石頭山吧。」

「嗯。」洛生應著。接著他們就都各自回屋了。

澤生見小茹已挑好菜，洗好鍋，正在切菜。他坐在灶下燒火，看了看她身上有些單薄的衣裳，道：「等我們掙了錢，就一人做一身棉襖吧！天越來越冷了，馬上就要入冬，我們穿得都太少了。」

小茹已切好菜，正在往鍋裡倒油，嘴裡跟著答道：「我也是這麼想的。等過幾日，我們有了錢，就買些布料，然後再去山上採些野棉花，到了晚上我跟大嫂學做棉襖。」

「做棉襖？棉襖可不容易做，小源每年到了冬天都要跟著大嫂學一陣，還做得不太像樣呢。」澤生實在為她那點手藝著急，可別白白浪費了布。

「你可別小瞧我，雖然我在娘家沒認真學女紅，針線活大都是娘做，但是我可不笨，只因為我做得少，手藝才不精的。只要跟著大嫂好好學，做出來就不會差。請裁縫做太貴，況且我擔心娘會說我們錢沒掙幾個，就會亂花錢，我面子上也不好看。剛才在院子裡，我就見娘不太高興，好像對我們這個買賣不太看好。」

澤生見小茹考慮得這麼細，顧及著娘的心思，心疼地說：「平日裡要操心怎麼做買賣，到時候晚上還得學做棉襖，這樣太辛苦妳了。妳還說要我教妳下圍棋呢。」

小茹忙活著炒菜，邊忙邊說：「有什麼辛苦的，日子不都是這麼過的嘛！女人總得會些針線活才好，何況學做棉襖也費不了太久，你放心，待有了空閒，肯定會跟你學下圍棋，到時候再將你打敗，讓你拜我為師。」

澤生聽了直笑。「妳又開始說大話了。對了，明日我們是先挑貨擔出去賣，還是先將麥子給種上？」

小茹猶豫了一下，道：「還是先去賣東西吧！後日再種麥子也行，我就是急著想知道這些東西好不好賣。」

「好，我聽妳的。其實我心裡也有些擔心，若不好賣，以後還得另謀一條路子。」

此時，張氏正在豬欄前餵豬，看著豬已長大不少，估計過年就可以宰了，到時有肉吃且不說，還可以賣一些，能換不少錢，想到這裡，她臉上就掛起了美美的笑容。

她再看看小茹和瑞娘養的小豬，也長大了一些，但這兩頭小豬怎麼也得等到明年過年時才能養到她的豬這麼大。

「方家婆婆！」一道帶著哭腔的女子聲音忽然從院門口傳來。

好在月光也能照個亮，儘管對方身影模糊，張氏還是認出了她，這不是瑞娘的二妹雪娘嗎？

「雪娘？妳怎哭了，這麼晚出了什麼事？」張氏放下食瓢走了過來。

雪娘走進院子，這下哭聲更大，什麼也說不出來了。

瑞娘與洛生這時已經洗漱完，正準備上床睡覺。一聽到熟悉的哭聲，瑞娘急忙跑了出來。

「二妹，妳怎啦？」瑞娘著急地問道。洛生也趿拉著鞋出來了。

「姊！」雪娘見了瑞娘，頓時將心裡的委屈一下子宣洩了出來。「爹和娘要把我許給河對面那個鄭家村的瘸子，我不同意，他們就逼我，說這由不得我，家裡連鄭家的定親彩禮錢都收了。我要他們把定親的錢送還給鄭家，爹就朝我發火，讓我滾，罵我是不孝的女兒！」

雪娘哭得雙眼紅腫，眼淚鼻涕一大把。

瑞娘找來帕子讓她擦了擦，說：「明日我跟妳一起回娘家，跟爹娘好好說道理。上次爹娘還跟我說，要將妳許給嚴家村的狗蛋，什麼時候又改變主意了？」

「本來嚴家上次還讓媒婆看過我，說應該可以定下這門親事了，沒想到前兩日嚴家突然反悔了，說……我們家太窮，妹妹弟弟們太多，會拖累他們嚴家！」雪娘狠命地哭了一陣，又接著說：「後來鄭家就來說親，還說若爹娘願意將我許給瘸子，鄭家同意讓出三畝水稻田給我們家，因為田就在河對面，離得近，我們家去種也方便，可是……和一個瘸子怎麼過日子呀？」雪娘嚎啕大哭起來。

瑞娘也不知怎麼安慰妹妹了，哪家好好的一個姑娘願意嫁給一個瘸子呀！爹娘怎麼能為了三畝水稻田就這樣不顧妹妹的一生呢？

雖然在村民們眼裡，沒有什麼能比水稻田更貴重了，可是哪有用田地來換親事的？

張氏在旁聽了也不知該怎麼勸，畢竟這是親家的事，她也不好插嘴。那個鄭家瘸子，她也見過幾次，今年十八，因為腿腳不靈便，徵兵都放過了他。這個瘸子平時做農活有些不利索，但人是很老實的。

張氏見瑞娘又要摻和她娘家的事，心裡不太樂意，這完全是吃力不討好的事，她爹娘能因為她去說幾句就改變主意？定親的禮錢都收了，可是不好退的。

若硬要退，男方指不定要找人來鬧，拆屋揭瓦的，那可不得了。可她又不能說不讓瑞娘去摻和，便沈悶地回屋向方老爹抱怨去了。

瑞娘將雪娘帶進了自己屋裡，洛生今夜又要睡地鋪。

澤生與小茹正在屋裡吃飯，聽到這些也不好出來湊熱鬧問東問西。他挑了挑碗裡的菜，嘆氣道：「大嫂娘家惹上這事，看來沒這麼容易擺脫掉。鄭家的家境算是不賴的，但平日裡可霸道著。那個瘸子名叫良子，我與他相識，人品倒也不錯，比他爹的性子強不少，與人相處很隨和，不像他爹，蠻橫得很。」

小茹回道：「人再好，可是腿瘸了呀，雪娘是四肢健全的人，哪裡瞧得上一個瘸子，怕是嫁了以後，還會受那厲害公爹的氣。但是人各有命，怕大嫂回娘家勸，也只是徒勞無功。」

說到底這是別人的家務事，他們也管不了那麼多，更不會去插手。吃完飯後，趕緊收拾，然後上床睡覺。

明日可是有大事要做呢！

隔日天亮，他們倆早早吃過飯，再準備了一些水和乾糧，就準備出門了。

澤生挑著擔，小茹跟在後面走，才出院門就被人攔住了，原來是新上任的羅里正來了。

「你叫澤生吧？你先別出門，有些事要與你家商量。」羅里正負手走進方家的院門。

澤生和小茹只好先回院子，心裡有些忐忑，也不知有什麼事商量。不過，里正與村民商量事情，大多不會是什麼好事。

方老爹和洛生準備出門犁地，見羅里正來了，自然是恭恭敬敬地給他搬椅子來坐，張氏忙著沏茶。

羅里正認清了方家的幾口人後，便開口說正事。「知縣已下令，要徵徭役，修繕縣衙門前那道水渠。正好你們家男丁都在，你們商量一下哪位去吧？」

方老爹、洛生和澤生三人頓時臉色黯淡，前段時間才徵兵丁，怎又來了徭役。

羅里正見他們不樂意，安撫道：「你們別擔心，也就十日的事，十日之內還管吃管住。

凡是有男丁的門戶，都得去一個。你們趕緊商量吧！我好記下名來，還得去別人家通知，明早大家就都要起程去縣城了。」

方老爹根本不與洛生和澤生商量，直接回答羅里正。「我去。」

「爹，怎麼能你去？你年紀也大了，還是我去吧！我今日就不去賣東西了，趕緊把麥子種了，明日我就和大家一起去縣城。」澤生說著就要把擔子往自己屋裡挑。

洛生上前攔住澤生，說：「你去不合適，還是先忙你的買賣吧，我去。」

但方老爹不容他們爭，又對羅里正說：「里正，你就記下我的名字吧。」

羅里正見方老爹痛快，便起了身，道：「那好，今日把家裡該忙的事都忙完，免得去了縣城又惦記家裡的活兒。」

「是、是，多謝里正提醒。」方老爹送著羅里正出院門。

待羅里正走了，洛生急道：「爹為何要搶著去，徭役之事怎麼樣也該讓兒子們去才對。」

方老爹卻擺手笑道：「爹還沒老到那個程度，做起活兒來也不比你差。你和澤生都得養家餬口，我和你娘如今也沒多大負擔，反正也就十日的事。澤生，你快去賣你的東西。洛生，我們走，別耽擱了，趕緊犁地種麥子去。」

平時洛生和澤生就極少反對方老爹的決定，他都這麼說了，也沒什麼好爭的了。

於是澤生挑擔與小茹一起出門，各自都要忙各自的去。

這時瑞娘帶著她的二妹雪娘要回娘家，張氏嘴裡動了幾下，想說什麼又不知該怎麼說。眼見著她們姊妹二人已經走出院門了，張氏又追了出去。「瑞娘，妳可得好好跟妳爹娘說話，別把事鬧大了，鬧大了這事反而不好解決。還有，妳得注意自己的身子，別遇到事就忘了。」

「哎，我知道了，娘。」瑞娘說著就與雪娘走了。

儘管這麼說了，張氏心裡仍然有些擔憂。唉，這個蔣家，事真多！

「小茹，我們先去哪個村子賣？」澤生挑著擔已上了大路，不知該往哪裡走，徵詢小茹的意見。

「你平時不是說嚴家村的富戶多嗎？那就先去嚴家村吧！聽你說嚴家村有些人家你還認識，你不會不好意思吧？」小茹笑問。

要是以前，只要去賣東西，澤生肯定會紅臉感到不好意思，但現在磨練出來了，他也覺得沒什麼好丟臉的。

「我們趕集的事，哪個不知。不要說嚴家村，各村裡的人估計大都認識我們了，我不照樣和妳一起賣得挺好？我們是靠自己的勞動掙錢，又不偷不搶的。」

小茹見他放得下臉面，也就放心了。「嗯，你說得對，我們要靠自己的勞動把日子過得紅火起來。對了，什麼東西賣什麼價，早上我們都商量好了，待會兒別人問價的時候，你可別記錯了，得我們兩人說得一致才行。還有，回來後，若村裡人問我們掙多少錢了，可不能說實話，無論掙多掙少，我們都只能說就掙幾文小錢。」

「那是，露財可不好。」澤生笑道。

「哎呀，不只是因為露財不好，我們掙不掙錢還難說呢。我的意思是，假如我們真的掙錢了，別人見我們買賣好也跟著學，個個都挑擔出來賣，搶了我們的買賣，那以後我們可就不好做了。」

這下澤生恍然大悟了。「妳說得沒錯，不管賣什麼，賣的人一多起來，就都不掙錢了。」

「澤生哥，嫂嫂，你們這是要去哪兒？」對面來了一位小夥子，走路一瘸一瘸的。

此人就是與雪娘定親的那位鄭家瘸子。

雖然不在一個村，澤生與他可是相識的，以前上學堂時他們同窗過，只不過澤生上了五年，他才上兩年。可能他知道雪娘的大姊嫁入方家，是澤生的大嫂，也想套個近乎。

「是良子啊。」澤生應著，小茄也向他點點頭。

良子向他們走近了，看了看澤生籮裡的東西。「你這是要挑去賣嗎？」

「對，我不想去石頭山幹活，所以就想另謀出路。你也不去石頭山？」澤生問道。

良子眼神裡有些黯淡，苦著臉道：「我爹不讓我去，說我……說我這樣不適合上山，容易摔下山來。」

澤生知道他心裡苦，也就不再問下去了。本想再問一下雪娘的事，想想這件事實在不是他該插手的，還是硬忍住了。

良子拿起一幅掛畫，還有兩包糕點。「澤生哥，這些我買了，總共多少錢？」說著就從斜襟裡掏荷包。

澤生知道他只是想買個人情，趕忙拿下良子手裡的掛畫和糕點。「你哪用得上這些，別買了，何必浪費這個錢？」

小茹見了他的瘸腿，又聽見澤生叫他良子，也判斷出他就是雪娘說的那個瘸子，於是跟著道：「是啊，你一個小夥子哪裡需要這些，你快忙去吧，我和澤生要走了。」

良子卻硬攔住。「我是真的要買。這掛畫多好，而這些糕點我想買來給我娘吃。」他不由分說地掏出十五文錢給澤生，拿著東西就走。

澤生無奈，只好拿出五文錢追上他，說：「瞧你，這些哪裡需要十五文錢，只需十文錢就夠了。」

良子呵呵笑著，接過五文錢走了。

待他走遠後，小茹收起十文錢，說：「澤生，你跟他這麼熟絡了，他還想趁這個機會收買人心，到時候大嫂娘家與他家若鬧了彆扭，你們見面豈不尷尬？」

「那是他與大嫂娘家的事，與我們並沒有什麼牽連，妳別擔心。剛才他非要買，我們又推卻不掉。不過，我瞧著良子他爹的厲害勁，雪娘與良子的親事十有八九是退不掉的。我們趕緊去嚴家村吧。」

澤生與小茹來到嚴家村後，小茹就開始吆喝了。

「賣觀音菩薩掛畫了，可以買去為家人祈福唷。還有好吃的糕點、好看的頭花……」

小茹才喊兩遍，就被一群小孩子圍住了，接著一群婦人也圍了上來。這些人剛開始只是瞧個新鮮，見賣的這些東西還真是不錯，就饒有興趣地拿出來看，接著個個都問起價格來。

「這個髮簪挺好看，多少錢一支？」

「這幅觀音菩薩掛畫多少錢？」

「娘，我要買這個瓷鳥！」一位男童拿著瓷鳥高興地吹了起來。

他娘聽了便問：「這個瓷鳥多少錢一個？」

小茹樂呵呵地答道：「髮簪三文錢一支，掛畫五文錢一幅，瓷鳥兩文錢一個。」

澤生和小茹欣喜地對望一下，心裡都樂著，這個買賣可是開門紅啊！

他們沒想到才到嚴家村，就把這些貨賣了一大半。其實進的貨本來就少，才十幾項品種，每樣就四、五件貨。把剩下的貨再挑到下一個村子叫賣時，沒多久就全賣完了。

本來以為整整一日都不一定能賣完，他們還特意帶了乾糧和水。這時還沒到午時，他們就可以高高興興地回家了。

澤生挑著空擔與小茹一路說笑，好不欣喜。「小茹，我們是不是掙了三十九文錢？」

小茹拍了拍身上的錢袋子，笑得合不攏嘴。「是四十五文！連本帶利現在一共有一百四十七文錢，下次我們就可以多進些貨回來了。」

「若有人問我們掙了多少錢，我們該說多少合適？」

小茹踏著歡快的步子，略微思忖道：「就說……掙了十五文錢吧！說太少了別人也不相信。若實話實說，沒準兒明日就有一堆人跟著我們學呢！」

「嗯，就說只掙十五文，這樣人家聽上去會覺得比去石頭山掙三十六文差遠了，就不會有人惦記了。」澤生竊喜。

兩人一路說笑著到家門口，卻見東生家的院門前圍著兩位婦人破口大罵。東生家白日裡從來不關院門的，此時不知怎地，院門卻死死關住了。

兩位婦人進不去，只好重重地捶著院門，大罵道：「芝娘，妳給我出來！妳個臭蹄子，再不出來，我把妳家院門都給拆了！」

「快出來！快出來！妳躲得過初一，能躲得過十五嗎？妳得賠我們錢，否則這日子妳可別想過得安生！」

澤生與小茹不知她們為什麼要這麼大罵芝娘，吃了上回的虧，這次他們懶得管，更不會去圍觀，而是徑直進了自家院子。

兩人一進院門，就見張氏坐在院子裡抹眼淚。

澤生見了嚇一大跳，趕緊放下空擔子，跑過來問：「娘，出什麼事了，妳怎麼哭了？」

在他的記憶裡，好久沒見娘親哭得這麼傷心了。

張氏眼淚糊了滿臉，緊捂著心口，心疼地道：「兒啊，我們家兩畝油菜地被芝娘家的牛吃個精光，還吃了明生家和輝生家的油菜，你沒看見明生娘和輝生娘在芝娘家的院門前罵著嗎？」

張氏越想越心疼，心疼得肝腸都快要斷了。「本來還指望油菜開春後能收個幾百斤油菜籽，可以榨出二百多斤油，不但夠我們家吃一年，還能剩不少，可以賣個三、四百文錢，這下完了，什麼都沒了！明年我們家全都得買油吃，這一下可至少糟踐了一千四、五百文錢啊！」

澤生與小茹聽了揪心不已，難怪明生娘和輝生娘在那裡罵芝娘，還罵得那麼難聽，沒想到竟然出了這種事。

澤生氣憤地說：「芝娘家的牛怎麼跑到我們家的油菜地裡去了！到底是誰在放牛？」

張氏想起芝娘，就一肚子的怒氣。「還能有誰？不就是芝娘嘛！東生、南生和他爹三人都去了石頭山，東生娘帶著孫女去菜地裡了，他們家一直都是芝娘放牛的。」

本來小茹掙了錢開心得很，這一聽，頓時也氣得牙癢癢，合著今日這錢是白掙了，掙的這些錢也就夠買幾斤菜油，相比那二畝油菜地可虧大了。

小茹柳眉倒豎，生氣地道：「芝娘她是怎麼放牛的，牛都吃了我們家兩畝油菜，還吃了別人家的，她幹麼去了？」

張氏扯出手帕子擦了擦苦澀的眼淚。「都怪我沒早點去油菜地瞧瞧。我是瞧著這季節野棉都吐絮了，就去扯些回來準備做棉襖，待我回來後，想到去看看油菜地裡長草了沒，卻瞧見芝娘的牛已將我們家的油菜吃得精光，那時候她家的牛都已經吃到明生家的地裡去了。明生和輝生兩家都只吃掉幾分地的油菜，只有我們家最慘，兩畝地幾乎被吃個精光！芝娘倒好，她那時還渾然不知，仍然捲著褲腿在河裡摸魚呢！」

「摸魚？放牛不仔細看著牛，她摸什麼魚！」澤生氣得直嚷嚷，轉身就要出院子，準備去找芝娘理論理論。

張氏叫住了澤生。「你去了也沒用，她都不開門。當我在河邊找到她時，她才知道她家的牛吃了那麼多家的油菜，她說，她是見河裡有幾條大魚冒泡就一心摸去了，竟然忘記牛的事。她嚇得直哭，然後牽著牛就跑回自家院，把院門死死關上了。剛才我也跟著她們在院門前拍了好一陣，要芝娘給個說法，芝娘就是一直不露面！」

小茹嘆了嘆氣，本該是開開心心的一日，生生被芝娘給攪亂了，此時也只能安慰安慰張氏了。「娘，妳別傷心了，油菜都已經被牛吃了，沒指望了。瞧芝娘家如今這家境可比以前強了許多，東生他們父子三人都去了石頭山，一人一個月就能掙回一千文錢來，也能賠得起，她今日不開門，還能一輩子不開門？等她開門了，我們再去找她。」

張氏憂慮道：「誰知道她家人認不認帳，反正這事是芝娘幹的，東生娘和東生若是不認帳，讓我們找芝娘要，能要得出什麼來？你們爹和大哥還在村北頭犁地，等午時回來，他們知道了這事，還不知要心疼成什麼樣子！」

就在這時，東生娘回來了，她見明生娘與輝生娘都快把她家的院門給拆了，還一口一個臭蹄子地罵芝娘，東生娘不知芝娘這是闖了什麼禍事，嚇得她都不敢靠前去了。

張氏見到東生娘從自家門前走過，趕緊出來，明生娘與輝生娘回過頭來也看見了東生娘，頓時全都圍了上來。

「東生娘，妳可得給個說法，妳家芝娘放牛不好好放，竟然讓牛把我們幾家油菜給吃了，我們明年哪有油吃？我們家可是足足兩畝地的油菜啊！」張氏捶胸頓足，眼淚又是嘩嘩地落，她是真心疼啊。

明生娘和輝生娘更是厲害，開口就說賠錢的事。

「東生娘，我家被吃了三分地，妳要麼將妳家的油菜地劃三分出來，明年春季由我家來收油菜籽，要麼現在立刻賠兩百文錢來！」明生娘氣憤得唾沫星子都甩出來了。

「東生娘，我家被吃了六分地。明生娘說的這辦法沒錯，妳也得劃出六分油菜地來，明年春季由我家來收，要麼就賠四百文錢！」輝生娘雙手扠腰。

東生娘嚇得直往後退，她們這兩家合起來才九分地，就要賠六百文錢！那澤生家的二畝地，豈不是要賠一千幾百文？

東生娘才不肯因為芝娘的錯而吃這個虧，這一大筆錢得她的兩個兒子和老頭子一共三人得賣近一個月的苦勞力才夠啊。

東生娘被她們咄咄逼人的責問嚇得退後了好幾步，突然，她囂張地喊起來。「妳們找我做什麼，是芝娘放牛去吃的，又不是我讓牛去吃的，要賠錢，妳們找她去！」

張氏見她想賴帳，氣得直哆嗦。「東生娘，妳可不能不認帳，芝娘不是妳家的兒媳婦嗎？」

東生娘哼了哼，理直氣壯道：「我家和東生家早分家了，他們家的帳，妳們去找他們小倆口。再說，等東生回來後，不得將芝娘打死才怪，妳們找他們小倆口也是沒用的！」

然後，她又對著院門罵起她的兒媳婦來。「芝娘，妳個喪門星、妳個惹禍精、妳個敗家娘兒們！等東生回來不打死妳才怪，妳還不如現在就死個乾淨，免得給我家惹禍……」

東生娘越罵越起勁，完全就是不認帳的德行，氣得明生娘、輝生娘和張氏臉色鐵青。

澤生和小茹見東生娘這般樣子也是十分生氣，可他們畢竟是晚輩，又不好插嘴，只能在旁邊看著乾生氣。

芝娘在自家院子裡嚎啕大哭，她知道自己要倒楣了，賠地裡的油菜且不說，今夜一頓毒打是逃不了的，東生這回哪怕不打死她，也要打斷她的雙腿。

明生娘可不是個好欺負的人，她咬牙發狠道：「東生娘，妳家東生回來後若不認帳或耍賴，到時候就別怪我不客氣了。」

明生娘扔下這句話就氣哼哼地走了。誰都知道她一共有六個兒子，每個都是做粗活的好手，渾身是力氣。當然，遇到哪家跟他們家耍賴，他們站出來一大排，哪家都會嚇得腿軟。要知道，他們若動起手來，一般人家可不是他們的對手。

她此話一撂下，東生娘就有些害怕了，以為明生娘要去喊她的六個兒子來。

張氏和輝生娘在旁邊靜觀其變，看東生娘怎麼面對。

東生娘果然是個欺軟怕硬的人，她不敢惹明生娘一家，便上前拉住明生娘。「明生娘，妳別誤會了我的意思，我不是不認帳，而是這本來就是芝娘的帳，等東生回來，他肯定會給妳們一個說法的，妳別心急啊！」

明生娘回過身來，正要說什麼，見對面走來了東生爹。

東生爹臉色慌張，腳步一深一淺，像喝醉了酒似的。他旁邊還跟著南生，南生背上還揹著一個人。

讓人驚慌的是，南生滿臉掛著淚。

東生娘腿直發軟，戰戰兢兢地走過去。「南生，這是怎麼了？東生、東生！」她發現東生軟趴趴地癱在南生背上，而且流了滿頭的血，眼睛也是閉上的。

「別喊了，快去找郎中！」東生爹悲愴地喊道：「快去啊！」

東生娘嚇得差點要暈過去，強撐著沒讓自己倒下去，然後跑去找郎中了。

南生揹著東生來到自家院門前，卻推不開門，哭喊道：「開門啊！大白日的關什麼門。大嫂，大哥被石頭砸到頭了，快開門啊！」

芝娘本來一直坐在院子的地上大哭，聽南生這麼哭喊，懵然地爬起來去開院門，見到公爹焦急的臉，又見南生滿臉是淚，再見到東生滿頭是血地趴在南生背上，不知是死是活。

瞧見這一幕後，不知她是因為暈血，還是因為接連受了驚嚇，一時承受不住，竟然扶著門暈了過去。

南生和東生爹此時哪裡顧得上她呀，趕緊進院安置東生去了。

張氏這些人本來是來找芝娘算帳的，這下可好，她家出大事了，她們也不好在這個當口再提油菜被牛吃的事，只好一起將芝娘扶了起來，再幾人合力將她抬進她屋內的床上躺著，然後各自沈悶地回家了。

東生爹怕村裡的那個老郎中不濟事，顧不得東生娘有沒有找郎中，自己一路跑著往石鎮去，他要去把鎮上還算有些名望的周郎中找來。

澤生和小茹、張氏都垂頭喪氣地回了自家的院子。

張氏慍著臉，從井裡打了一桶水上來，半晌才吭聲，嘆道：「也不知東生會不會好起來，他若是沒恢復到以前那般生龍活虎的模樣，我們家這兩畝地的油菜恐怕也就這麼白餵給他們家的牛了。」

澤生知道她萬分心疼，可事已至此，也只能聽天由命了。

「娘，妳別想這麼多了，最不濟明年我們自己花錢買油吃，錢是身外之物，掙得多，我們就多花一點，掙得少，我們就少花一點，何苦因為這事傷了神，還累了自己身子。」

小茹也來勸她。「娘，澤生說得沒錯，錢多錢少，日子都能過的。我們今日就掙了錢，一上午就把貨都賣完了。東生看來受的傷不輕，哪怕恢復得了，也得花一大筆錢慢慢將養，不要指望他們家賠什麼了。他家就一畝油菜地，真要賠，我們三家分，也分不到什麼。」

張氏長嘆一口氣。「你們說得也是，日子怎麼難過還不是過下去了。許多人家兒子們都去了西北邊塞，洛生和澤生能留在家，這就算是福氣了。雖然這次兩畝油菜是白種了，也指望不上他們家賠了，好在我們一家人都平平安安的。東生才去石頭山兩日，就遇到這種糟心事，我們家日子再不濟，總比他家要強。」

張氏說了這些，心裡似乎好受一些，和人家對照一下，她便感覺自家的幸福來。

小茹還挺佩服婆婆的，一會兒就能將事情看得這麼開，要放在一般婦人身上，家裡遭受這麼大的損失，怎麼也得哭個幾日，婆婆平時看起來過日子緊巴得很，一旦看開了，還是頗為豁達的。

張氏洗好了菜，站了起來，瞧了瞧門外，道：「妳大嫂怎這時還沒回來？你爹和大哥這會兒估計都犁好地了，等會兒就要回來吃午飯，難道她不準備回來做午飯？」

澤生看了看頭上的太陽。「娘，妳還是多做點吧！讓大哥在妳屋裡吃，大嫂看樣子中午是回不來了。」

「這個瑞娘，也是個不懂事的！」張氏端著洗好的菜，轉身回屋做飯去了。

過了一會兒，在外面挖野菜和割豬草的小源和小清都回來了，緊接著方老爹和洛生也到家了。

他們一回來，張氏必定是要將油菜之事跟他們細說一遍。

方老爹聽了眉頭全擰在一塊兒去了，心疼得拳頭直捶桌，憤然地道：「這個芝娘，天生缺心眼嗎？怎麼竟幹這種不著調的事，她還讓不讓人家過日子了，這可是我們全家人明年要吃一整年的油，剩下的還可以賣錢啊！」

洛生在旁也是心疼得很，要知道油菜從種下去到施糞肥，還鋤了幾遍草，眼見著已經長得綠油油的了，竟然一上午就突然沒了，被人家的牛吃掉，他能不心疼嗎？

張氏再把東生在石頭山被石塊砸了腦袋的事一說，他們父子倆頓時傻眼了！東生都受重傷了，他們也不好再埋怨這件事，只能白白認了倒楣。

別的話不多說，洛生硬是要跑到油菜地去看一回。

方老爹朝他喊一句。「有什麼好看的，吃都吃了，越看越鬧心。」

洛生卻仍不死心。「我想去看看到底是吃到根上了，還是只吃了葉子，說不定還能長出來。」

張氏在屋裡做著飯，撂下一句。「還長個屁出來，連根帶葉，差不多都吃淨了！」

然而，洛生想去看，那就由著他去看一眼吧！看了後，也就死心了。

第十一章

這會兒，澤生與小茹在自己屋裡做飯。

「澤生，我剛才瞧見了，東生傷的可是後腦勺，人又昏迷不醒，怕是傷得不輕，還真不知道醒過來後，人還是不是正常的。你說他好好的，怎麼就被石塊給砸了？難道是沒躲過土炮？看來，我不讓你去石頭山的決定是對的，那裡多危險啊，才開工兩日，就出事了。」小茹一邊炒菜一邊感嘆自己的明智決定。

澤生點頭稱是，臉上卻又帶著憂慮。「妳說既然這麼危險，爹和大哥還要去幹活的話，豈不是也有危險？爹明日是要去縣城服徭役，晚十日才去，可是大哥明日就要去的。」

小茹突然停住手裡的鍋鏟，看著澤生極認真地道：「要不，等吃過飯後，你勸勸他們吧。」

澤生卻猶豫不定。「若是爹和大哥不去，他們實在沒有掙錢的路子呀！要說……放土炮前，工頭肯定會讓大家都跑得遠遠的才會放，東生是怎麼回事，怎麼就出事了呢？」

澤生十分納悶東生受傷的原因。

「什麼事都有個萬一，你還是勸一下爹和大哥吧！若他們真要去，也沒辦法了。哪怕要去，也要提醒他們戴上帽子才好，能護著頭。」

「對呀，讓他們戴上帽子，比較結實的那種帽子，這樣至少能防著點。」
忽地，他們聽到院門外響起一個人說話的聲音。
石鎮那位來為東生瞧傷的周郎中可能是要走了，他的聲音從東生院門外傳了過來。
「你們趕緊按照我寫的方子去把藥抓來吧。他性命無憂，就是不知道醒來後會不會有其他症狀，這個我也不敢妄下定論。我每日上午都會來替他把一次脈的。欠下的看病錢，我會記在帳上，你們過年前再還吧！」
周郎中還算是個好心人，遇到家境不好的都願意讓人賒帳，他說完就走了。
之後隔壁又傳來芝娘的哭聲。東生娘自己也在哭，還罵著芝娘。「妳哭什麼哭，東生又不會死！家裡的這些禍事，都是妳這個喪門星給惹來的，今日東生不能起來打妳，我來打！」
又聽見一陣沈悶的打聲，不知東生娘是用笤帚抽芝娘，還是拿灶下用來挾稻草、木柴的火筴抽的，反正芝娘是一陣陣嚎哭。
「夠了！妳們還嫌家裡禍事不夠多嗎？」
這些哭聲終於在東生爹一聲悲愴的吼聲下，戛然而止。
吃完午飯後，澤生就勸洛生明日還是不要去石頭山。
洛生果然如同澤生料想的那般，是堅持要去的。澤生只好提醒他戴帽子，洛生應了。

由於澤生打算明日再去地裡種麥子，下午小茹就和他去山上採野棉，因去山上採的人多，怕晚了就採不到什麼了。

他們一人拿著一個大布兜子出去。一路上，他們聽到村民們都在議論東生是如何受傷的事。因為山上出了事，只好停工半日，幹活的人也都回來了。他們都說東生是中了魔怔，平時幹活挺利索的一個人，今日卻一直暈暈乎乎的，做事做得拖沓。

其實是因為東生最近凡是遇到陰雨天，頭就有些發暈，而今日天色有些陰暗，像是要下雨。他是個愛面子的人，頭暈也不跟旁人說，平時也沒向家人提起過。

偏偏今早上他又鬧肚子，可能是昨晚上沒吃好，拉得渾身都有些虛脫。本來他的頭就有些暈乎，加上肚子不舒服，渾身虛軟無力，所以這一上午，他幹活都很吃力。

工頭大喊說要放土炮時，所有人都跑得遠遠的，平時早已安排好了各自該跑向何處，大家都按序地蹲在巨石後面。只有東生一人落在最後，跑得慢一些。

點土炮的人已經點了炮繩子，眼見著火燒著繩子，立刻要燒到土炮了。東生往邊上跑時，不知怎麼的，腿一發軟，一下摔倒在地。

工頭見了拚命大喊，說土炮就要炸了，叫他快爬起來跑，其他人見土炮馬上要炸了，也不敢跑過來扶他。結果，悲劇就這樣發生了，土炮炸得滿山石頭亂飛，偏偏還有一顆石塊砸向東生的腦袋上。

大家都在說，東生今日行為太奇怪了，若不是中了邪，那就是哪裡不舒服，或許是太累了？否則怎麼走路走得好好的會摔倒，哪怕摔倒了，也能立刻爬起來，可他硬是掙扎好幾下都沒爬起來。

小茹聽得心慌慌的，不會是因為上次勸架，東生摔倒後留下了後遺症吧？雖然別人都沒有朝這方面想，可她不知為何無緣無故地這麼猜測。

澤生好像和小茹想到一塊兒去了，一路上臉色泛青，一聲不吭。

直到來到山上，聽到一位婦人說，芝娘早上在河邊洗衣時還嘮叨著，東生今早起來拉了三次肚子，於是推測說東生可能是因為肚子疼的關係，沒來得及爬起來。

這下兩人沈重的心緒才稍稍放鬆了些，雖然不能確定是什麼原因，好歹有這麼一個理由，使他們沒有過於自責，沒有將罪過往自己身上攬。

下午估摸著快到申時，他們見瑞娘也上山來採野棉，這兒的野棉比別處稍多一些，所以很多人每年都習慣來這裡。

小茹遠遠見了瑞娘朝這邊走來，就問：「大嫂，妳從娘家回來啦！雪娘的事怎麼樣了？」

瑞娘臉色有些蒼白，眼睛有些紅腫，看來是哭過了。她低垂著眼簾，雙手快速地採著野棉，說：「我爹娘根本不聽我的勸，竟然還說定親三個月後，開春二月就要讓雪娘嫁過去。因為鄭家說了，什麼時候嫁過去了，三畝水稻田才能兌現。為了開春後能及時種上水稻，我爹娘就打算在播種之前將雪娘嫁了。他們怕雪娘賭氣跑了，還將她鎖在屋裡了。」

「什麼，妳二妹被鎖在屋子裡了？三個月後就要嫁？」小茹驚愕地道，這豈不是要強嫁娶嗎？

瑞娘點點頭，哽咽地說：「我二妹也就那個命了。我今日去的時候，鄭家好似知道雪娘不同意，還請了媒婆來傳話，說親事都說定了，定親彩禮錢也收了，哪裡能反悔，若反悔了，他兒子以後就更不好娶親了。誰都知道鄭老爹及他幾位叔堂兄都是蠻橫的主，以前哪裡有帶頭打架、拆人房屋的事，幾乎都有他家的分，我家哪裡惹得起他？」

瑞娘說著說著就掉下淚來。「好在聽說良子人不錯，可我擔心二妹嫁過去後，會遭公婆虐待。」

澤生在旁聽了，覺得事情也許沒有瑞娘想的那麼糟糕，便安慰瑞娘道：「大嫂，妳也別憂心。良子應該會護著雪娘的，哪位男子願見自己娘子被人欺負？哪怕他爹娘要欺負雪娘，他也會明裡暗裡向著她的。他爹娘看在自己兒子的分上，對雪娘應該也不會怎麼樣的。既然親事退不掉，妳還是往好處想吧。」

「是啊，只能往好處想了，否則又能怎樣呢？過幾日，我再去勸勸二妹認命吧！別硬扛著不從命了，這麼被鎖在屋裡也不是個事。」瑞娘抹淨眼淚無奈地道。

採了一下午的野棉，澤生和小茹才一人採了一兜，想做兩件棉襖還差一些，等以後有空再來採吧！

瑞娘來得晚，只採了小半兜。眼見著天色暗了下來，他們三人相伴回了家。

婦人們口耳相傳的力量不可小覷，才小半日工夫，所有人都知道東生鬧肚子的事，都以為他是因為鬧肚子而腿發軟倒了地，又沒來得及爬起來，最後才出事的。

澤生他們三人一路回來時，走到哪兒都能聽到村民們議論這件事。就連東生自家人，也認為他是因為鬧肚子而遭的大禍。

東生遇陰雨天頭會發暈的事，幸好只有他自己知道，否則，這事恐怕會鬧得澤生全家人都心裡不安生，東生娘更不會放過他們。

澤生心裡一直惦記著東生的事，回到家後，見張氏在院子裡剁豬草，就問：「娘，妳聽到東生家有動靜沒？東生醒過來了嗎？」

張氏直搖頭。「剛才還聽見他娘哭，說怎還不醒，看這樣子估摸著得明日才能醒過來了。唉！」

東生這事一出，張氏已暫且忘了二畝油菜受糟蹋的痛苦，只顧得同情人家起來。

次日，方老爹和村裡幾十個男丁在羅里正的帶領下去了縣城服徭役，去的大都是年紀稍大一些的。年輕力壯的都去石頭山掙錢去了，哪個會願意去服徭役？為公家做事又沒有錢，所以都不捨得讓家裡做重勞力的人去。

洛生則去了石頭山，這是頭一日去，在澤生的再三囑咐下，他戴了個斗笠前往，惹得一路上的人都笑話他，說又沒下雨，戴什麼斗笠。

洛生照搬澤生對他說的話，說這樣安全，可以護著頭部，不容易被亂石砸到。這下大家都不笑他了，再一想到東生的事，個個覺得有理，不少人還跟著說，明日他們也要戴斗笠去。

另一邊廂，澤生和小茹去地裡播種麥子。雖然小茹以前不會，但在這些日子裡，她也見過別人是怎麼種的，真心覺得不難。

何況澤生會播種，她在旁看著，一會兒就學會了，而且還熟練得很，做起來一點兒也不比澤生差。

因為只播種半畝麥子，才費一個上午，他們就做完了。小茹心裡不禁感嘆，其實種田種地什麼的，一點兒都不難，就是身體累點。前世的她是動腦子動多了，成天不是做表格，就是整理檔案、寫報告，那種絞盡腦汁的感覺可真是不好受。

如今多幹些體力勞動，她倒覺得痛快。這樣既不用擔心坐多了辦公室會發胖，腦袋也不會累得暈暈乎乎。當然，若長久做農活，她也會受不了，畢竟她不是靠體力過日子的那塊料，所以她才想著要做買賣。農閒時做買賣，農忙時幹些農活，兩樣配合著來。

中午回來時，他們倆見東生家的院門口有不少人進進出出的，都是本村的人。

他們立刻明白了，東生醒了！

此時，張氏和瑞娘一人手裡拿著一斤糖和一斤麵，走出自家的院子，要來看東生。按著村裡的習俗，若哪戶人家受了重傷或得了重病，各家都要帶著薄禮去看望一回。

有的人覺得想要送份薄禮過去，還得先跑腿去買回來再送給人家，這樣費事且不說，收禮的人家根本吃不完這些，最後還是將這些拿出去換錢或換別的東西，所以有些人乾脆就送個五、六文錢，這樣彼此都方便。

「澤生，我們是像娘和大嫂那樣送東西過去，還是直接送錢？」小茹瞧著家裡沒有掛麵，也沒有白糖了，只有一斤紅糖，覺得不太適合送。

澤生想也沒想就答道：「送十文錢吧！他家現在不缺這些東西，只是缺錢花，估計一日都得賒好些藥錢呢！」

澤生和小茹帶著十文錢，前往東生家。

一進東生的屋子，他們本以為會見到東生清醒的模樣，以為他已無大礙了，只是得慢慢養傷而已。

可是，當他們見到了東生，卻有些被東生的神情嚇到了，因為他看上去是那麼的麻木、呆滯。

他被家人扶著坐了起來，背靠著床頭，兩眼混濁，呆呆地看著前面。

澤生和小茹來了，他也沒多大反應，眼珠子緩慢地朝兩人這邊瞧了過來，然後就一直盯著他們發愣。

他這種呆而空洞的眼神，叫小茹看了有些害怕。

此時，芝娘在細細地給東生換著纏頭的布，神色淒涼。

「東生，東生！」澤生坐在床邊喚著他。

東生好像什麼也沒聽到似的，絲毫沒有反應，仍然傻愣愣地看著澤生。

小茹見了發慌，急問道：「芝娘，東生他怎麼了？他什麼時候醒來的，說過話嗎？」

芝娘悲戚地說：「上午郎中走沒多久，他就醒了，一家子正高興著，卻發現他不笑也不說話，就一直這樣發愣。我爹說，等明日郎中來了，就知道是怎麼回事了，不知吃藥能不能吃得好。但我娘說，東生可能是受了驚嚇，說得找女巫來跳大神，給東生驅邪。澤生，你是讀過書的人，你應該懂的，跳大神靈不靈驗？」

澤生沒想到芝娘會問他的意思。他本著自己從來不迷信的性子，說：「哪裡能信這個，當然得聽郎中的。跳大神若真的靈驗，這世上還需要郎中做什麼，病人也都不用吃藥了！」

芝娘十分相信澤生的話，聽他這般說，頓時就急了。「我娘她已經去找女巫了，怎麼辦？」

澤生實在不想摻和她家的事，怕因自己這麼一說，又惹她家起什麼紛爭，又道：「既然妳娘去找了，就由著她吧，說不定跳大神真能驅邪。」

芝娘被澤生這兩種說法，弄得有些迷糊了。

澤生也是沒辦法，若他在這裡說跳大神不靈驗，待東生娘回來了，肯定會罵他攪事的。

他懶得理芝娘，看著眼前的東生這般發傻不說話的樣子，甚是著急，他晃了晃東生的肩膀，直叫：「東生，你說句話呀！東生。」

東生仍是呆愣地看著他，沒有任何反應，眼珠子都不怎麼轉動。

芝娘見了又嗚咽起來。「澤生，你這樣叫根本沒用。我們都叫他一上午了，他好像根本聽不見，就連大、小解都不會，還要我……」她說不下去了，由嗚咽變成哭泣了。

澤生見芝娘哭哭啼啼的，煩得皺起眉頭，準備讓小茹來安慰兩句，卻見小茹臉色有些驚慌，一直上下打量著東生，像是在琢磨什麼。

澤生碰了碰小茹的胳膊，問：「妳……在想什麼？」

小茹一驚，回過神來，看了看在旁的芝娘，不好直說心裡的想法，只是吞吞吐吐地道：「沒……沒想什麼。」

澤生最瞭解小茹了，知道她是有話不好當芝娘的面直說，於是他站了起來，將十文錢遞給了芝娘。「芝娘，我和小茹先回去了，妳可要好好照顧東生。」

芝娘看著手裡的十文錢，有些感動，別人家都只送五、六文錢，澤生卻送了十文，她紅著臉道：「你家的油菜……」

「算了，現在還提那事做什麼。」澤生轉身與小茹走了。

芝娘抹著眼淚，怔怔地看著他們並肩走了出去。她羨慕這一對，又嫉妒這一對，特別是澤生的背影是那麼好看，再看著眼前發傻的東生，她突然嚎哭了起來。

儘管她哭得驚天動地，東生仍然沒有反應，傻傻地看著她，看著她的眼淚如決堤的河。若是發生在以前，他說不定會爬起來好好揍她一頓，可是現在，他什麼也不做，什麼也做不了。

當澤生和小茹來到自家的院子後，澤生就追問：「小茹，妳剛才是不是想說什麼？」

小茹猶豫了一下，道：「澤生，你聽了可不要以為我危言聳聽。我感覺東生可能是腦袋被砸壞了，說不定……以後他會就一直這麼傻下去。」

澤生有些驚愕。「不會吧？說不定郎中來看過後，給他配上對症候的藥，過不了幾日，東生就能好起來呢？」

小茹搖了搖頭，嘆氣道：「我瞧著難，就怕他會永遠這麼下去了。」

澤生愣著神。「妳的意思是……他可能一輩子都會是個傻子？」

「我只是這麼猜測。」小茹也不敢確定，覺得東生這狀況明顯是大腦神經受損，只比植物人強些。

澤生雙眼有些濕潤，兒時的夥伴、隔壁的鄰居，如今有可能會變成傻子，他心裡十分苦澀。

小茹見澤生心裡難受，便轉移話頭道：「澤生，下午我們還去採些野棉吧！要湊夠做兩件棉襖才好，然後我們早點回來剝花生，明日是趕集的日子，可別又忘了做多味花生，像上次那般手忙腳亂的。」

澤生點頭道：「好。」

他心裡在想，是啊，得把自家的日子過好，生命如此脆弱，得過好現在的日子，可不要像東生那般，好日子還沒過上，就遇到這種倒楣的事。

想到這些，澤生又道：「有了昨日掙來的錢，明日再去趕集，我們手裡的錢就不少了，後日就去縣城進貨吧！多進一些。」

澤生這突如其來的振作，讓小茹有些出乎意料，她微微笑道：「好，多進些。」

吃過午飯後，他們也沒休息，就準備去山上採野棉。他們走出村子，來到大路上時，見對面走來一位同是趕集做買賣的婦人，她與小茹的攤子離得近，早已熟絡了。

這位婦人愁眉苦臉地道：「茹娘，以後我們要趕集做買賣可得費勁兒了，趕集的那個場子挪了地方！」

小茹和澤生頓時愣住。「挪到哪兒去了？什麼時候的事？」

「挪到姚家村了，可比以前的那個場子遠十里地呢！你們說這不是禍害人嘛！」婦人氣憤地道。

小茹驚道：「姚家村？這也太遠了吧！以後恐怕大家都去石鎮那幾個鋪子裡買東西，不願去趕集了。」

「可不是嗎，這不是叫我們這些做買賣的沒了生路嘛！聽說這塊趕集場地被一戶富貴人家買下了，好像是要蓋大院，都怪那個看風水的假道士，說什麼那是塊風水寶地。因為這一戶人家，耽誤全鎮的人趕集，當真是有錢能使鬼推磨，也不知那個田吏長是怎麼同意的！」

這位婦人越說越來氣，氣得想罵人，突然覺得當著別人的面說田吏長的壞話可不好，便立即住嘴了。當官的她可不能得罪，要被人傳了去可不好。

小茹思索一番後，卻道：「換了地方後，我們南面的這些村子願去趕集的人肯定會少很多，但北面那幾個大村的人，特別是姚家村，願去趕集的就會比以前多了。因為以前北面那幾個村離得遠，來趕集的少。說來說去，趕集的人不會少，就是我們做買賣的得多跑些路了。」

這位婦人恍然大悟。「喲，茹娘說得沒錯，我竟然沒拐過彎來！只要買賣能繼續做，多跑十里地，我也是願意跑的！」

這下婦人不惱了，開開心心地與小茹閒聊了幾句，就各自忙活去了。

在山上採野棉時，小茹腦子裡就一直在尋思著村民們趕集不方便的事。

她手裡有一搭沒一搭地扯著野棉，突然心生了個膽大的想法。「澤生，你說……若是我們在方家村大路邊開家小鋪子，這附近四、五個村，再加上更南頭的那幾個村，會不會就不願跑路去石鎮或去姚家村趕集了？來我們開的鋪子裡買東西，多方便呀！」

「我們開鋪子？」澤生驚得兩眼直愣。他還從來沒想過自己要開店鋪，也覺得小茹此時這個想法有些異想天開。

小茹見澤生那樣，噗哧一笑。「瞧你，這就嚇著你了？還是讀過書的人，這點事情就嚇著你了，不就是說開個店鋪嘛，又沒大誇海口要買下整個石鎮！開了鋪子後，無論颳風下雨，我們的買賣都能做，難道你想一直挑著擔子上門賣？」

澤生見小茹說得輕鬆，很納悶，疑惑地問道：「可是我們沒有本錢，也沒有鋪子呀！哪能是想開就能開的。」

小茹遙望著山下方家村的路口，指著問道：「大路邊那間破土屋是哪家的，怎麼沒住人？我們可以把這間房屋承租下來，修繕一下。」

澤生遠遠地瞧了瞧那間破落的土屋。「那是鄒寡婦的公爹慶大伯的，如今慶大伯一直在他的二兒子家住。妳打算承租這間破土屋？這間也太破了，西邊牆都要倒了。」

「這土屋破成這樣，租金肯定就低，我們好好修繕一下，開鋪子是沒問題的。」小茹心裡打著如意算盤。

「可是妳別忘了，我們沒有本錢。」澤生仍然覺得這個想法有點離譜。

「所以我們得趕緊多掙些錢，多挑幾次擔上門賣，趕集也一次都不能錯過，等到臘月，也能存一些錢，在年前將鋪子開起來，剛開始貨少是肯定的，我們賣一點錢出來就趕緊去進貨呀。年前家家戶戶都要買年貨，可是掙錢的好時候，一定得在年前將鋪子開起來！」小茹越說越帶勁，越說越有信心。

澤生被她說得心癢癢的。「那好，今晚我就去和慶大伯商量承租的事，他肯定想不到會有人願意租那間又破又爛、連他自己都不願住的破屋子。」

小茹之所以這麼有信心，還是想到前世她家社區門前的那家小雜貨店，雖然超市離得也不遠，但附近幾個社區的人如果只是買一些小東西，還都愛去那家小店買，圖的就是個近便，聽說那家小店生意很不錯的。

覺。

到了晚上，做好多味花生後，澤生就去慶大伯的二兒子家，這時慶大伯正準備上床睡覺。

他見澤生來找自己，實在有些納悶，瞇著一雙老花眼，仔細打量著澤生，確定是他沒錯時，便打趣道：「澤生，你這小子，出世十八年了都沒跟我多說過幾句話，如今娶了娘子，怎麼還記起我來了？」

澤生笑了笑，恭敬地道：「大伯，我來是想承租你那間屋子的，就是大路邊的那間。」

慶大伯還以為自己聽錯了。「你說什麼？」

澤生又大聲地對著他的耳朵把剛才那句話重複了一遍。

慶大伯被澤生的聲音震得直往後退，嚷道：「你別那麼大聲，我耳朵好使，你說什麼我聽得都清楚著呢！我的意思是，你要租我那間破屋子幹什麼，我自己都不願住。你若有用處，就拿去用吧，還扯什麼承租？」

「這哪成，怎麼能白用呢！」澤生就將想開鋪子的事說給慶大伯聽了。

慶大伯倒是個腦子活絡的人，聽澤生這麼說了，不但不吃驚，還大誇澤生腦子好使。「澤生，你這主意不錯，後生可畏呀！你可比你爹和你哥都強。你要做買賣的話，我這破屋子就不能白給你用了，一年就……六十文錢可好？」

「一年六十文？」澤生驚呼。

「怎麼？嫌貴呀，嫌貴的話那我就不租了。」慶大伯故意裝傻著笑道，他知道澤生是沒想到會這麼便宜，一個月才合五文錢。他只是覺得自己那間屋子扔在那兒也是扔，都破得快倒了，完全就是一間廢屋子，如今能一年收個六十文錢也不錯。

澤生趕緊謝道：「謝大伯，我哪能嫌貴呢，是我承你的人情了。」

「哎，也別那麼說，六十文錢也能買好些肉吃呢！你可得將那屋子好好修繕，否則會很危險的，特別是颳大風的時候，可別牆吹倒了，合著連你鋪子裡的貨一起給吹跑了！到時候大家滿地撿你的貨，就不用錢了，哈哈……」

慶大伯平時就愛說笑，這下又把澤生逗樂了。「大伯，你放心，我肯定會修繕的，否則哪敢搬進去。」

此事說定了後，澤生就說等過些日子將租賃契約寫好，送給他過目，互相蓋手印。

慶大伯直笑道，怎麼聽上去像賣身，還畫押呢！不過最後還是聽澤生的，這些過場還是要走的，免得以後遇事扯不清。

澤生回家後，見小茹不在家，而東生家門口十分熱鬧，一群人都圍在那裡看。當然，小茹也在其中。

澤生剛走近東生家的院子前，便聽得院子裡發出一陣怪怪的聲音，嗚嗚啊啊的，只見一位女巫披頭散髮，拿著一支火把滿院子瘋跑，嘴裡胡亂叫著。

澤生不禁皺眉頭，女巫這模樣，一看就是裝神弄鬼！還弄得院子裡烏煙瘴氣的，哄得東生一家人及圍觀的人團團轉，以為她真的找到了惡神，拿火把燒祂呢！

小茹似乎感受到澤生的視線，她回頭一看，見他就在自己身後，便靠了過去，極小聲地說：「你瞧女巫這麼瞎折騰，能有用嗎？聽說來一次得八十文錢，還說至少得來五次，東生才會好轉，這明明就是騙錢，人家都遭禍了，女巫還乘火打劫。」

小茹也知道當地的習俗，知曉分寸，所以沒有當別人的面這麼說，只敢小聲在澤生面前發牢騷，她看著東生家這場面，心裡實在對這位女巫厭惡至極。

因為她的聲音極小，周邊人的注意力又都在女巫身上，否則他們還不知要怎麼罵小茹呢！他們大部分都是相信女巫的，平時哪家有禍事，大都要請女巫。

災消了，說是女巫跳大神靈驗了，若災還沒消，就說是請女巫的次數少了，沒有壓住惡神，然後哭著說都怪自家沒錢。極少數人會認為是女巫在裝神弄鬼，澤生就是其中一個，他偶爾在爹娘面前說不信這個，還遭爹娘訓斥，怕他胡說八道，惹了神靈。

澤生拉著小茹回家，進了自己的屋，他才嘆氣道：「由他們去鬧吧！只有鬧過，他們才心安，若不鬧一回，東生又沒好起來，他們心裡更難受，怕是因為不捨得花錢，東生才不會好。待明日周郎中來了，看他怎麼說，還不知到時候郎中的話，他們信不信呢。」

小茹靠在澤生的懷裡，喃喃地道：「以前我還真夠討厭東生的，他不僅粗蠻，還打女人。我也挺不喜歡芝娘的，感覺她這個人，讓人見了就不舒服，一副讓人可憐的樣子，卻仍然止不住地做錯事，而且還不安分，總是……」她不好說出芝娘總偷偷瞧他的事，便打住了。「唉，如今東生這樣了，他們這一對該怎麼過日子啊？」

澤生嘆道：「日子不好過也得過，嚴家村有一個癱瘓在床二十多年的人，他的娘子不但伺候得他好好的，還將三個孩子拉拔成人，如今各自成家了，日子都過得還不錯。」

「就怕芝娘是撐不起來她那個家的。不說他們了，你剛才去慶大伯家，事情談妥了嗎？」

說起這事，澤生立刻從抽屜裡找出紙筆，磨著墨。「嗯，談妥了，六十文錢一年，我還跟他說好了，要寫個租賃契約，蓋個手印。」

「六十文錢一年？也就是……一個月才五文錢。澤生，你是越發能幹了，怎這麼會壓低價錢？」小茹又驚又喜。

澤生用手撫平紙張，嘴角輕輕上揚，微笑道：「瞧妳說的，好像我多麼奸詐似的。不是我會壓低價錢，是慶大伯自己說的價，他可不是個坐地起價的人，心裡實誠著。」

小茹坐在他身旁，瞧著他寫租賃契約的那副模樣，清俊的臉寵、認真的神情，真的是好看極了。她一邊癡看著他，一邊遐想著兩人將店鋪開起來，然後過著紅紅火火的日子，臉上禁不住露出美美的笑容。

不知過了多久，澤生用手在她眼前揮了揮，笑問：「在想什麼美事呢，該上床睡覺了。」

不承想，東生娘請來的那位女巫可能是擔心跳大神的時間太短，與那八十文錢不太相稱，怕被人家說話，所以硬是瘋鬧到大半夜才算消停。

澤生與小茹被吵鬧得在床上翻來覆去，怎麼也睡不著。大概是心裡想著趕集的新場地比以前遠了十里地，腦子裡牢記著要早起，儘管他們都沒睡好，大腦還是及時喚醒了他們，比平時早起了一個時辰。天還沒亮，他們就起床做早飯了。

趁天色濛濛亮，他們就開始趕路去姚家村趕集了。因為他們來得還算早，加上第一次在新場地趕集，一些做買賣的人還不知情，先是去了舊地，見那裡沒人才再往這裡趕，所以澤生和小茹幸運地占了一個極佳的地方。

買賣也進行得十分順利，不到中午就賣光了，走之前，小茹又在地上畫了一個「占」字。雖然早早賣完了，因為路遠，他們到家後時辰也不早了，家家戶戶都吃過午飯出去幹活了。

到家後，他們倆就聽到隔壁哭天喊地，原來是周郎中上午來過，說東生這輩子估計也就這樣了，若有一日能恢復原狀，那就是老天開了眼，或是東生上輩子積了福。

東生娘還不相信，她只相信女巫的，說跳五次大神就能好。

但是芝娘相信澤生說的，他昨日說女巫那一套不管用，否則就不用找郎中，也不用吃藥了。她從上午到下午已經哭暈了好幾次，哭暈了後，不知過了多久又醒，醒了再哭，哭著又暈。

當然，她不是為東生而哭，而是為自己剩下的大半生而哭，她不想守著個傻子過一輩子。

東生娘嫌她哭得太淒慘，會給家裡帶來更多晦氣，就拿火筴抽她，越抽她就哭得越慘。

澤生與小茹聽得心肝一顫一顫的，實在聽不下去了，於是兩人就一起去承租的那間破土屋裡好好瞧瞧，看到時候該怎麼修繕、裡面該怎麼擺放貨物。他們倆一起商量著，還拿著紙筆寫寫畫畫。當然，是由澤生執筆，小茹只在旁邊看著，偶爾不露聲色地指點一下。

到了晚上，東生家又是鬧到半夜，附近幾家沒有誰能睡得踏實。但誰都不好有怨言，畢竟他家忙活的是大事，無論結果怎樣，心裡有了安慰和期盼，這日子才能繼續過下去。

第二日，澤生和小茹又是起個大早，要去縣城進貨。

小茹將錢往身上仔細地收好，拿起昨夜澤生寫的進貨單，她突然說：「澤生，我們昨夜商量了那麼久，竟然忘了一樣十分好賣的東西了。」

「哦？是什麼？」澤生挑眉問道，他還沒明白過來。

「我們可要進一些便宜的粗布來！」小茹拿出毛筆。「來，你快加上，別到時候又忘了。」

澤生拍了拍腦袋。「對啊，最近幾乎家家都要做棉襖，需要買布的肯定很多，我們怎麼能把這件事忘了。」

接過毛筆，他趕緊加上。寫好後剛放下筆，張氏和瑞娘就進來了，還真是巧，她們進來要說的就是布的事，讓澤生和小茹多進些布回來，她們要買來做棉襖。

「妳們還要買什麼，到時候送給妳們一些就行。」澤生爽朗地答道。

瑞娘可不敢承這個情。「這哪成，可不能白要你們的，你們掙錢也不容易，不是還要開店鋪嗎？正缺錢呢！」

張氏朝澤生笑著訓道：「瞧你，還說要做買賣呢！送這個、送那個，你們豈不是要送得連褲子都沒得穿？做買賣可得精打細算，記住了嗎？」

澤生呵呵笑著說：「好好，不送就不送，按本錢給妳們總行了吧！」

小茹緊接著道：「娘，妳放心，我們肯定能將買賣做好，以後凡是自家人買，就都按本錢算。」

「這還差不多。你們要是能將買賣做好，日子過得像模像樣，我和妳爹臉上也有光呢！」張氏說完就和瑞娘一起出去了。

澤生和小茹見收拾得差不多了，趕緊上路。

這次雖然進的貨比上次多，好在動身得早，也沒有耽誤時間，總算趕在天黑之前到了家。

接下來幾日，他們都是挑擔賣貨，賣完了再去縣城進貨，遇到趕集的日子他們也不錯過，雖然很忙活，他們卻幹勁十足，為了能早點將店鋪開起來，卯著一身的勁。

東生家請女巫跳了五次大神後，東生並沒有絲毫的好轉。東生娘哭著問女巫是怎麼回事，女巫說是因為這次惡神太凶狠，作法的次數不夠多，應該再多做五次才行。

東生娘咬咬牙同意了，可是第六日女巫並沒有來。她讓人帶話給東生娘，說她要化身去天上驅除惡神，三個月後才能回來。

女巫知道東生毫無好轉的希望，便逃之夭夭了。反正她又沒有個固定住所，長年四季都在外奔走。她說三個月後再回來，也沒有人真正去追究她的下落。當然，絕大部分人是真的相信她化身去天上了。

東生娘不但不認為自己是上當受騙了，還信心滿滿地等著女巫在天上收拾惡神，待她三個月後回來，東生就有救了。

東生爹倒是有些懷疑，怕是上當了。東生娘見他懷疑，還大罵，說他怎敢辱了女巫，污了神靈，這可對東生沒好處，這下東生爹也不敢再亂懷疑什麼了。

女巫要化身去天上除惡神的事一下子就全傳開了，越傳越真，簡直是神乎其神，還有人將女巫如何與惡神搏鬥都描繪得有聲有色，好像有誰親眼見過一樣。

此事從本村傳到別的村子，再傳及整個石鎮。如此傳了幾日後，慢慢地沒有什麼新鮮感了，提起這件事的人也就少了，都說等三個月後再看吧，看女巫會不會勝利歸來。

方老爹服了十日的徭役回來了，這時澤生和小茹倆也掙了不少錢。

方老爹得知兩人要開鋪子，十分高興，覺得兒子可比他眼界寬。他見小倆口太忙活，沒空修繕那間破土屋，就說要幫他們修繕。

澤生聽了很是感動，可是他不好讓爹白白幫著他，畢竟已經分家了，不能光幫襯著他一家，不公平的話會惹大嫂不高興的。

「爹，你要是能幫我們修繕就太好了，我自己沒做過這活兒，怕弄不好，你和大哥以前經常出去給人家幫工，有經驗。只是，我得每日給你三十六文工錢，畢竟耽誤了你去石頭山幹活。」

方老爹見澤生還跟他客氣，頓時生氣了。「爹幫你幹活還要工錢，豈不是讓人笑話？爹就不能幫幫兒子了？」

「爹，不是兒子讓你難堪，我們都分家了，當初不是你說以後過日子帳都要分清嗎？再說大嫂若知道了會不高興的，又何必惹她不痛快？反正我自己也做不好修繕的活兒，還正想著要花錢請人來做呢！」

澤生心裡想著，修繕的活兒可比去石頭山幹活要輕鬆，這樣爹就能輕快一些，還能掙到錢，豈不是更好？

方老爹不擅長與人理論，在自己的兒子面前也是一樣，只好妥協道：「好吧！那就每日給我二十文錢吧，我花三日的工夫就能幫你們修好。」

才二十文？澤生覺得這也太少了，可是他不再敢與他爹在錢的事上討價還價了，便順從地道：「謝謝爹！」

澤生歡喜地把這件事告訴了小茹，說屋子修繕的事由爹管著。

小茹聽了後，既高興又感動。「我還怕爹回來了說我們瞎鬧呢！放著眼前安穩的日子不過開什麼鋪子。沒想到爹不僅贊同我們的主意，還願意幫我們的忙，真是太好了！爹對修屋子有經驗，可比我們自己做得要好，只是……爹不好意思多要我們的錢，這可是耽誤他去幹活掙錢了，大嫂知道了會不會不高興？」

「妳別擔心，應該沒事，我們又不是一文錢都不給爹，也不算是完全替我們做白工。何況，自從大嫂懷有身孕後，娘也幫了她不少，她不至於那麼小心眼的。」

小茹想了想，覺得也是，爹娘並沒有只幫她和澤生，也是幫過大嫂的。她高興地拿筆在帳本上記著帳。「澤生，再做二十日，我們就可以多進些貨，把店鋪開起來了。」

「嗯。」澤生接過帳本看了看，不可置信地道：「我們已經掙了這麼些錢啊！」

叩叩叩！門外響起了三記極輕的敲門聲。

這是小茹穿越到這裡後，第一次聽見有人敲她屋子的門，平時有誰要進來大多是直接推門，推不開才在門外叫著他們的名字，問他們在不在，反正這農村似乎沒有敲門的習慣。

小茹聽著這三聲小心翼翼的敲門聲，就知道來者肯定不會是自家人。

她納悶地去開門，還沒來得及問，一個人影閃了進來，竟是芝娘！

——未完，待續，請看文創風197《在稼從夫》2

大齡剩女

全套二冊

溫馨寫實小說名家／凌嘉

既然二十歲就是老姑娘，那她也樂得不嫁！
她擁有現代人的靈魂，根本不吃古人「成親才幸福」那一套！
不過命運似乎另有安排，一下子丟了兩個帥哥給她……

她穿越時空住進另一個朝代的身體裡，頓時年輕了好幾歲，
可這裡的人是怎麼回事，才二十歲身價就一落千丈、乏人問津，
不管老爹多麼賣力，她依舊待字閨中，成為傳說中的老姑娘。
開玩笑，她可是擁有現代靈魂的獨立女性，
成不了親她還樂得輕鬆呢，可以穿梭商場做她最愛的古董生意，
傻子才要被關在家裡，當個漂亮卻沒用的擺設品！
誰知天不從人願，她原本平靜的生活，竟因一項古玩起了變化，
不僅被捲入多起命案，還認識了兩個出類拔萃的好兒郎，
面對陌生又若有似無的情愫，她不禁感到迷惘，
而看似平凡的身世背後，更隱藏天大的秘密，讓她無所適從……

現代剩女穿越到古代農村，反而意外拾得好丈夫！

妙語輕巧，活潑悠然／于隱

在稼從夫

全套三冊

既然是半路出家、不善農活的莊稼人，乾脆就另謀出路經營買賣，
這頭喬好內宅婆媳妯娌關係，那頭應對地痞惡吏、朝廷徵兵，
看她如何巧施機智處理得順順當當，
不僅將農村小日子過得有滋有味，且能帶著全家奔小康……

文創風 196 1

已屆現代剩女標準的蘇瑾，在雷雨天被逼著出門相親已夠無奈，
沒想到還意外穿越到古代農村裡成為十五歲的何小茹，
且醒來隔日直接被人抬上大紅花轎作了新嫁娘，
幸好這素未謀面的相公方澤生原是一介讀書人，並非大老粗一枚。
在這男尊女卑的社會裡，女子遇人不淑的苦楚往往只能往肚裡吞，
上天卻讓她撿到這麼個好丈夫，不僅會下庖廚、知冷知熱地呵護她，
而且經過她一番調教之後，儼然是古代新好男人的典範！
美中不足的是，兩人皆為半路出家、投筆從「農」的半吊子莊稼人，
且說早起不外乎先解決開門七件事「柴米油鹽醬醋茶」，
平日還要喬好婆媳妯娌關係，甚至得應對地痞惡吏、朝廷徵兵等事，
不過，來自現代的她也非省油的燈，遇上難事總能轉危為安，
而一次市集遷址的契機，使她萌生在自家村裡經營雜貨鋪子的打算，
決心要讓往後的農村小日子過得更紅紅火火……

文創風 197 2

她協助丈夫將鋪子的營運上軌道，本想多過幾年小倆口的甜蜜生活，
然而「鴻孕」當頭，繼長嫂有孕，她也跟著懷上，且還是雙生兒。
本是雙喜臨門，可嫂子產後總為小事鬧騰，婆媳妯娌關係也日益緊張，
所幸在她的機智下終於化解每日一鬧的難題，讓日子回歸和睦了，
誰知，今年又遭逢蝗蟲天災，一下子將原先計劃給徹底翻盤……
她轉念一想，危機就是轉機，於是擴展鋪子生意至外地收購米糧，
既解救村內糧荒的燃眉之急，也因為洞察機先而發家致富……
也不知上天是否刻意捉弄人，或是忌妒人享福過了頭，
鄰縣忽然傳出會引人致死的傳染病——天花，
不僅從外縣返家的丈夫疑似出現病徵，連孩子們也無一倖免，
難不成她現今所擁有的幸福美滿，老天爺將要盡數收回？

文創風 198 3 完

如今盼來好光景，一躍成為村裡首富，原以為日子會過得更恩愛甚篤，
未料，於衣服上發現老公出軌痕跡一事，竟如實在古代上演！
無瑕的愛情在現代已不復存，更遑論將三妻四妾視為常態的古代？
當她把心一橫挑起冷戰，丈夫卻使出渾身解數，依然如故地待她好，
若非一場惡賊擄人風波所引發的誤會，
讓她見著丈夫的本心與深情，兩人才終於前嫌盡釋。
沒想到她一個不小心，言行露了餡，令丈夫當場疑心大起，
眼看著這形勢想要圓謊似乎是難如登天了……
可一思及自己來自現代時空的秘密一旦揭穿，
丈夫究竟會待她一如既往，情比堅貞地白頭相守下去；
還是原本不離不棄的夫妻情義會就此起變化，甚而轉瞬消逝……

好評滿分・經典必讀佳作

描情寫境，深入人心

董無淵

真情至性代表作

嫡策

全套六冊

至親的冷血相待，摯愛的殘酷背叛，
磨光了她敢愛敢恨、稜稜角角的性子。
重生而來，看透世情人心之餘，
她再不要被情愛蒙蔽了心眼，絕不再白活一遭……

文創風 190 1

一個侯門千金前世死乞白賴嫁給心不在自己身上的男人，
死去活來重生之後，她不再是那個敢愛敢恨的自己，
這一世她看透了、心寬了，只想好好活下去……

文創風 191 2

她又一次失去了母親，再一次失去了這個世間最愛護她的人。
既然父親冷血逼死了母親，生養她的賀家無情逼迫著她，
要想血債血償，她得想盡辦法先逃離這背棄她的家……

文創風 192 3

父親的冷情自私、祖母的硬心捨棄，讓她的心也狠了起來，
在皇后姨母的庇護下，一步步精心設計，讓仇敵自食惡果，
卻也讓她懷疑起為了愛連命都捨了，值得嗎？

文創風 193 4

她喜歡六皇子，就在他說他想娶她之後，
原本搖擺不定的一顆心終於落到了實處。
前世被愛傷透的她還是喜歡上他了，
就因為他願意承擔起娶她的一切後果……

文創風 194 5

她願意信任六皇子。
從痛苦死去，到懷著希望活過來，
再到眼睜睜地看著母親飲鴆而去，
再到現在……明天，她就要幸福地，
滿心揣著小娘子情懷地去嫁他……

文創風 195 6 完

六皇子說：「我們爭的是命，老天爺把我們放在這個位置，
要想自己、身邊人活命，就要爭。等爭到了，妳我皆要勿忘初心。」
她何其有幸遇見這個男人，值得用心去爭……

在稼從夫 1

國家圖書館出版品預行編目資料

在稼從夫 / 于隱著. --
初版. -- 臺北市 ： 狗屋, 民103.06
冊 ； 公分. --（文創風）
ISBN 978-986-328-315-7（第1冊：平裝）. --

857.7　　103008956

著作者　于隱
編輯　黃鈺菁
校對　黃亭蓁　林若馨
發行所　狗屋出版社有限公司
地址　台北市104中山區龍江路71巷15號1樓
電話　02-2776-5889～0
發行字號　局版台業字845號
法律顧問　蕭雄淋律師
總經銷　知遠文化事業有限公司
電話　02-2664-8800
初版　103年6月
國際書碼　ISBN-13　978-986-328-315-7
原著書名　《穿越之幸福农妇》，由北京晉江原創網絡科技有限公司授權出版

定價250元
狗屋劃撥帳號：19001626
網址：love.doghouse.com.tw　E-mail：love@doghouse.com.tw